KB021316

영원히 재발견되는 천재 레오나르도 다 빈치. 다 빈치의 천재성과 그에 걸맞는 수수께끼, 그리고 화려했던 르네상스기의 밀라노에서 벌어지는 암투가 흥미롭다. 밀라노가 지금의 밀라노가 되기 위해 필요했던 시간의 기록이기도 한 〈인간의 척도〉는, 예술가 다 빈치의 천재성에 더해 완성품 납품에 쫓기고 돈을 벌어야 했던 생활인으로서의 면모를 보여준다. 그렇다, 르네상스적 인간이라고 불리는 다 빈치야말로 우리가 풀고 싶은 궁극의 미스터리다. **이다혜, 작가·씨네21 기자**

장난기 넘치는 문체와 통념을 벗어난 캐릭터를 좋아하는 독자들에게 큰 매력을 발휘하는, 상상력 넘치는 문학적 미스터리. **역사소설 협회**

이 스릴러는 레오나르도 다 빈치를 약간 삐딱하게 그려냈다. 미스터리, 역사적 사실과 과학이 모두 한데 어울려 있다. 다 빈치 팬들에게 즐거움을 줄 것이다. **NB매거진**

유럽 역사상의 흥미로운 한 시대를 배경으로 한 탁월한 스릴러로, 그다지 배경지식이 없어도 즐겁게 읽을 수 있다. **샤이니 뉴 북스**

르네상스의 가장 위대한 천재를 소설의 핵심 인물로 삼으려면 다소간의 뻔뻔함은 필수지만, 이탈리아 소설가인 마르코 말발디는 레오나르도 다 빈치의 생동감 넘치는 초상화를 제대로 그려냈다. **선데이 타임스**

마르코 말발디 장편소설

인간의 척도

김지원 옮김

GREEN
HOUSE

차례

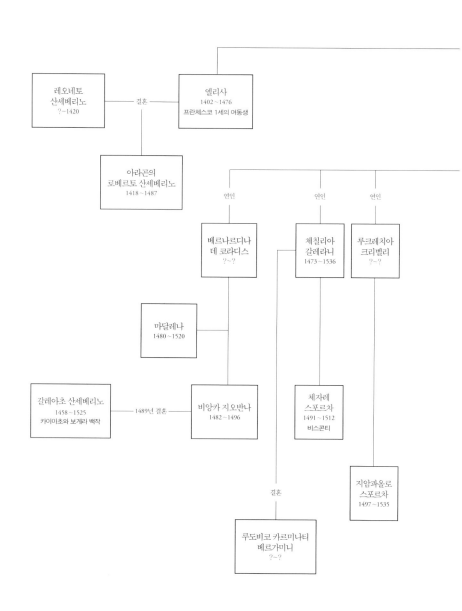

레오네토
산세베리노
?~1420
─ 결혼 ─
엘리사
1402~1476
프란체스코 1세의 여동생

아라곤의
로베르토 산세베리노
1418~1487

연인

연인

연인

베르나르디나
데 코라디스
?~?

체칠리아
갈레라니
1473~1536

루크레치아
크리벨리
?~?

마달레나
1480~1520

갈레아초 산세베리노
1458~1525
카이아초와 보게라 백작
─ 1489년 결혼 ─
비앙카 지오반나
1482~1496

체자레
스포르차
1491~1512
비스콘티

지암파올로
스포르차
1497~1535

결혼

루도비코 카르미나티
베르가미니
?~?

스포르차 가문
밀라노 공작들

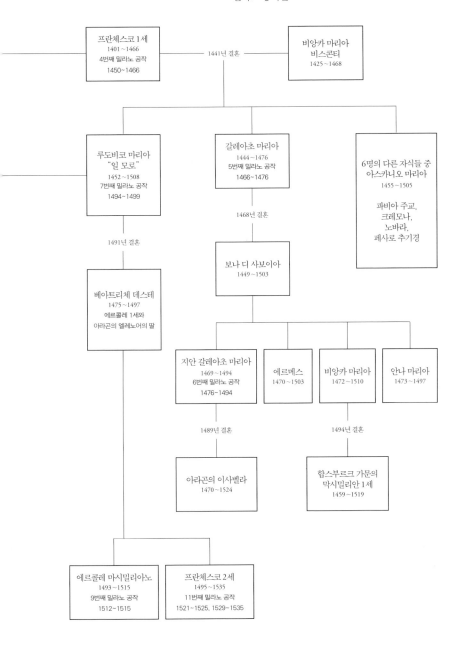

프란체스코 1세
1401~1466
4번째 밀라노 공작
1450~1466

— 1441년 결혼 —

비앙카 마리아 비스콘티
1425~1468

루도비코 마리아 "일 모로"
1452~1508
7번째 밀라노 공작
1494~1499

갈레아초 마리아
1444~1476
5번째 밀라노 공작
1466~1476

6명의 다른 자식들 중 아스카니오 마리아
1455~1505

파비아 주교,
크레모나,
노바라,
페사로 추기경

— 1491년 결혼 —

— 1468년 결혼 —

베아트리체 데스테
1475~1497
에르콜레 1세와
아라곤의 엘레노어의 딸

보나 디 사보이아
1449~1503

지안 갈레아초 마리아
1469~1494
6번째 밀라노 공작
1476~1494

에르메스
1470~1503

비앙카 마리아
1472~1510

안나 마리아
1473~1497

— 1489년 결혼 —

— 1494년 결혼 —

아라곤의 이사벨라
1470~1524

합스부르크 가문의 막시밀리안 1세
1459~1519

에르콜레 마시밀리아노
1493~1515
9번째 밀라노 공작
1512~1515

프란체스코 2세
1495~1535
11번째 밀라노 공작
1521~1525, 1529~1535

지오반나 발디니
루이사 사체르도테
마르첼라 빈치
리아 마리아넬리에게

모든 공립학교 선생님들에게

등장 인물

작업실 ————————————————————————————

레오나르도 디 세르 피에로 다 빈치 : 화가, 조각가, 건축가, 궁정 기술자. 몽상에 잘 빠지는 경향이 있다. 다시 말해 일종의 천재.

지안 지아코모 카프로티 : 살라이 SALAI 라고도 부름. 레오나르도 작업실의 잡일꾼이자 그가 총애하는 제자, 도둑, 거짓말쟁이로 고집스럽고 욕심이 많다. 몇 가지 결점도 갖고 있다.

마르코 도지오노, 자니노 다 페라라, 독일인 줄리오 : 천재 다 빈치의 또 다른 제자들.

람발도 치티 : 레오나르도의 전前 제자이고 그로서는 불행하게도 많은 전직前職을 갖고 있다.

카테리나 : 레오나르도의 애정 넘치는 어머니. 공증인인 세르 피에로 다 빈치와 그녀 자신이 아직 어리고 경험이 없던 시절에 레오나르도를 가졌다. 우리의 주인공에게 지나치게 애정을 퍼붓는 여자이고 지나치게 솔직하게 말하는 경향이 있다.

궁정 ────────────────────────

루도비코 일 모로 : 바리 공작이자 밀라노의 군주. 마키아벨리적 면모로 가득한 1미터 90센티미터의 남자로 프란체스코 스포르차의 서자이다. 명령과 섹스 중 뭐가 더 좋은지 꼽기 어렵지만 둘 다 대단히 좋아한다.

프란체스코 스포르차 : 죽은 지 27년이 되었으나 여전히 루도비코 일 모로의 곁에 존재하는 아버지. 그를 기리는 의미로 거대한 청동 말 동상을 세우려 한다.

지아코모 트로티 : 대사이자 페라라 공작 에르콜레 1세 데스테의 눈과

귀. 더 이상 그리 젊지 않은 그는 궁정에서의 삶에 대한 유능한 통역사이다. 밀고자라고 할 수도 있겠지만, 그게 그의 임무이다.

베아트리체 데스테 : 페라라 공작의 딸이자 루도비코 일 모로의 아내. 덩치가 크고 지참금이 많으며 순진하지만 성의 복도를 지나다니는 수많은 치맛자락 소리를 알아채지 못할 정도로 순진한 것은 아니다.

에르콜레 마시밀리아노 : 모로와 베아트리체의 아들이자 후계자인 아기. 두 살이지만 이미 귀족이다.

테오도라 : 어린 에르콜레 마시밀리아노의 유모.

막시밀리안 1세 : 빈 출신의 신성 로마 제국 황제. 그는 왕궁에 있지 않지만 있는 편이 나을 것이다.

비앙카 마리아 스포르차 : 루도비코 일 모로의 조카딸로 막시밀리안 1세와 약혼했다. 결혼식은 다음 크리스마스로 잡혔다.

루크레치아 크리벨리 : 루도비코 일 모로의 공식적인 정부. 레오나르도가 그린 '밀라노 귀족 부인의 초상La Belle Ferronniere'의 주인공이지만, 아무에게도 얘기하지 않는 편이 좋을 것이다.

갈레아초 산세베리노 : 카이아초와 보게라 백작으로 루도비코 일 모로의 믿음직한 사위이자 존경받는 군인이다. 소설 속 3명의 갈레아초 중에서 가장 중요한 인물이다.

비앙카 지오반나 스포르차 : 갈레아초 산세베리노의 아내이자 루도비코 일 모로의 서녀.

암브로지오 바레세 다 로사테 : 왕궁 점술사로 머리부터 발끝까지 진홍색 옷을 입었다. 별의 움직임에 대한 전문가이고 성실한 점성술사이다. 그는 예언에서 가장 중요한 것은 사건이나 날짜를 예지하는 것이지만, 둘 다 알 수는 없는 법이라고 말하곤 한다.

피에트로보노 다 페라라 : 바레세 다 로사테의 최대 라이벌.

베르곤치오 보타 : 밀라노 공작의 세금 징수관.

젊은 스탄자 후작 : 왕궁 금고 관리자이자 공식적인 급여 담당자이고 비공식적인 눈엣가시.

베르나르디노 다 코르테 : 장원 관리인.

레미지오 트레바노티 : 하인.

아스카니오 마리아 스포르차 비스콘티 : 추기경이자 루도비코 일 모로의 동생. 그 시절에는 이해충돌 방지법이 없었다.

지안 갈레아초 마리아 스포르차 : 몇 년 전에 암살된 루도비코의 형 갈레아초 마리아의 아들로 밀라노의 공작이다. 삼촌인 루도비코는 정당한 방법으로 그를 대신해 통치하고 그의 결혼식을 축하하며 레오나르도에게 화려한 장식을 맡긴 페스타 델 파라디소를 열어준 후 상냥하게 그를 비제바노 성에 감금했다.

아라곤의 이사벨라 : 지안 갈레아초 마리아 스포르차의 아내. 당신은 볼 일이 없고, 안 볼수록 좋다.

사보이의 보나 : 갈레아초 마리아의 아내이자 지안 갈레아초 마리아 스포르차의 어머니이고 밀라노 공작령의 섭정이었으나 루도비코가 그녀를 성탑에 가두었고 후에 성탑에는 그녀의 이름이 붙는다.

치코 시모네타 : 보나의 믿음직스러운 고문이자 유능한 정치인이었으나 보나에 대한 충성의 대가로 목이 날아간다.(은유적인 의미가 아니다.)

카트로초 : 여러 나라 말을 할 수 있는 유명한 왕궁 난쟁이. 과거 농담과 익살의 제왕답게 천박하다.

팔라초 카르마뇰라 ─────────────────────

체칠리아 갈레라니 : 수준 높은 교육을 받은 세련된 여인으로 수녀로 살 것을 루도비코가 구해 아주 어린 나이에 그의 정부로 삼는다. 최근에 그녀가 임신한 것을 알고 루도비코가 직접 베르가미니라고도 하는 카르미나티 데 브람빌라 백작과 결혼시켰다. 그녀는 크라쿠프에서 우리 모두 감탄하는 '흰 족제비를 안은 여인Lady with the Ermine'이다.

체자레 스포르차 비스콘티 : 루도비코 일 모로와 체칠리아의 서자. 나이는 많지 않지만, 사실 두 살밖에 안 되었지만 이미 상당한 자산을 갖고 있다. 태어나자마자 그의 아버지가 그에게 현재 피콜로 테아트로 디 밀라노가 위치한 건물인 팔라초 카르마뇰라를 주었기 때문이다.

테르실라 : 체칠리아 갈레라니의 유쾌하고 수다스러운 말동무.

코르소 : 체칠리아 갈레라니의 하인.

프랑스인————————————————————

프랑스 국왕 샤를 8세 : 프랑스의 왕. 허약한 신체에 빈약한 두뇌를 가진 그는 한 번도 직접 전투에 참여해본 적이 없음에도 불구하고 이탈리아를 침공해서 나폴리를 점령하는 이야기를 굉장히 많이 한다. 그의 모토는 아마도 '우리가 무장을 하고 전쟁에는 네가 나가라'일 것이다.

루이 드 발루아 : 오를레앙 공작이자 왕의 사촌으로 나폴리 왕국을 정복하기 위한 전쟁의 지휘관이 되는 그는 밀라노 공작령(그의 할머니인 발렌티나 비스콘티의 손자로서)에 은밀하게 소유권을 주장하고 있다.

코뮌 공작 필립 : 오를레앙 공작과 손을 잡고 이탈리아로 파견된 프랑스 사절.

호비노와 마테네 : 추남과 미남. 코뮌 공작의 사악하지만 서투른 부하들로 비밀 임무를 띠고 밀라노로 파견된다.

페롱 드 바쉬 : 오르비에토 출신으로 후에 프랑스 국왕 샤를 8세와 오를레앙 공작의 대사가 된다.

카를로 바르비아노 디 벨지오이오소 : 루도비코 일 모로가 프랑스 궁정으로 보낸 대사.

조스캥 데 프레 : 루도비코 일 모로를 모시는 가수로 작곡과 대위법 면에서 음악의 천재.

상인들 ────────────────────────

아체리토 포르티나리 : 메디치 은행의 뚱뚱한 대표로 스테이크와 돈의 탐닉자다.

벤치오 세리스토리 : 메세르 아체리토의 동료이자 지칠 줄 모르는 노동자지만 공식적인 휴일에는 쉰다.

안토니오 미사글리아 : 명망 있는 갑옷 제조자이자 철을 사용하는 진정한 예술가로 레오나르도의 친구다.

지오반니 바라치오 : 모직 상인.

등장인물

클레멘테 불치오, 칸디도 베르토네, 리체토 나니피에리, 아데마로 코스탄테 :
모직, 비단, 바늘, 백반 상인으로 메디치 은행에 저축하는 것을 즐긴다.

성직자들 ─────────────────────────────

프란체스코 산소네 다 브레스치아 : 프란치스코 수도회 총장.

줄리아노 다 무지아 : 프란치스코회 전도사.

디오다토 다 시에나 : 예수회 이전에(지금은 존재하지 않는 성 히에로니무스의 사도 제자들의 모임) 앙페들을 결연하게 이끌었다.

지오아키노 다 브레노 : 예수회 수사이자 비협조적인 전도사로 군중을 부추기고 평화를 망가뜨리는 인물.

엘리지오 다 바라미스타 : 예수회 일원이자 필적학 전문가. 전직 은행원이었다가 밀라노로 오는 길에 믿음의 길로 전향한 인물이라 약속 어음과 신용장에 정통하다.

줄리아노 델라 로베레: 자신의 적수 보르자가 교황 알렉산데르 6세로 선출된 것을 받아들이지 못하는 추기경.

재능 있는 자는 아무도 맞힐 수 없는 목표물을 맞힌다.

천재는 아무도 볼 수 없는 목표물을 맞힌다.

아르투어 쇼펜하우어

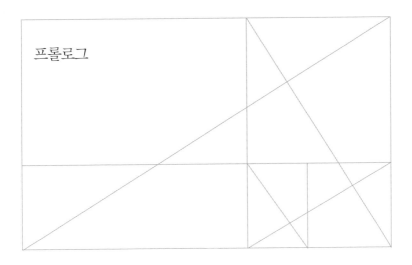

프롤로그

남자는 들어가기 전에 잠깐 머뭇거렸다. 누가 따라오는지 주위를 둘러볼 필요는 없었다. 성 입구는 밀라노의 구도심 한쪽에 있었고, 어둡고 축축한 거리를 통해서만 이 어둡고 축축한 길까지 올 수 있기 때문에 누군가가 그를 따라왔다면 그의 화려한 분홍색 옷차림에도 불구하고 오래전에 자취를 놓쳤을 것이다.

솔직히 말해서 그 자신도 가끔 길을 잃을까 봐 걱정스러웠다. 성 주위의 미로 같은 골목길에서 길을 찾지 못한 적도 한번 있었다. 일부는 그의 탓이었다. 그의 방향감각이 그리 좋지 않았기 때문이다. 그리고 일부는 아주 형편없이, 계획도 없고 형태도 없고 선견지명도 없이 확장된 이 도시 탓이었다. 이 도시는 꼭대기부터 바닥까지 다른 방식으로 재고하고 재편성되어야 했다. 완전히 다른 방식으로. 전에 전혀 본 적 없는 방식으로. 예를 들어 여러 층으로 된 도시처럼 말이다. 바닥부터 꼭대기까지, 강부터 하늘까지. 비트루비우스의 책에 나오는 로마의 집단 주택insula처럼 가난한 사람들은 위에 살고 상류층은 지상에 사는 집과 반대되는 도시. 프란체스코 디 지오르지오는 라틴어 판본에서 그 점을 고스란히 번역했다. 정말로 훌륭한 책이었다. 그 책은 정말 잘 산 물건이었다. 엄청난 돈이 들었지만, 그걸 읽고 굉장히 많은 것을 생각하게······.

분홍색 옷을 입은 남자는 자신이 또 헤매고 있다는 것을 깨닫고는 몽상에서 깨어났다. 비록 그 자신의 생각 속에서이긴 하지만 말이다. 이런 일은 종종 일어났고, 오늘 하루 중 가장 즐거운 시간이었다. 하지만 지금은 백일몽을 즐길 때가 아니었다. 지금은 해야 할 일이 있었다.

천천히, 하지만 차분하지는 않게 그가 현관문을 두드렸다. 거의 동시에 끼익 소리가 나며 누군가가 문을 열고 있음을 알려주었다. 길거리의 새카만 어둠 속에서 조그만 출입구가 약간 밝아졌다. 그리고 단 한마디가 들렸다.

"들어오세요."

남자는 어둠을 뒤로하고 안으로 들어갔다.

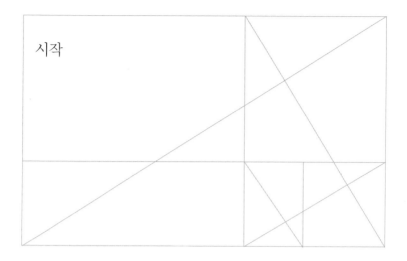

시작

의회실로 들어서면 가장 먼저 알게 되는 것은 빛이 전혀 없다는 점이다. 아직 10월 중순도 안 되었지만 밀라노는 벌써 쌀쌀했고, 성주 일가가 비제바노에서 돌아오기도 전에 하인들은 테레빈유에 적셔서 가능한 한 투명하게 만든 하얀 캔버스 천으로 창문을 덮었다. 바깥에서 약간의 빛이 들어오면서도 방 안에서 일어나는 모든 일이 보이지 않도록 막기 위해서였다. 성에 사는 사람들에게 이 방은 셰브런이라는 빨간색과 하얀색 장식 때문에 셰브런 방이라고 불렸지만 나머지 사람들, 다시 말해 밀라노 사람들 대부분에게 이곳은 의회실이었다. 비밀 의회가 대체로 여기서 이루어지기 때문이었다. 의회는 밀라노에서 가장 큰 권력을 가진 사람 6명과 그들 중 가장 높은 사람인 그들의 군주로 이루어졌다.

"다음 사람을 들이겠습니다, 나리."

성 관리인인 베르나르디노 다 코르테가 고개를 끄덕인 뒤 무거운 나무 문을 자기 쪽으로 끌어당기며 호명했다.

"프란치스코 수도회의 총장 수사이신 프란체스코 산소네 다 브레스치아 님이십니다."

매주 화요일과 금요일은 알현 자들을 위한 날이었다. 루도비코 스포르차, 일 모로, 바리 공작이자 밀라노의 군주가 문제를 해결하기 위해서 알현을 요청하는 사람은 누구든 받아주는 날이었다. 어떤 문제든 괜찮고, 밀라노 시민이라면 누구나 가능했다. 물론 밀라노 시민이라는 것은 일 모로가 부과한 세금을 지불하는 사람을 뜻했다. 일 모로가 면제해주어 내지 않는 사람은 제외하고 말이다. 세금을 내는 밀라노 사람은 누구든 이야기를 할 권리가 있었다. 그 이유 중 하나는 일 모로의 세금이 대체로 굉장히 높았기 때문이다.

하지만 프란치스코 수도회 총장 수사는 밀라노 시민은 물론 어떤 시민도 아니었다. 정확하게 말해서 그에게는 일 모로가 말을 듣지 않는 대사와 성질 드센 말, 혹은 고분고분한 하녀들을 다루는 대신 불쌍한 사람들의 애원, 그의 백성들의 이야기를 듣기 위해 할애해둔 귀중한 시간의 단 1분도 사용할 권리가 없었다. 하지만 한편으로는 평범한 시민처럼 직접 찾아온 수도회 총장 수사의 알현을 거부하는 것은 당연히 바보 같은 행동일 것이다. 그리고 루도비코 일 모로, 바리 공작이자 밀라노의 군주는 절대로 멍청하지 않았다.

"이거 영광이로군."

일 모로는 등받이가 높은 의자에 앉아서 말했다.

"프란치스코 수도회 총장 수사께서 여느 시민처럼 알현을 청하시다니. 어쩐 일로 이렇게 겸손하게 방문을 하셨소?"

"저는 영예나 화려함에 익숙지 않은 미천한 프란치스코 수도사일 뿐입니다, 각하. 게다가 명민한 각하께 제가 드리려는 질문은 굉장히 짧은 시간이면 되기 때문에 사적인 알현을 요청하는 것은 극히 오만한 행동이었을 것입니다."

모든 문장이 속속들이 측정되며 보석처럼 장식이 달리고, 단어 하나하나의 무게가 소수점 아래까지 측정된 다음 그 아름다움뿐만 아니라 그것을 단 사람이 얼마나 큰 권력을 가졌는지를 가장 잘 보여줄 수 있는 방식으로 전시되는 르네상스 시대에 온 것을 환영한다. 모든 발화의 의미는 그것을 말하는 사람, 듣는 사람, 방 안에 있는 사람과 없는 사람, 대화 중에 언급된 이름, 그리고 무엇보다도 전혀 나오지 않은 이름이라는 조건들을 바탕으로 해석해야만 한다.

실제로 루도비코 일 모로는 수사를 환영하면서 그를 이름이 아니라 직위로 부르며 자신이 수사를 미천한 시민으로 여긴다는 사실을 강조했다. 다시 말해서 프란치스코 수도회 총장이라는 직위가 그나 의회에 전혀 중요하지 않다는 것을 보여준 것이다. 이에 대해 수사는 자신이 일 모로의 관심을 얻기 위해서 다른 방법, 좀 더 공식적이고 더 중대하고 강력한 방법을 쓸 수도 있었다고 대답하고, 그를 공작이 아니라 각하라고 부름으로

써 이탈리아 대부분의 지역에서 루도비코가 단순히 찬탈자일 뿐임을 상기시켰다.

"그 말을 들으니 기쁘구려, 신부님. 그럼 말해보시게. 의회와 나는 들을 준비가 되어 있으니."

일 모로가 말했다.

"각하. 송구합니다만 코모 주교 예하께서 보이시지 않는군요. 건강이 나쁘신 건 아니기를 바랍니다."

"건강이 나쁜 건 전혀 아니오. 최근에 의원의 숫자를 좀 줄였지. 알현이 필요한 일들이 지난 한 해 동안 굉장히 줄어든 탓에 42명은 이 일을 하기에는 너무 많은 것 같아서 말이오."

물론 수사도 42명이 너무 많다면 6명은 너무 적다고 말할 수도 있었다. 6명 중에 사제가 한 명도 없다는 사실은 말할 것도 없고 말이다. 이것은 절대로 우연이 아니리라. 산소네 신부는 다시 목을 가다듬었다.

"각하, 저는 저희 수도회의 요청으로 줄리아노 다 무지아 수사의 사건을 재고해주십사 하고 여기에 왔습니다. 그는 계속해서 수도회의 규칙과 성경의 내용에 반하는 설교를 하고 있습니다."

"난 그렇게 할 수 없소, 신부님."

일 모로가 대답했다.

그의 시선이 의회의 각 의원들을 차례로 바라보았다.

"밀라노의 군주께서 불쌍한 프란치스코 수사 하나도 입 다물게 하지 못하신다는 것입니까?"

프란치스코 수사의 대단히 암시적인 질문의 의미를 파악하는 데는, 특히 조건문을 쓰고 있으니 유능한 해설가의 도움이 필요치 않았다. 독자들이 그것을 알아챘다면 의회 의원들도 확실하게 알아챘을 것이다. 혹은 루도비코 일 모로도.

"줄리아노 수사는 그대들의 뜻에 따라 16개월 전에 체포되어 재판에 회부되었소. 나는 종교 집단의 일원이 아니기 때문에 그 재판을 아르킴볼도 대주교 예하께서 검토해 결정을 내리도록 했고. 재판 결과가 어땠는지는 신부님께서도 지극히 잘 아실 텐데."

산소네 신부는 숨을 깊이 들이셨다.

줄리아노 다 무지아의 웃음거리 같은 재판은 일 모로가 만들어낸 걸작이었다. 모든 증인은 알고 보니 평신도들이었고, 거기다 루도비코 궁정의 일원이었다. 그들은 수사의 설교를 열렬하게 칭송하고, 로마 교회에 대한 그의 모욕은 별거 아니라고 치부하거나 기억하지 못하는 척했다. 사실 그건 큰일도 아니었다.

줄리아노 수사는 로마 교황청이 부패했고, 세속적이고, 타락했으며, 혐오스럽다는 말에서 끝내지 않았다. 많은 사람이 이미 그렇게 말했고, 그 중에는 징징대는 목소리의 도미니코회 수사 지롤라모 사보나롤라도 있었다. 그는 로렌초 데 메디치의 죽음과 그 직후 일어난 다른 재앙들을 예언해서 불운을 가져오는 사람이라는 악명을 얻었다.

아니, 줄리아노 수사는 롬바르드 수도의 교회가 로마 교회로부터 독립해야 한다고 주장했다. 수도원으로부터 독립하는 것이 목표인 사보나롤라와 비슷하지만, 이 자는 밀라노가 로마에서 떨어져 나오도록 설득하려고 했다. 이탈리아 반도 전체에서 눈에 띄게 부유한 지방이 되어가는 중인 밀라노, 위대한 예술가들을 끌어들이고 근처의 파비아 대학에 최고의 의사들과 가장 뛰어난 수학자들을 보내고 그들에게 상당한 돈을 지불하는 곳.

산소네 신부와 로마의 왕좌에 앉아 있는 그의 영향력 있는 동료의 눈에 이런 것은 허용해서는 안 되는 일이었다. 그래서 그가 줄리아노 수사를 옭죄려고 한 거였다. 대놓고 말하지 않는 편이 좋은 일들이 있는 법인데, 우렁찬 목소리로 어떤 수단을 써서든 ─ 불도저를 가로막는다든지. 이 시절에는 아직 존재하지 않았지만 ─ 암브로시오 교회가 로마에서 분리되어야 한다고 외치는 프란치스코회 수사라는 존재는 별로 이상적인 상황이 아니었다.

하지만 산소네가 준비한 재판은 전형적인 르네상스 방식으로 일 모로에게 가로채였다. 궁정 시인들이 시를 지어 도시 전역에서 낭송을 했다. 브롤레토 주위와 나비글리를 따라서 난 길거리 어디서나 벨린치오니의 소네트 '오 밀라노의 기독교도들이여Oh Most Christian Milan'와 당시에는 굉장히 유명했으나 지금은 잊힌 지아코모 알피에리의 소네트 후렴구를 들을 수 있었다. 둘 다 하늘이 밀라노에 줄리아노 수사를 보내주셔서 감사하다는 내용이었다. 둘 다 끔찍했지만 효과적이었다. 일 모로는 궁정보다 도시의 환심을 사는 데 훨씬 더 치중했고, 그 자신의 고의적인 의도와 사람들의 우둔한 열성으로 교황청을 양면에서 공격했다.

산소네 신부가 다시 한번 깊게 숨을 들이쉰 뒤 말했다.

"줄리아노 수사가 자비롭게 무죄를 선고받았다는 것을 잘 압니다. 줄리아노 수사는 훌륭한 사람이고 그의 설교는 그의 깊은 열정에서 나온 겁니다. 깊은 열정과 신도들에 대한 깊은 사랑에서 말입니다. 줄리아노 수사는 사람들에게 말하는 법을 아는 사람이지요. 사람들이 듣고 싶어 하는 이야기를 하니까요."

이런 식으로 사제는 루도비코에게 사람들의 호의는 오락가락하는 것이고, 지금 이 시점에는 사람들이 일 모로의 편이 아니라는 것을 은근슬쩍 상기시켰다.

소금세와 최근의 다른 세금들은 사람들에게 별로 환영받지 못했고, 루도비코의 인기는 예전만큼 높지 못했다. 이 시절에 여론조사가 있었다면, 화요일 아침 의회 회기는 일 모로의 지지율을 분석하고 그에 따라 통치 방향을 결정하는 사전 모임으로 시작되었을 것이다. 하지만 이 시절에는 통계가 한참 먼 미래의 일이고, 평균은 아직 발견되지 않았고, 사람들의 의견은 환호나 반란으로만 표현됐다.

산소네 신부가 말을 이었다.

"줄리아노 수사는 대단히 지적인 사람이기 때문에 쉽게 침묵시킬 수 없습니다. 그가 산 프란체스코 그란데에서 설교를 할 때마다 교회가 꽉꽉 찹니다. 사람들은 그의 말을 듣기 위해 여기저기서 오고 감명을 받고 돌아갑니다. 아무래도 적합한 행동은……."

산소네 신부는 적합한 행동이 무엇인지 말하지 못했다. 바로 그 순간 루도비코가 자리에서 일어섰기 때문이다.

우리가 로디 인근에 산다면, 루도비코 일 모로는 4 옷감 길이에 한 뼘 정도의 키였다. 하지만 도시 단위로 측정한다면 일 모로는 3 밀라노 옷감 길이가 좀 안 된다고 할 수 있었다. 미터 체계로 말하자면 밀라노의 군주는 키가 190센티미터였고, 여기에 그의 싸늘한 눈길과 길고 장식 하나 없는 검은색 비단옷이 더해지면 그가 일어섰을 때 항상 굉장히 무시무시한 분위기를 낸다는 뜻이었다.

루도비코는 천천히 산소네 신부 앞으로 걸어가 그의 팔꿈치를 부드럽게 잡았다.

"이리 오시게, 훌륭하신 신부님. 내 보여드릴 게 있으니."

그가 상냥하지만 자신이 남들의 공경을 받는다는 것을 잘 아는 사람 특유의 어조로 말했다. 그러고는 여전히 근엄하지만 겁에 질린 사제의 팔꿈치를 잡고 알현실을 쭉 가로질러 화려한 도시 지도 프레스코화 앞으로 다가갔다.

"훌륭하신 신부님께서도 보시다시피 밀라노는 바퀴지."

일 모로의 손이 도시를 보호하는 성벽을 나타내는 지도의 커다란 원을 따라 움직이다 손가락이 프레스코화 한가운데, 성당을 의미하는 부분을 찍었다.

"밀라노는 바퀴고 교회는 그 중심이라오. 견고하고, 튼튼하고, 곧은 중심이지. 하지만 교회가 계속 움직이지 않으면 어떤 일이 일어날지 아시나?"

일 모로의 손가락이 더 작은 원들을 따라 움직이기 시작하면서 성당 주위로 점점 좁은 나선을 그리다 마침내 멈췄다.

"바퀴는 돌고 돌고 또 돌 수 있지만, 그 안에 사는 사람들은 말이오……."

일 모로가 양손을 쫙 폈다.

"어디도 갈 수 없는 법이지."

그런 다음 그가 오른손을 친근하지만 의미심장한 방식으로 프란치스코회 수사의 어깨 위에 올렸다.

"내 말 아시겠소, 신부님?"

"네, 네, 알아요, 대사님. 부디 이런 문제로 너무 심려하지 마세요. 저희는 더 나쁜 것도 본 적이 있답니다, 정말로요."

"이런 비참한 모습을 보여드리게 되어 정말로 죄송합니다만, 그게……."

스포르차 궁정에 있는 페라라 공작 에르콜레 1세 데스테의 대사인 지아코모 트로티는 밀라노 전체에서 대체로 가장 유명하고 믿을 만한 사람 중 하나였다. 하지만 신뢰성과 유명도는 어느 정도 적절한 외적 모습을 유지하는 데서 나오는 법이고, 누군가가 요강 내용물을 끼얹는 경우에는 이런 특성이 엄청나게 훼손된다. 불행하게도 이 나이 든 대사는 체칠리아 갈레라니의 응접실에서 열리는 관행적인 화요일 음악 모임에 참석하기 위해서 팔라초 카르마뇰라로 가던 길에 아무 생각 없이, 일반적인 "쏟아진다아!" 소리도 없이 요강을 창밖으로 비운 천박한 작자의 표적이 되었다. 아무리 예의 없는 사람이라도 갑작스러운 똥물 세례를 피할 수 있도록 소리 정도는 지르는 법인데 말이다.

"자, 대사님, 걱정하지 마세요."

체칠리아 갈레라니가 방 맞은편에 대기하고 있는 하녀 하나에게 손짓을 하자 하녀가 과장되게 우아한 걸음으로 다가왔다.

"트로티 대사님을 서쪽 방으로 모셔가서 도와드려. 저희는 대사님 없이는 시작하지 않을 거랍니다."

"어떻게 감사의 말씀을 드려야 할지 모르겠군요, 백작 부인."

"빨리 옷을 갈아입고 다시 저희와 합류해서 대사님과 함께하는 시간을 누리게 해주시면 된답니다. 테르실라, 자넬 믿겠어."

체칠리아 갈레라니가 미소를 띠고 대답했다.

여전히 미소를 띤 채 문으로 사라진 백작 부인은 기다리고 있는 음악가들에게 조금만 더 기다리라고 지시했다. 잠깐 동안 트로티 대사의 눈이 체칠리아 갈레라니가 사라진 문에 머물렀다. 언제나 그렇듯이 그는 이론상으로 자신이 돌볼 대상이자 동포인 여인과 그녀를 자연스럽게 비교했다. 그리고 그 비교는 항상 그렇듯이 냉혹했다.

한쪽에는 메세르 레오나르도가 수년 전에 그린 초상화에서처럼 여전히 아름답고 날씬하고 천사 같은 체칠리아 갈레라니가 있었다. 그림 속에서 그녀는 평화로우면서도 근엄해 보였다. 무릎 위의 족제비를 쓰다듬으면서 그녀의 연인, 앞에서 이야기한 루도비코 일 모로가 도착하는 것을 놓치지 않으려는 것처럼 몸을 약간 돌리고 있었다. 그리고 다른 한쪽에는 그의 군주이신 에르콜레의 사랑을 듬뿍 받는 둘째 자식, 베아트리체 데스테라는 이름에 통통하고 짜증 나는 계집애가 있었다. 가장 온화한 때조차도 성질머리가 저열하고, 혼자 머릿속으로 생각할 때면 대사가 못난이 베티라고 별명을 붙인 계집애. 물론 소리 내서 말하는 것은 고사하고 그 이름으로 생각하는 일도 거의 없긴 했다. 다른 모든 사람은 그녀를 아주 좋아했다. 그녀의 아버지, 언니, 어머니, 그리고 수많은 사람이 좋아했으나 거기에 지아코모 트로티 대사는 확실하게 포함되지 않았다.

"이리 오시죠, 대사 나리."

젊은 테르실라가 트로티에게 손짓으로 방향을 안내하면서 당연하게도 적당한 거리를 유지했다.

"너무 걱정하지 마세요. 대사님께 맞는 옷을 찾아드릴 수 있을 거예요."

베아트리체를 사랑하는 수많은 사람 중에는 최근까지 일 모로도 포함되어 있었다. 베아트리체는 모든 나라와 모든 계급의 여자들이 수천 년 동안 가장 많이 사용했고 시험해본 방법 중 하나를 사용해 그를 사로잡았다. 바로 결혼하고 몇 달이 되도록 그에게 자신을 허락하지 않는 것이었다. 그리고 그는 순수하게, 열정적으로 사랑에 빠졌다.

"여깁니다."

테르실라는 방으로 들어가 배의 키처럼 생긴 기묘한 나무 조각이 튀어나온 서랍식 옷상자로 자신만만하게 걸어갔다.

"여기는 백작 나리의 옷을 넣어두는 곳이랍니다. 마돈나 체칠리아의 남편께서는 대사님만큼 크시진 않지만, 필요한 걸 쉽게 찾을 수 있을 거예요."

당연하게도 일 모로는 자신의 욕구를 마음껏 즐겼다. 트로티는 공식적인 점식 식사 때, 다시 말해 거의 매일같이 이것을 알아챘다. 일 모로는 종종 연회에서 사라졌다가 한 시간 정도 후에 얼굴 가득 의기양양한 웃음을 띠고 돌아왔다. 재미있게도 루도비코가 자리에서 떠나기 몇 분 전, 항상 같은 때에 체칠리아 갈레라니가 토레 델라 로케타에 온다는 사실을 알아채는 데는 겨우 며칠밖에 걸리지 않았다. 그러니까 그의 다루기 힘든 마누라가 구운 고기를 즐기는 동안 루도비코 일 모로는 신선한 고기에 대한 욕구를 충족시키고 오는 거였다.

"이걸 입으세요. 이게 대사님께 장갑처럼 딱 맞을 것 같네요."

테르실라가 서랍에서 딱히 크지도 않은, 트로티의 절반 정도밖에 안 되는 남자에게도 꽉 조일 만한 비단옷을 꺼내며 말했다.

나중에 체칠리아 갈레라니가 임신을 하자 한때 트로티에게 "임신한 여자는 역겹다."고 말한 바 있는 루도비코는 그녀에게 발길을 딱 끊었다. 동시에 그는 한밤중에 젊은 아내의 방에 더욱 자주 드나들기 시작했다. 그는 두 층 사이의 가파른 계단을 얇은 실크 셔츠 한 장만 입고 내려갔고, 그마저도 거의 즉시 벗어버렸다. 이 모든 것 역시 트로티는 일 모로의 입을 통해 직접 들었다. 일 모로는 자신의 성생활을 아주 상세하게 이야기해주었다.

사생활을 이렇게 대놓고 떠드는 것에 대해서 그리 놀랄 필요는 없다.

르네상스 시대에 남편과 아내 중 한 명이 군주이거나 왕위 후계자일 경우 섹스는 사생활로 여기지 않았다. 트로티에게 묻는다면, 그 역시 알폰소 데스테가 페라라에서 안나 스포르차와 결혼하고 첫날밤을 치를 때 프란체스코 콘차가, 아라곤 대사 시모노토 다 벨피에트로, 그리고 알폰소의 옷을 벗긴 다음 어린 아내가 있는 침대로 그를 밀어 넣은 네다섯 명의 가신이 함께 있었다고 말해줄 것이다. 하지만 알폰소는 결혼을 성사시키는 데 관심이 없었고 계속해서 침대 밖으로 나왔다. 침실에 있는 수많은 사람 때문에 겁을 먹었을 수도 있고, 어쩌면 이런 식의 경험이 별로 없어서 여자 성기가 그를 물어뜯을 거라고 생각했는지도 모른다. 그래서 결국 콘차가가 어떻게든 처리하라는 임무를 떠맡고 귀족 가문의 후계자를 문자 그대로 두들겨 패서 이불 속에 도로 밀어 넣은 다음 뭔가를 해내기 전에는 절대로 나올 엄두도 내지 말라고 말했다.

"바지도 드릴게요."

테르실라가 서랍에서 기다란 색색의 프랑스 스타일 타이츠를 꺼내며 말했다.

굉장히 보기 흉한 타이츠였다. 패션에 거의 관심을 기울이지 않는 트로티조차 이런 걸 입은 사람 옆에서 걷는 모습조차 보이고 싶지 않을 만한 물건인데 오늘은 그가 이걸 입어야만 했다.

게다가 혐오스러운 건 혐오스러운 거였다. 베아트리체가 일 모로의 이 모든 야간 방문 덕분에 임신했을 때 트로티는 즉시 걱정하기 시작했다. 아내의 배가 빵 덩어리처럼 부풀 동안 밀라노의 군주는 그녀를 장갑 낀 손의 새끼손가락으로도 건드리려고 하지 않을 게 분명하고, 다른 곳에서 욕구를 충족하려고 할 것이었다. 그렇다면 여전히 밀라노에서 가장 아름다운 여인이고, 많은 사람이 말하듯이 일 모로가 여전히 순수하고 지속적인 애정에 사로잡혀 있는 체칠리아 갈레라니에게 다시 가지 않을 이유가 있을까? 베아트리체와 비교하면 살라미 햄 옆의 다이아몬드 같은 체칠리아인데.

트로티는 아무렇게나 골라서 그에게 넘겨진 옷을 서글프게 쳐다보았다. 페라라에서라면 그는 이런 것을 입느니 집에 틀어박혀 나오지 않을 것이다. 하지만 밀라노는 페라라가 아니었다.

밀라노에서 남자들은 노새를 타고 여자들, 부유한 여자들은 수레를 탔다. 이 수레는 제단 장식과 시칠리아식 마차의 혼종처럼 생겼고, 미끄러지듯 움직이고 화려했으며, 두 마리나 네 마리의 암말이 끌었고, 행인들의 악몽이었다. 이상한 소리 같겠지만 밀라노는 15세기 말에 이미 교통 문제가 있었다.

지아코모 트로티는 일 모로의 명령에 따라 카스텔로 스포르체스코에 밤낮 아무 때나 들어올 수 있는 수레는 몇 안 된다는 것을 잘 알았다. 그중 하나가 체칠리아 갈레라니의 수레였다. 한동안 그녀가 성에서 지내지 않았음에도 불구하고 말이다. 이게 딱히 무슨 의미가 있는 건 아니었다. 일 모로는 일 때문에 쉽게 성을 나가 정부의 집으로 갈 수 있었다. 그녀의 남편이 크레모나 근처 크로체의 산 지오반니에 머무르고 있었기 때문이다.

그래서 트로티 대사가 오늘 거기에 있는 거였다. 체칠리아 갈레라니를 자세히 보고 그녀의 이마에 새로운 보석 장식이 달려 있는지, 아니면 오로지 일 모로만 전통적으로 사랑의 정표로 줄 수 있는 금사로 두툼하게 수가 놓인 비단 드레스를 입었는지 확인하기 위해서 말이다. 이런 선물이 그녀의 남편에게서 나왔을 리 없다는 것은 확실했다. 일 모로가 체칠리아를 카스텔로 스포르체스코에서 내보내며 결혼시킨 상대인 루도비코 카르미나티 베르가미니 백작은 밀라노 전체뿐만 아니라 신성 로마 제국 전체에서 가장 인색한 인물 중 하나였기 때문이다.

"감사합니다, 레이디 테르실라. 옷상자 닫는 것을 도와드릴까요?"

트로티는 우울하지만 정중한 어조로 말했다.

"감사합니다, 대사님. 하지만 저도 그 정도는 직접 할 수 있답니다. 열기도 했는걸요. 이걸 이용해서 말이죠."

그녀가 윙크를 하며 옷상자와 뚜껑 사이에 있는, 나무와 철로 만들고 끝에 일종의 방향키 같은 게 달려 있는 기묘한 장치를 보여주었다.

"이건 메세르 레오나르도께서 발명해 저희 레이디께 선물로 주신 거죠. 지렛대 장치예요. 이렇게 키를 돌리면 뚜껑이 위아래로 움직여서 힘을 쓸 필요가 전혀 없답니다. 굉장한 물건이죠. 저희 시간을 얼마나 많이 절약하게 해주는지 모르실걸요. 메세르 레오나르도는 정말 천재예요, 그렇게 생각하지 않으세요?"

테르실라는 자신이 직접 만든 것이라도 되는 것처럼 자랑스럽게 말했다.

"그건 분명한 사실이지요."

지아코모 트로티는 외교관으로 지내는 동안 처음으로 진짜 자기 생각을 말할 수 있었다.

"메세르 레오나르도 다 빈치에게 불가능한 건 아마 아무것도 없을 겁니다."

"하지만 그건 불가능합니다!"

분홍색 옷의 남자가 짜증스러운 동작으로 상자를 닫았다. 그의 뒤로 오십 대 정도의 올리브색 피부를 가진 여자가 수심 어린 모습으로 엉덩이에 손을 올리고서 남자를 바라보고 있었다.

"아마도 위층 작업실에 놔두고 온 모양이지."

"그럴 리 없어요! 확실하게 기억합니다. 여기 놔둔 게 한 달도 안 됐거든요."

"아, 그래. 겨우 한 달밖에 안 됐다니⋯⋯."

분홍색 옷의 남자는 고개를 흔들고 상자의 잘못인 것처럼 옷상자를 응시하다 여자를 올려다보았다. 그는 잘생겼다기보다는 남자다운 묘한 분위기의 얼굴을 갖고 있었다. 긴 금발 머리에는 회색 머리카락이 많이 섞여 있었지만, 수염에는 회색 털이 거의 없었다. 대체로 상냥한 그의 눈은 부모만이 불러일으킬 수 있는 종류의 짜증으로 가늘어진 상태였다.

"빈정거리는 건 그만두세요, 카테리나. 이건 중요한 도면들이고 전 그걸 대단찮은 물건처럼 아무 데나 들고 다니지 않는다고요."

"살라이가 가져간 건 아닐까? 살라이가 바닥에 고정시켜두지 않은 건 뭐든 훔쳐간다고 네 입으로 말했잖니."

종종 그러듯이 갑자기 어떤 생각이 떠올라서 남자는 돌아서서 여전히 말을 하면서 옆에 붙은 방으로 들어갔다.

"살라이는 내 도면에 손대면 안 된다는 걸 아주 잘 알아요. 그랬다가는 내가 녀석을 매질하고 저녁도 안 줄 거니까요."

그는 커다란 탁자 위의 종이들을 샅샅이 살피면서 여자에게 계속해서 말했다.

"저녁 얘기가 나와서 말인데, 수탉 한 마리는 3명에게 너무 많을 거예요, 카테리나. 오늘 저녁에는 좀 자제해줬으면 좋겠어요. 콩이랑 순무가 있잖아요. 그거면 충분할 거예요."

"너한테는 그렇겠지. 하지만 고기를 좀 먹으면 너한테도 아주 좋을 거야. 내가 도착한 이래 넌 훨씬 더 말랐어. 석 달 동안 5킬로그램은 빠졌을 거다."

"석 달인데 십 년 같네요. 전 죽은 동물의 살은 전에도 먹지 않았고 앞으로도 그럴 거예요. 제가 마르는 이유는 이 망할 말 동상 때문이라고요. 그거랑 이 빌어먹을 도면을 못 찾는 거하고요. 도대체 이 망할 것들이 어디로 사라진 거지?"

"도면들이 발이 달려 도망치진 않았겠지, 아들아."

"엄마들은 자주 그렇게 하지만 말이죠, 카테리나. 그러니까 제 뒤를 좀 졸 따라다니면서 사람 기운 빼지 마시고 제가 좀 평화롭게 찾도록 놔두실 수 없어요?"

"넌 어릴 땐 한 번도 그렇게 저속한 말을 하지 않았는데. 그렇게 신경이 날카롭지도 않았고."

"그걸 어떻게 아세요? 옆에 계시지도 않았잖아요. 신경이 날카로운 건, 그 사람들이 절 이렇게 만든 거예요. 두 달 동안 돈 한 푼 못 받았다고요. 잠깐만요."

그가 어머니에게 옆으로 비키라는 손짓을 하고 닭장으로 가서 우리 안을 뒤지기 시작했다.

"닭장 청소하는 데 그걸 쓰지는 않았다."

카테리나가 인내심을 갖고 말했다.

"그러셨다고 해도 놀랄 일은 아니죠."

남자가 대답하며 다시 몸을 펴고 벨트를 바로잡았다.

"전엔 마치 그런 일이 마치 없었다는……. 잠깐만요. 막 뭔가가 생각났어요."

그는 오른손으로는 여전히 벨트를 잡은 채 왼손을 분홍색 옷의 목깃으로 올려 잡아당긴 다음 접힌 종이를 꽉꽉 끼워 넣은 공책을 꺼냈다. 종이는 어떤 건 크고 어떤 건 작았다. 그는 그것을 탁자 위에 놓고 아주 신중하게 펼친 다음 말 그림과 설명, 그리고 주위에 다른 물체들을 그려놓은 두 장의 노란색 양피지를 꺼냈다. 그는 즉시 한 손을 얼굴에 올리고 눈을 굴렸다.

"네가 내내 갖고 있었던 거니?"

카테리나가 낄낄거리며 말했다.

"이틀 전에, 성에 가기 전에 거기다 넣어놨던 모양이에요. 죄송해요, 카테리나."

그는 어머니가 화가 났는지 가늠하려는 것처럼 쳐다보며 말했다.

"가끔은 날 엄마라고 부를 수도 있잖니."

"죄송해요, 엄마. 전 너무 많은 것을 읽어서 가끔씩……."

문을 세게 똑똑 두드리는 소리에 그의 말이 끊겼다.

카테리나가 돌아섰지만 그가 재빨리 어머니 앞으로 가서 문을 열었다. 어머니를 부끄러워해서 그런 건 아니었다. 당연히 아니지. 음, 약간은 그럴지도 모르겠다. 그것은 방문자가 누구냐에 달린 문제였다. 그리고 이런 아침 시간에 올 사람은 딱 한 명이었다.

분홍색 옷의 남자가 문을 열자 약간 키가 작고 그보다 훨씬 나이가 많아 보이는 사람이 서 있었다. 검은색 비단옷을 입고, 경의를 표하는 의미로 머리에 쓰고 있던 모자를 벗어 손에 들고 있었다. 하인이다. 누군가 중요한 인물이 보냈겠지만, 어쨌든 하인이었다.

"메세르 레오나르도 다 빈치?"

나이 많은 남자가 물었다.

"바로 나요."

그가 대답했다.

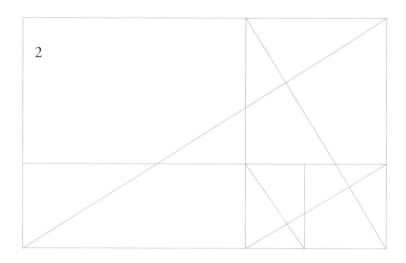

2

"오, 메세르 레오나르도, 만나서 정말로 기쁘군."

루도비코 일 모로가 피아찰레 델레 아르미라고 불리는 커다란 뜰 한가운데쯤에 서서 레오나르도에게 앞으로 오라는 손짓을 했다. 그의 옆에는 비쩍 마르고 사납게 생긴 공작령의 세금 징수관, 베르곤치오 보타 경이 언제나처럼 팔 아래 커다란 장부책을 끼고 서 있었다.

"저는 각하의 하인입니다."

레오나르도가 조심스럽게 말했다. 루도비코가 소환한 이유는 절대로 알 수 없다. 밀라노의 군주가 궁정의 모든 사람 앞에서 레오나르도에게 온갖 칭찬과 포상을 내렸던 페스타 델 파라디소 다음 날처럼 열광해서 그럴 수도 있고, 정반대일 수도 있다.

"이리 오게, 앞으로 와. 세금 징수관, 시종장이 자네를 부르는 것 같군."

루도비코가 차분하게 미소를 지으며 말했다.

밀라노의 군주가 세금 징수관에게 레오나르도와 단둘이 할 이야기가 있으니 자리를 비켜달라고 말하는 이런 방식은 딱히 르네상스 시대만의 방식은 아니다. 베르곤치오 보타는 인사를 하고 허리를 펴기도 전에 뒷걸음질을 치다가 몸을 돌려 산토 스피리토 방향으로 사라졌다. 루도비코는 잠시 입을 다문 채 레오나르도를 쳐다보지 않고 주위를 둘러본 다음 천천히 널찍한 남쪽 입구로 걸어가며 레오나르도에게 따라오라고 손짓했다.

"오늘 아침에 각하께서는 특히 기분이 좋아 보이시는군요."

레오나르도는 그의 봉급을 주는 남자의 기분을 가늠하려고 노력하며 대담하게 말했다.

"그렇다네, 마스터 레오나르도. 그렇지. 그 이유를 아나?"

루도비코가 여전히 미소를 지으며 계속 걸어가면서 말했다.

"각하께서 행복하신 이유를 기꺼이 알려주신다면 감사하겠습니다."

"비밀도 아니지. 더 이상은 말이야. 막시밀리안 황제께서 우리 사랑스러운 조카 비앙카 마리아와 오는 크리스마스 때 결혼하는 영예를 베풀어주실 거라네. 스포르차 가문이 황제와 결속되는 거야, 마스터 레오나르도."

이것을 알아둬야 한다. 루도비코는 몇 달 동안 비앙카 마리아 스포르차를 신성 로마 제국 황제의 신부로 만들기 위해서 우정이라는 지속적인 제안과 무엇보다도 근사한 지참금으로 그를 유혹했다. 궁정에서는 40만 두카트라는 이야기가 떠돌았고, 이것은 다시 말하자면 공작령 전체 연간 수

입의 절반이 넘었다. 이것은 현재의 이탈리아 재무장관이 미국 대통령과 딸을 결혼시키는 대가로 수십억 유로에 달하는 이탈리아의 세금 수익을 지참금으로 제안하는 것과 같은 경우다.

"우린 11월 초에 결혼 파티를 열어야 해. 신부의 출발을 계획하거나 우리의 가족, 친척, 수행원들을 이곳 성으로 부르는 건 전혀 어려운 일이 아닐 거야. 사실 아주 쉬운 일이지. 왠지 아나?"

이런, 맙소사!

루도비코 일 모로는 당시의 귀족 중에서도 굉장히 높은 수준의 교육을 받은 사람이었지만, 그리스 철학에는 딱히 중점을 두지 않았다. 하지만 그렇다 해도 그는 대화 상대를 구석으로 몰아 원하는 대답을 내뱉게 만들기 위한 소크라테스적 대화 기술을 아주 잘 이해하고 있는 것 같았다. 궁정에서는 일 모로가 은근슬쩍 사소한 힌트를 내비치기 시작할 때는 조심하라고 이야기한다. 그가 곧 당신의 뒤통수를 칠 테니까.

"아뇨, 각하."

"우리에게는 마음대로 쓸 수 있는 이 멋진 정원이 있거든."

루도비코가 팔을 휘둘러 피아찰레 델레 아르미와 주위의 성 전체를 가리키며 말했다.

"이 커다랗고 넓고 근사한 뜰이 있고, 바로 그 앞에는……."

루도비코는 문가에서 손바닥을 펴 도개교 앞의 넓은 공터를 가리켰다.

"바로 앞에는 자네도 알겠지만 더 큰 광장이 있지. 완벽하게 평평하고, 말끔하고, 어떤 장식물도 없어. 다시 말해서 마스터 레오나르도, 완전히 비어 있는 공간이야."

일 모로의 시선이 공터에서 레오나르도에게로 움직여 고정되었다. 그의 입은 여전히 미소를 띠고 있었지만 그의 눈은 아니었다.

루도비코가 어느 누구보다 잘 해낼 거라고 호언장담한 임무를 공식적으로 레오나르도에게 맡긴 지 4년이 흘렀다. 그리고 레오나르도가 해낼 수 있다고 말한 이래로는 10년이 지났다.

10년 전, 레오나르도는 자신이 사석포를 개발하고, 지하로 강과 해자를 파고, 난공불락의 성을 만들 수 있다고 주장하는 긴 편지를 갖고 루도비코 일 모로 앞에 나타났다. 그 편지의 제일 아래쪽에 그는 자신이 그림도 좀 그린다고 덧붙였다. 이것은 놀라운 일이었다. 다 빈치는 그가 직접 발명한 리라 다 브라치오lira da braccio를 연주하는 음악가로서의 능력 때문에 밀라노로 불려온 것이기 때문이다. 하지만 특히 하나의 문장이 루도비코 일 모로의 머리에 깊이 박혔다.

저는 각하의 아버님에 대한 행복한 기억과 빛나는 스포르차 가문의 불멸의 명성, 영원한 영예를 기리는 청동 말을 만들겠습니다.

이 약속으로 그는 궁정에 임명되었고, 덕분에 그가 일을 하고 이론상으로는 상당한 봉급을 받는 성당 바로 옆 코르테 베키아에 있는 2층짜리 스튜디오도 얻었다. 하지만 몇 년이 흐르면서 몇몇 사람의 눈에 이 약속은 과장된 것으로 여겨졌다. 그중 한 명이 일 모로였다.

"자네가 내 아버지를 추억하는 기념물을 만들기 위해 마음과 영혼을 다시금 다 바치고 있다고 나에게 장담한 지 3년이 지났네, 마스터 레오나르도."

일 모로는 여전히 레오나르도를 바라보며 말을 이었다.

"자네는 이 기념물 작업이 이미 진행 중이라고 나에게 수차례 장담했고, 그래서 지금 나는 우리가 서 있는 성 앞의 이 큰 공간을 말끔하게 치우고 다듬어놓았어."

"기쁘게도 각하께 말의 점토 모형이 이미 준비되었고, 다음 주말에 바로 이 광장에 전시할 수 있다는 사실을 말씀드릴 수 있습니다."

"점토 모형? 정말인가?"

루도비코가 눈썹을 치켜 올렸다.

"실제 크기의 점토 모형입니다, 각하. 7미터로 지금까지 다른 어떤 말 기념물보다 더 크고 훨씬 웅장한 작품입니다. 정말로 이 모형이 열흘 안에 여기에 전시될 겁니다."

"아, 참 멋진 소식이군. 훌륭해. 근사해. 자, 말해보게. 나의 아버지에 대한 경의를 테라코타 기념물로 표할 생각인가, 아니면 더 나아가 멋진 청동 도금으로 할 건가? 여기는 자네의 햇빛 가득한 토스카나가 아니야, 마스터 레오나르도. 밀라노의 겨울밤은 얼어붙을 정도로 춥지. 나의 아버지가 적절한 금속 덮개가 없어 감기에 걸리시길 바라진 않네."

루도비코 일 모로는 바보가 아니었고, 높이 7미터가 넘는 물체에 녹인 청동을 입히는 게 쉬운 일이 아니라는 것도 잘 알았다. 그가 거기에 관련된 기술적, 공학적 어려움을 안다는 말은 아니고, 그저 청동 물체를 가벼우면서도 튼튼하게 만드는 것이 얼마나 어려운지 대강 안다는 말이다. 구

체적으로 말해서 루도비코 일 모로가 염두에 둔 것은 대포였다. 프랑스군
은 만들 수 있지만 그는 만들 수 없는 대포.

"처음에는 말 등을 바닥에 대고 다리가 위로 올라오게 만든 몰드에 녹
인 금속을 부으려고 생각했습니다, 각하. 이렇게 하면 엄청난 열 때문에
물방울이 기체가 되어 식으면서 청동 표면 사방으로 빠져나오는 문제를
해결할 수 있습니다. 왜냐하면⋯⋯."

"아주 훌륭한 생각인 거 같군. 내가 제대로 이해했다면, 물에서 나오는
수증기가 말굽으로 빠져나오는 거겠지. 왜 그렇게 하지 않지?"

"각하께서는 완벽하게 이해하셨습니다. 그런데 불행히도 각하의 아름
다운 도시는 지상만 차갑고 습한 것이 아니라 지하도 마찬가지입니다."

"무슨 뜻이지?"

"저희가 말 모형이 들어갈 정도로 큰 구멍을 판다면, 밀라노 지하에 흐
르는 지하수를 건드리게 될 겁니다, 각하. 살아 있는 말은 수영을 할 수
있습니다만, 청동으로 만든 말에는 물이 심각한 해를 입힐 겁니다."

일 모로는 얼음 같은 눈으로 잠깐 레오나르도를 바라보았다. 그리고 거
의 동시에 그의 입가가 팽팽해졌다가 1초쯤 후 다시 미소를 지었다.

"난 자네를 아주 높이 평가한다네, 레오나르도. 자네도 알겠지."

일 모로가 몸을 돌려 광장을 바라보면서 말을 이었다.

"공학자로서, 화가로서, 제복과 의상의 달인으로서 자네를 굉장히 높
이 평가하고, 마지막이지만 마찬가지로 아주 중요하게도 자네의 기지에
굉장한 존경심을 갖고 있어."

"각하께서는 대단히 관대하십니다."

"나도 그런 생각이 들기 시작하는군."

루도비코가 냉정하게 말했다.

"내가 대단히 관대하지 않았다면 나는 지금쯤 자네를 길거리로 내던졌을 거야."

이 말을 하면서 그는 성의 아치문을 쳐다보았다. 문을 통해 금발의 젊은 남자가 걸어오고 있었다. 먼 거리에서도 남자는 건장하고 체격 좋은 젊은이로 보였다. 소문에 따르면 마스터 레오나르도의 관심을 끌 만한 타입이었다.

"아, 갈레아초 백작이로군. 자, 다른 일은 어떻게 되어가고 있는지 말해보게."

루도비코의 이 마지막 말은 무심하면서도 훨씬 더 낮은 목소리로 흘러나왔다.

레오나르도 역시 나지막한 어조로 대답했다.

"전부 각하께서 바라시는 대로 되어가고 있습니다."

"좋아, 좋아."

루도비코가 평소의 어조로 다시 말을 이었다.

"열흘이라고 그랬지. 그렇게 약속한 걸로 알겠네."

"미천한 소인이 각하께 인사 올립니다."

"잘 왔네, 갈레아초. 나의 사랑스러운 비앙카는 어떤가?"

"불사조처럼 아름답습니다. 이제 거의 성인이 되었지요."

갈레아초 산세베리노가 '제 손에는 지금 무기가 없습니다.'라는 뜻의 오래된 동작으로 장인어른의 팔뚝을 쥐며 말했다.

이런 동작이 두 사람에게 딱히 필요한 건 아니었다. 밀라노와 베네치아가 서로 전쟁을 하던 시절 갈레아초 산세베리노는 자신의 아버지 로베르토를 등지고 일 모로의 편에 섰고, 그것은 잊을 만한 일이 아니다. 루도비코는 갈레아초를 대단히 믿어 자신의 첫째 서녀 비앙카 지오반나가 열한 살이 되자마자 그와 결혼을 시켰다. "거의 성인이 되었다."는 그의 말은 갈레아초가 아동성애자라는 뜻이 아니다. 그 시절에 열한 살은 자연적으로 가능하다면 아이를 낳는 것까지 포함해서 많은 일을 할 만큼 나이가 든 걸로 여겼다.

"그런데 걱정이 있으신 것 같군요, 루도비코."

갈레아초는 주위에 다른 사람이 없을 때면 항상 그러듯이 장인어른의 이름을 부르며 말했다.

"늘 그렇지, 갈레아초."

"마스터 레오나르도를 만나기 전에는 그렇지 않으셨잖습니까."

루도비코는 사위를 쳐다보았고, 그는 정직하게 루도비코의 시선을 맞받았다.

갈레아초 산세베리노는 이름을 제외하면 모든 것을 부모에게서 물려받은 것 같은 사람 중 하나였다. 그는 누구나 인정할 만큼 미남이었다. 루도비코와 베아트리체 데스테의 결혼식을 기념해서 열린 대규모 토너먼트에 참석한 모든 밀라노 사람이 보았듯이 강하고 용맹하기도 했다. 그 행사에서 갈레아초는 상대를 모두 말에서 떨어뜨리거나 창으로 찌르거나 패배시켰고, 열두 개의 상대방 창 중에서 열두 개를 다 손쉽게 부러뜨려 무장을 해제시키는 것 이상을 해냈다.

또한 갈레아초는 영리하고 꽤 교양이 넘쳤다. 그와 잠깐 이야기를 해보면 쉽게 알 수 있었다. 하지만 그 무엇보다도 갈레아초 산세베리노는 뛰어난 외교술을 갖고 있었다. 이것은 일 모로와 몇몇 사람만이 아는 사실이었다. 말하자면 그는 모든 아버지가 자신의 딸을 위해서 꿈꾸는 사윗감이었다. 그 아버지가 15세기 말에 산다면 말이다. 다만 한 가지 사소한 문제가 있었다. 그가 부모에게서 물려받지 못한 한 가지가 바로 이름이었다는 점이다. 갈레아초는 용병의 아들이었고, 태생적 문제란 고치기가 힘든 법이다.

밀라노에서 갈레아초와 루도비코처럼 서로를 잘 이해하는 두 남자는 아마 없을 것이다. 두 사람은 갖고 태어나지 못한 작위를 얻기 위해서 싸웠고, 능력으로 그것을 얻어냈다.

"맞네, 친애하는 갈레아초. 그 저주받은 말 동상을 볼 수 없을 것 같아서 걱정이야. 게다가 마스터 레오나르도는 나의 아버지에 대해서 더 이상 언급하지 않아. 그저 '그 말'이라고만 할 뿐이야. 말 등에 프란체스코 스포르차가 타야 한다는 게 부차적인 문제인 것 같단 말이지."

"말 위의 아버님 때문에 걱정이시라면, 제 말을 들으면 안심이 되실 겁니다. 마스터 레오나르도가 저를 안장에 앉혔던 거 기억하십니까?"

"난 여전히 자네가 안장 위에 앉아 있을 수 있었던 게 놀라워. 자네 투구 뒤에서 그 날개 달린 뱀이 삐죽 나와 있는 상태로……."

루도비코가 미소를 지으며 말했다. 갈레아초도 미소를 지었다. 금색 비늘갑옷을 입고 마상 시합에 등장했던 것은 그의 인생에서 가장 화려한 순간이자 우스꽝스러운 순간이었다. 그리고 정수리 뒤에서 시작해 커다란 나선을 그리며 내려가 말의 엉덩이쯤까지 닿는 날개 달린 파충류 형태의 투구는 그 자체만 5킬로그램쯤 되었다.

"뱀의 발이 말의 엉덩이에 닿았습니다. 그러니까 제 머리를 받쳐줬던 건 말이었죠. 모든 게 완벽하게 균형이 맞았습니다. 레오나르도는 그런 일의 전문가입니다."

"그럴지도 모르지."

루도비코는 여전히 회의적인 표정으로 말을 이었다.

"좋아. 말 위의 사람에 대해서는 그만 걱정하자고. 하지만 말 그 자체에 관해서도……."

"그는 제 마구간에서 제 시칠리아산 서러브레드를 몇 달이나 연구했습니다. 구석구석 전부 측정했죠."

"구석구석? 마스터 레오나르도라면 특히 몇몇 부분을 건드리면서 아주 즐거웠겠구만."

루도비코가 낄낄 웃으면서 말했다.

"루도비코, 레오나르도는 자기가 하는 일을 잘 압니다."

갈레아초가 열성적으로 말했다.

"그래. 하지만 문제는 그가 자기가 모르는 일은 하려고 하지 않는다는 점이야."

루도비코의 얼굴이 그의 별명*처럼 어두워졌다.

"그가 아름다운 말을 만들 수 있을 거라는 점은 걱정하지 않아. 하지만 그걸 주조할 수 있을지는 의문이야. 그가 그 분야의 가장 훌륭한 대가들인 산갈로와 공학자인 프란체스코 디 조르지오 같은 사람들과 이야기를 했다는데 둘 다 의구심을 표했다더군. 우리에게는 프랑스인들의 기술이 필요해. 바로 그거야, 프랑스인들. 주조 기술에서 그보다 더 뛰어난 사람들이 없지."

"그리고 그들이 잘하는 건 그것뿐이죠."

갈레아초가 일 모로의 생각이 전혀 다른 방향으로 향하는 것을 알아채고 에둘러 대답했다.

"하지만 그것만으로도 차고 넘친다네, 갈레아초."

일 모로가 퉁명스럽게 대꾸했다.

---

* il moro는 어둡다는 뜻

두 남자는 갑자기 그들 사이에 유리벽이 생긴 것처럼 침묵에 잠겼다. 유리판이 그 시절에는 만들어지지 않았으니 이것은 지극히 가상적인 묘사일 뿐이다. 그렇지 않다면 왜 창문에 테레빈유에 적신 천을 덧대야 했겠는가? 침묵으로 나뉘어 있음에도 불구하고 사실 두 사람은 같은 생각을 하고 있었다.

갈레아초 산세베리노 같은 용맹한 기사가 있든 무모하게 돌격하는 주정뱅이들이 있든 간에 앞에 있는 것이 그들을 종잇조각처럼 갈가리 찢어버릴 대포 부대라면 아무 차이가 없다. 하나 더 지적하자면, 일 모로에게는 앞에서 말한 용맹한 기사조차도 없었다.

마을과 성, 성채들이 서로 전쟁을 하느라 여념이 없는 끔찍한 지그소 퍼즐 같은 도시 국가 이탈리아에서 도시 거주자들과 소작농들은 전쟁에 거의 참여하지 않았고, 참여한다 해도 그저 희생양이 될 뿐이었다. 어떤 도시에도 자신들이 태어난 축복의 땅을 위해 목숨을 바치려 하는 애국자들로 구성된 정규군이 없었다. 전쟁은 용병과 그 대장들로 구성된 회사들이 전적으로 담당했다. 제3자를 위해 싸우는 확실한 대리인 중 한 명인 지오반니 아쿠토, 다시 말해 영국인 존 호크우드 같은 사람 말이다. 현재 그는 그 공적에 걸맞은 말 기념비를 갖고 있었고, 그것은 7미터 높이에 달했다.(하지만 '지오반니 아쿠토의 기마상'이라고 알려진 작품이 실은 파올로 우첼로가 산타 마리아 델 피오레 교회에 그린 프레스코화이고, 그저 2D일 뿐이라는 점은 지적하고 넘어가야겠다.)

이 영국인 전사는 "평화가 당신과 함께하기를."이라는 인사를 받으면 언제나 "그렇지 않길 바라오. 그러면 난 백수가 되니까."라고 대답했다.
그에게 이것은 빈정거림이 아니라 단순한 직업의식이었다. 전쟁이 삶의
방식인 이 회사들과 용병대장들은 전투에서 죽고 싶은 마음은 전혀 없었
다. 그들은 영웅이 아니라 직업 군인이었기 때문에 도시 국가 사이의 전
투와 전쟁은 대체로 소규모 근접전 정도로 끝났다. 대부분의 폭력 행위는
정복된 마을 주민들에게 가해졌다. 그들은 맞서 싸울 기회도 없이 재산을
빼앗기고, 살해되고, 강간당했다. 수십 년 동안 멍청한 놀이나 하고 무력
한 상대에게 폭력을 가해온 이탈리아 전역의 병력은 허약해졌고, 자극과
강력한 적이 없어 수준이 굉장히 저하되었다.

이들은 무엇보다도 프랑스인들로 구성된 프랑스군과는 전혀 달랐다.
프랑스군에는 달마티아인이나 네덜란드인 용병이 없었다. 사실 용병이라
고는 전혀 없었다. 그들은 언어와 목적을 공유하고 샤를 8세에 대한 충성
심으로 똘똘 뭉친 강력한 병사들 집단이었다. 두 번째로 이탈리아의 용병
대장들이 세련되어지고 그들의 아들들이 어떤 경우에는 귀족이나 외교관
이 되었던 반면, 당시 프랑스에서는 사회적 승격이 전혀 불가능해 프랑스
병사들은 계속해서 병사들이었다. 다른 사람의 백성들과 마주하면 그들
을 죽이고 그걸 통치자에게 내세우지 않는 그런 사람들이었다.

"프랑스인들의 의도에 관해서 좀 더 알아내야 해. 우린 너무 오랫동안
기다렸어."

일 모로가 한참의 침묵 끝에 말했다.

"당연히 너무 오랫동안 기다렸지! 내 아침 식사는 어디 있는 거야?"

스타킹에 잠옷 차림의 조그만 남자가 말했다.

"즉시 알아보겠습니다, 폐하."

코뮌 공작이 즉시 대답하며 문으로 향했다.

"그러는 게 좋을 거야, 공작."

국왕이 이불을 걷어차며 말했고, 그 바람에 창녀처럼 보이는 반쯤 벗은 여자도 같이 차였다.

"옷 입고 당장 나가. 우린 의논할 중요한 문제가 있다고."

"나리, 이게 무슨 개 같은……."

여자의 말은 행동거지도 창녀 같다는 사실을 드러냈다. 실제로 여자는 창녀이기도 했다.

"착하지. 네가 계속 착하게 구는 한은 아주 예뻐해줄 거야."

프랑스 국왕 샤를 8세가 침대에서 일어나며 말했다. 매트리스가 바닥에서 80센티미터 정도의 높이이고 그의 쭉 뻗은 다리 길이는 60센티미터 정도밖에 되지 않아 상당한 어려움이 있었다.

"하지만 지금 당장 우리는 전쟁과 정치, 네가 이해하지 못하는 다른 것들에 관해 의논을 해야 하니까 옷 입고 나가. 아니면 그냥 그대로 나가든지. 네가 그런 데 수치심을 느끼는 타입도 아니니까. 그리고 나가면서 내 아침 식사는 어떻게 됐는지도 좀 알아봐."

국왕은 몸이 마비된 것처럼 폴짝 뛰어 바닥에 착지했다.

프랑스 국왕 샤를 8세의 첫 번째 문제는 이름뿐인 국왕이라는 점이었다. 그의 외모에서는 왕의 티가 전혀 나지 않는다고, 그 자리에 있던 그의 사촌이자 오를레앙 공작인 루이 드 발루아는 화려한 모직 옷을 입으려고 하는 뼈와 털의 괴상한 집합체를 바라보며 생각했다. 키가 작고 등은 굽었으며 끔찍한 모양의 코와 유일하게 남성성의 뚜렷한 징표인 제멋대로 난 수염을 가진 샤를 8세는 왕이라기보다는 형편없이 조립된 의자처럼 보였다.

"자, 신사 여러분, 이제 이야기를 해보지."

국왕은 일평생 그가 감수하는 가장 위험한 업무인 질식하지 않고 옷 걸치기를 해내자마자 말했다.

"왜 언짢은 얼굴이지, 공작? 두꺼비라도 삼킨 사람 같구만."

오를레앙 공작은 살짝 기침을 하고 대답했다.

"폐하, 아무나 앞에서 그렇게 공공연하게 저희가 전쟁 이야기를 한다고 언급하시는 것은 별로 좋지 않다고 사료됩니다. 어젯밤 폐하의 손님은 어쨌든 매춘부이고, 온갖 종류의 사람들과 자주 접하지 않습니까."

심지어는 폐하하고도 말입니다, 라고 공작은 생각했지만 말하지는 않았다.

"그래, 공작, 자네 말이 맞아. 하지만 내가 벌이려고 하는 일은 대단히 위대하기 때문에 어서 빨리 시작하고 싶군."

국왕은 우스꽝스럽게 폴짝 뛰어 침대 옆에 놓여 있던 미늘창을 집어 들고 가상의 적에게 겨누었다.

"생각해보게, 공작. 내가 명령만 하면 우리 군대는 한니발처럼 알프스를 넘어 이탈리아를 침공할 거야. 이탈리아의 모든 왕국이 우리 앞에 얌전히 절을 하고서 우리가 자기 나라를 지나가게 해주겠지. 베네치아, 밀라노, 피렌체는 나폴리로부터의 해방자를 환호할 준비가 되어 있고, 우리가 아라곤의 알폰소 영지로 진군하는 동안 우리를 돕겠지. 우린 한 번도 싸우지 않고 나폴리 왕국을 침공하게 될 거야."

그 방법밖에는 하실 능력이 없지 않으십니까, 오를레앙 공작은 속으로 생각했다.

프랑스 국왕 샤를 8세의 두 번째 문제는 그가 멍청이라는 점이었다. 구태여 설명하지 않아도 독자들 역시 이미 깨달았으리라. 베네치아 대사 콘타리니가 묘사한 것처럼 몸도 허약하고 지능도 떨어지는 프랑스의 왕은 평생 한 번도 전투에 참여한 적이 없을 뿐만 아니라 전쟁이 어떤 건지조차 몰랐다. 그의 유일한 정보의 원천은 투사, 정복, 영광, 죽어가는 기사가 부는 나팔에 대해 이야기하는 기사도 정신에 관한 책과 시뿐이었고, 이런 책에서 그는 자신이 영광스러운 업적을 이룰 운명인 위대한 기사라고 믿게 되었다. 오를레앙 공작처럼 1그램이라도 전쟁 경험이 있는 사람에게는 진짜 전쟁 상황에서, 그게 기획 단계든 실제 전투든 간에 프랑스 국왕이 적의 최고의 동지가 될 것임이 분명히 보였다.

하지만 아무 경험 없는 샤를 8세는 자신이 읽은 것만을 바탕으로 이탈리아를 자신의 것으로 정복하기 위해서는 그저 그럴 결심을 하고 일에 착수하면 될 뿐이라고 확신했다. 오늘날 우리 중 몇몇 사람도 그렇게 생각하곤 한다. 차이라면 시 대신 인터넷을 보고 그렇게 생각한다는 점이다.

공작의 생각을 모른 채 왕이 말을 이었다.

"이미 출발했다면 지금쯤 우리는 이탈리아를 침공하기 직전일 거야. 뭘 기다리고 있는 거지, 대주교?"

생말로 대주교 브리소네는 눈썹을 치켜 올리고서 어디서부터 말을 시작해야 할지 고민했다.

"지금 가장 중대한 문제는 대포입니다, 폐하. 대포는 전투에서는 좋습니다만 무거워서 군대가 이동할 때는 좋지 않습니다. 저희에게는 알프스를 넘기에 적절한 이동 수단이나 인원이 아직 없습니다."

"좋아, 그러면 만들어보라고."

왕은 진정한 통치 능력의 증거를 드러내는 대답을 했다.

"마스터 뒤플레시스에게 제작 주문을 해두었습니다. 거기에 최소한 3만 두카트가 들 겁니다."

"우리에게 겨우 3만 두카트가 없나? 우리의 동맹자 루도비코에게 좀 빌려달라고 해보지. 그는 우리에게 영토와 금전 모두 광범위하게 지원하겠다고 약속했어. 어서 벨지오이오소 대사에게 사람을 보내. 아, 그럴 때가 됐지. 공작, 내 아침 식사는 도대체 어떻게 된 거야?"

"폐하의 아침 식사가 도착했습니다."

코뮌 공작이 방으로 들어오며 말했고, 제복을 입은 하인들이 빵과 구운 고기, 음료 병이 가득한 쟁반을 들고 뒤따라 들어왔다.

"폐하께서 기다리느라 기분이 상하지 않으셨기를 바랍니다."

"전혀, 공작, 전혀 그렇지 않아. 그저 벨지오이오소 대사를 불러 그의 주군에게 적절한 돈을 보내달라고 요청하려던 참이지. 우리에겐 3만 두카트가 필요해. 루도비코 일 모로에게는 하찮은 금액이지. 아무 문제도 없을 거야. 안 그런가, 코뮌?"

"진심으로 그렇기를 바랍니다, 폐하. 하지만 상황을 액면 그대로 받아들이는 것은 위험할 수도 있습니다. 일 모로의 재정 상황이 겉보기만큼 풍요롭지 않을 수도 있습니다."

코뮌 공작 역시 기침을 하고 말을 이었다.

"제 판단으로는 밀라노 공작령은 1년에 50만 두카트를 벌어들입니다. 하지만 일 모로는 세금으로 그 이상을 받을 겁니다. 제 계산에 따르면 70만 정도요."

이 시점에서 코뮌은 샤를 8세에게 이런 재정적 압박이 공작령이 건전한 재정 상태가 아니라는 신호이고, 이런 상황이 오래갈 리 없다고 설명하려던 것이 분명하다. 하지만 프랑스 국왕은 들을 만큼 들었고 더 이상 들을 필요가 없다는 결론을 내렸다.

"좋아. 그 정도로 돈을 벌다니 잘됐군. 우리에게도 잘됐고. 즉시 벨지오이오소에게 우리의 요청을 전달하라는 명령을 내리겠어. 주교, 친절을 베풀어 나에게 그 쟁반 좀 건네주겠나."

"공작, 잠시 얘기 좀……."

"그러세, 공작."

긴 복도에서 코뮌 공작은 오를레앙 공작을 따라가 장갑 낀 한 손을 그의 어깨에 올렸다. 왕 앞에서는 절대로 하지 않는 친밀한 행동이었지만, 왕실 마구간이라는 현재의 장소에서는 얼마든지 할 만한 행동이었다.

"아주 중대한 문제에 대해서 이야기를 좀 하고 싶소."

"말하시오, 공작. 우린 안전하니까."

"난 걱정스럽소, 공작. 벨지오이오소 대사가 돌아온 이래 지난 며칠 동안 내내 잠을 못 자게 하는 걱정거리가 있다오."

"대사가 공작에게 문제가 있다고 말하기라도 했소? 모든 준비가 끝난 걸로 알고 있었는데."

"아니, 문제는 없소. 대사는 우리 편에 선 연맹이 존재한다고 확인해주었고, 다시금 우리 군이 어떤 위험도 신경 쓰지 않고 밀라노 공작령을 지나갈 수 있을 거라고 말해주었소. 바로 오늘 이탈리아에 있는 우리 사절 메세르 페롱 드 바쉬에게서 그 의도를 입증해주는 편지도 받았고."

"그럼 아무 문제도 없는 게로군."

"문제는 없소. 하지만 바로 그게 문제라오. 일 모로가 왜 우리가 자기 영토를 자유롭게 지나가게 해주는 거요? 우리 군대의 능력이 더 뛰어나니 언제든 그를 몰아낼 수 있는데 말이오."

"하지만 우리는 그럴 생각이 없지 않소. 우리의 목표는 일 모로의 목표와 일치하오. 양쪽 모두 나폴리에서 아라곤가를 몰아내고 싶어 하지."

"폐하께서는 나폴리에서 아라곤을 몰아내고 그 자리를 차지하고 싶어 하시지."

코뮌이 수심 어린 어조로 말을 이었다.

"하지만 당연하게도 폐하께서 군대를 이끌지는 않으실 거요. 공작이 군대를 이끌 거고, 일 모로는 그걸 대수롭지 않게 여기고 있지."

(오를레앙) 공작은 (상대) 공작 쪽으로 돌아섰다.

오를레앙 공작 루이 드 발루아가 혈통 덕분에 밀라노 공작령에 소유권을 갖고 있다는 사실은 비밀도 아니었다. 스포르차가 가로챈 작위의 진정한 군주와 직접적인 혈연관계가 있는 발렌티나 비스콘티의 손자였기 때문이다. 오를레앙 공작이(계속 부연설명을 해서 미안하지만 여기는 죄다 귀족이기 때문에 난장판이다) 자기 마음대로 할 수 있다면 군대의 지휘관으로 밀라노에 쳐들어가서 강탈자로부터 도시를 해방시키고 그 자리에 자신이 앉을 것이다. 밀라노 공작령은 대단히 부유하고 번창했기 때문에 누구든 탐낼 만했다.

하지만 오를레앙 공작은 왕에게 복종해야 했기 때문에 자기 마음대로 할 자유가 없었다. 그의 왕, 다시 말해서 우리가 앞에서 언급한 공작령은 고사하고 화장실 하나 정복하지 못할 그 비쩍 마른 조그만 머저리 말이다.

그러면 왜 일 모로는 이런 가능성을 두려워하지 않는 것일까?

"일 모로는 자기 땅에 우리의 무장 병력이 들어오는 걸 두려워할 이유가 가득한데 전혀 두려워하지 않고 있단 말이오."

코뮌은 공작의 생각을(공작 중 한 명. 누군지는 알아서 생각하시라) 소리 내서 말했다.

"그의 자신감이 외교력이나 경제력 말고 다른 데서 나온다는 걱정이 든다오."

"어디서 말이오?"

"루도비코를 모시는 사람 중에 레오나르도라는 뛰어난 남자가 있지. 레오나르도 디 세르 피에로 다 빈치."

"그 이름은 여러 번 들은 적이 있소. 아주 뛰어난 화가인 모양이더군."

사실 오를레앙 공작은 레오나르도가 누구인지 지극히 잘 알고 있었다. 심지어 만난 적도 있었다. 하지만 실제보다 잘 모르는 척하는 것이 대외 관계에서는 언제나 핵심적인 법이다.

"그에 관해 들어봤다지만 나는 그의 작품을 본 적이 있소. 그는 화가일 뿐만 아니라 공학자이고 전쟁 무기 발명가이기도 하다오. 2년 전에 나는 마상시합에서 갈레아초 산세베리노를 보았는데 그는 금으로 된 갑옷을 입고 있더군. 정말이지 투구만 해도 그걸 쓴 사람보다 더 무거웠을 거요. 그런데도 깃털처럼 가볍게 움직였지. 여러 사람이 나에게 기수의 힘을 증가시키기 위해서 윈치와 도르래로 된 복잡한 시스템에 대해서 이야기해 줬소. 그리고 그의 작업실에 고용된 어떤 사람이 거북이처럼 움직이는 사석포와 그 비슷한 다른 발명품들에 대해서 말해줬지."

"뭘 두려워하시는 거요, 공작?"

코뮌 공작은 동료 귀족의 눈을 똑바로 쳐다보았다.

"메세르 레오나르도가 가슴에 넣은 커다란 스프링으로 추동력을 내서 여러 가지 작동을 일으켜 기사 없이도 싸울 수 있는 갑옷을 만드는 데 성공했다고들 하더군. 그게 사실인지는 모르겠소. 그가 다른 무기들, 더 끔찍한 것들을 설계했다는 게 사실인지도 잘 모르겠지만, 그걸 배제할 수도 없지. 싸우는 산세베리노를 보았다면 내 말을 이해할 거요. 그는 사람처럼 움직이지 않고 뭔가 초자연적인 구석이 있었소. 우리가 전혀 모르는 무기를 가진 적의 영토를 가로질러 전쟁을 하러 가는 건 굉장히 위험한 일일 거요."

코뮌이 말을 하는 동안 오를레앙 공작의 머리가 홍수 난 강의 수차처럼 핑핑 돌기 시작했다.

적의 무기에 대해서 모른다는 것은 분명히 위험한 일이다. 하지만 바로 그 무기를 손에 넣을 수 있다면 굉장히 만족스러울 것이다. 무기를 훔치는 건 위험하고 어렵겠지만, 도면을 훔치는 건 훨씬 쉬울 것이다. 그리고 메세르 레오나르도는 제작하지 않았다. 메세르 레오나르도는 설계를 했다. 계산하고, 측정하고, 특히 전에 본 적 없을 정도로 명료하고 정확하게 설계도를 그렸다. 공작은 자신의 눈으로 피렌체 출신 대가의 그림을 보았고 거기에 감탄했었다. 이런 그림을 바탕으로 장치를 만드는 것은 이미 만들어진 것을 훔치는 것보다 훨씬 쉬울 것이다. 이런 그림 중 하나, 또는 전부를.

레오나르도에게는 비밀 공책이 있을 것이다. 모두가 알았다. 당시 모든 수학자들과 공학자들은 그런 공책을 갖고 있었다. 그건 그들의 안전 통행 증이자 재산이었다. 수년 동안 연구한 끝에 발견한 것들을 아무에게나 알려준다면 그들은 더 이상 그런 일을 할 수 있는 유일한 사람이 되지 못할 것이다. 그건 과학적 지식의 문제였다. 모두가 그걸 이해하고 나면 누구든 이윤을 얻을 수 있다.

"공작의 말이 옳소. 거기에 대해서 더 알아내야 하오. 코뮌 공작께서는 어떤 제안을 하시겠소?"

"내 가장 충성스러운 부하들 중 호비노와 마테네가 페롱 드 바쉬의 수행단으로 이탈리아 전역을 함께 여행하고 있소. 그들에게 정보를 모아오라고 시키면 될 거요."

코뮌이 대답했다.

"그렇게 하시는 게 좋겠소. 그리고 공작……"

"얘기하시오."

"이 모험의 행복한 결과를 훼손하지 않기 위해서 공작과 나만이 우리의 의도에 대해서 아는 게 좋을 것 같소."

"페롱 드 바쉬에게는 말을 해야 하오. 안 그러면 의심할 테니까."

"좋소, 그럼 얘기하시오. 하지만 그 외의 사람에게는 말해선 안 되오."

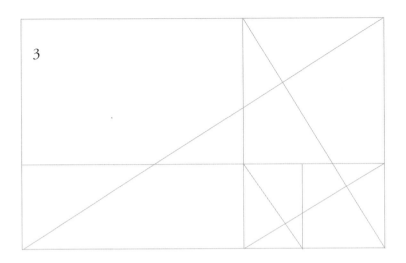

3

"참으로 맛있었습니다. 누가 뭐라든 간에 진짜 고기 맛을 보려면 불에 구워야 하죠."

아체리토 포르티나리의 오른손이 탁자 위로 올라왔다. 처음에는 손바닥이 아래를 향하고 있다가 그다음에 위로 향하며 스테이크 흉내를 냈다. 실제로 그의 손은 꽤나 스테이크와 닮은 모양이었다.

"한쪽 면을 1분간 굽고, 반대쪽을 1분간 구우면 딱이죠. 이 밀라노의 야만인들이 하듯이 두 시간씩 은근히 굽는 게 아니라 말입니다. 이자들은 고기에게 무슨 죄를 고백하게 만들려는 것처럼 고문을 한다니까요. 반면에 우리 피렌체인들은 자연이 올바르게 일한다는 걸 알고 그걸 망치는 건 부끄러운 일이라는 것도 잘 알죠."

아체리토 포르티나리는 이제 칼을 빈 접시 옆에 내려놓고 뚱뚱한 얼굴 가득 우쭐해하는 미소를 지으며 레오나르도를 쳐다보았다.

"맞는 말입니다."

레오나르도 역시 미소를 지으며 포르티나리와는 달리 오로지 채소만 담겨 있고 여전히 반이나 남은 접시 옆에 숟가락을 내려놓았다.

"카테리나의 요리를 즐기셨다니 기쁘군요. 치커리 좀 드시겠습니까?"

"아니, 됐습니다. 저는 풀은 먹지 않습니다. 와인과 고기가 남자에게 필요한 전부죠. 와인과 고기, 그게 먹을거리고 나머지는 그저 의사를 기쁘게 하기 위한 겁니다. 자, 메세르 레오나르도, 제가 어찌 도와드리면 될까요?"

아체리토 포르티나리는 기름 덩어리 같은 얼굴에서 돼지 같은 눈을 빛내며 레오나르도를 쳐다보았다.

1400년대 말에는 뚱뚱한 몸이 지위의 상징이었다. 이것은 매일 필요한 것 이상을 먹을 수 있고 섭취한 칼로리의 일부만이 노동력으로 전환된다는 뜻이었다. 사실 평생 동안 아체리토 포르티나리는 먹고살기 위해 힘을 쓸 일이 전혀 없었다. 처음에는 밀라노의 메디치 은행 대표인 피젤로의 동생이었고, 피젤로가 천국으로 떠난 후에는 그의 후임자가 되었기 때문이다.

"맡은 바 일을 하시면 됩니다, 메세르 아체리토."

레오나르도가 반쯤 미소를 지으며 대답했다.

아체리토의 미소가 더욱 커지고 상냥해졌다.

"투자하고 싶은 돈이 있으십니까? 그거 정말 좋은 소식이군요. 올바른 사람에게 오신 겁니다. 메디치 은행은 미천한 저라는 형태로 그대를 위해 여기에 있습니다."

메디치 은행이라는 이름이 레오나르도를 안심시켰다. 형인 피젤로가 죽은 후 아체리토에게는 꽤 많은 지급 능력상의 문제가 있었다. 한때는 로렌초 데 메디치가 밀라노 지점을 닫고, 조각을 한 정문과 포파가 그린 프레스코화가 있는 포르타 코마시나에 위치한 고급스러운 건물을 경매에 내놓기로 결정할 정도였다. 하지만 곧 아체리토의 운이 바뀌었다. 그는 새로운 투자자들을 찾았고, 그중 한 명이 바로 지오반니 포르티나리였다. 그는 성이 같다는 것 말고는 아체리토와 아무 공통점이 없고 레오나르도 역시 잘 아는 사람이었다. 그 뒤로 아체리토는 형이 했던 것처럼 이전의 활동들을 재개했다. 대출을 해주고, 투자를 하고, 신용장을 교환하는 등 그가 잘하고 있다는 사실을 보여주는 증거는 아주 많았다.

"자랑하려는 건 아닙니다만, 저희는 현재 밀라노에서 가장 많이 찾는 은행 중 하나입니다. 언제든 저희를 이용해주시지요, 메세르 레오나르도. 전부 얼마나 빨리 돈을 돌려받고 싶으신지에 달렸습니다. 6개월 후라면 10퍼센트의 이자를 붙여서 돌려드릴 수 있습니다. 하지만 1년을 기다리실 수 있다면 12퍼센트까지 드리지요."

"지금 당장 원한다면 어떻습니까?"

"지금 당장요?"

"저는 돈을 맡길 생각이 없습니다, 메세르 아체리토. 대출을 부탁하는 겁니다."

"아."

인간의 표정을 연구하고 평가하는 레오나르도의 기술은 아마도 전 세계에서 가장 뛰어나겠지만, 저녁 식사 손님의 태도를 판단하는 데는 그런 천재성까지 필요치 않았다. 이를테면 보티첼리까지는 아니라도 그의 제자인 마르코 도지오노나 대강 그 정도의 사람이라 해도 아체리토 포르티나리의 얼굴이 순수하게 실망한 사람의 얼굴이라는 걸 알아챌 것이다. 앞에 언급한 모든 사람 중에서 이 표정을 정확하게 그릴 수 있는 유일한 사람은 레오나르도뿐일 거라고 말해야겠지만, 지금 그것은 별로 중요하지 않았다.

"메세르 아체리토께서 저에게 설령 큰돈이라 해도 이자를 받고 빌려주실 거라는 이야기를 들었습니다만."

레오나르도는 아체리토에게 그의 일의 핵심을 상기시키려고 그렇게 말했다.

"그렇습니다, 메세르 레오나르도."

"올해 우리의 군주 루도비코께 거의 1만 두카트를 빌려주셨다고 알고 있습니다. 물론 저는 그 정도의 돈을 부탁하는 건 아닙니다. 그저 여러 가지 보수를 받을 올해 말까지 버틸 수 있도록 약간의 돈이 필요할 뿐입니다. 저는 여전히 성모회에서 그림값 1,200리라를 받아야 하거든요."

"'암굴의 성모'라고 부르는 작품 말입니까? 저도 봤습니다. 경이적인 작품이더군요. 참으로 천재이십니다, 메세르 레오나르도."

"참 친절하십니다만, 천재도 먹고는 살아야 하지 않겠습니까. 그 제자들도 마찬가지고, 그 어머니는 말할 것도 없고 말입니다."

"그럼 사람들이 하는 말이 진짜입니까? 우리에게 이 근사한 고기를 갖다 주신 그 카테리나가 메세르 레오나르도의 어머님이십니까?"

"주께서 십자가에 못 박혀 돌아가신 것만큼이나 진실이지요."

앞서 언급된 여자가 방으로 들어오며 말했다.

"정말로 근사한 고기였지요. 그리고 내 사랑하는 아들은 입에도 대보지 않고 말이죠. 와인 좀 더 하시겠어요?"

"아뇨, 참으로 감사합니다, 시뇨라."

아체리토는 여자가 나갈 때까지 몇 초간 기다렸다.

"은행이 어떤 식으로 일하는지 아십니까, 메세르 레오나르도?"

"물론 압니다. 메세르 아체리토는 12퍼센트로 돈을 빌리고 15퍼센트로 남에게 돈을 빌려주죠. 그 차액 3퍼센트가 메세르 아체리토의 수입이고요."

"그거보다는 약간 복잡합니다. 사실 저는 밀라노의 굉장히 많은 지역의 돈을 다룹니다. 비아 데글리 아르모라리의 모든 가게 주인들이 제 고객이죠. 심지어 로디의 소모梳毛업자들 중에도 제 고객이 있습니다."

"그거 참 기쁜 얘기군요. 사업이 잘되신다는 뜻이니 동향 사람인 예술가에게 500두카트 정도는 빌려주실 수 있겠지요."

"제 사업은 실제로 잘됩니다. 저는 아주 큰돈을 다루지요. 제가 실제로 소유한 것보다 훨씬 큰돈을요. 자, 메세르 레오나르도, 은행은 저글링하는 곡예사 같은 겁니다. 다른 사람들의 돈을 허공으로 계속 던지고, 매번 다른 사람 것인 돈이 제 손에 닿을 때마다 약간씩 제 손에 남게 되지요. 하지만 허공에 접시 10개를 띄워놓았을 때도 제 손에는 딱 하나밖에는 있을 수가 없고, 그것도 제 것은 아닙니다."

객관적으로 말하자면 그건 사실이었다. 은행의 총 매상이 약 10만 두카트라 해도 지점의 자본은 그 10분의 1인 1만 두카트 정도밖에 안 된다. 하지만 누군가에게 대출을 거절해야 할 때마다 아체리토가 항상 하는 연설이 이것이기도 했다. 이쯤에서 아체리토는 대체로 그날의 불쌍한 작자에게 아무한테나 돈을 빌려줄 수 없고 특정한 보증이 필요하다고 설명했다. 그의 현재 대화 상대가 천재이니만큼 당연히 그렇게 명쾌하게 설명할 필요도 없었다.

"다가오는 사람 아무한테나 돈을 빌려줄 수는 없다는 말씀이시군요."

레오나르도가 여전히 미소를 띤 채 말을 이었다.

"이해합니다. 하지만 저는 다가오는 사람 아무나가 아니지 않습니까. 메세르 아체리토는 저를 잘 아시지요. 보증으로 저에게는 이 수수한 옷보다 훨씬 많은 것도 있고요. 저에겐 제 스튜디오와 그림들이 있습니다. 저를 잘 아시잖습니까, 메세르 아체리토."

"그래서 제가 메세르 레오나르도에게는 고리대금업자처럼 행동할 수가 없는 겁니다. 500두카트에 그 열 배의 가치가 있는 그림을 보증으로 내놓으시려는 거잖습니까."

"물론 그걸 살 만한 능력이 되는 사람이 있다면 말이죠. 메세르 아체리토의 말씀이 옳습니다. 제 작품은 가치가 있고, 그래서 소수의 사람밖에는 살 수가 없는 거죠."

레오나르도가 고개를 흔들며 말했다.

"사실입니다. 여기는 사람들이 아름다운 것들을 좋아하고 거기에 상당한 돈을 내는 피렌체가 아니지요."

"아뇨, 여기서도 사람들은 아름다운 것들을 좋아합니다. 하지만 사람들이 돈이 없어 그걸 사기 위해 자금을 빌리죠. 모두가 여기서는 돈을 빌립니다. 심지어 공작까지도요."

아체리토가 심술궂은 미소를 살짝 지었다.

"어떤 공작을 말씀하시는 겁니까, 메세르 레오나르도? 조심하십시오. 여기 밀라노에서는 어떤 것도 명료하지 않습니다. 바리 공작, 그러니까 루도비코 일 모로를 의미하시는 겁니까, 아니면 밀라노의 군주인 친애하는 지안 갈레아초를 의미하시는 겁니까? 그리고 보니까 메세르 레오나르도께서 바로 그 주제의 새 시에 언급되셨다는 거 아십니까? 저번에 나비글리에서 불리는 걸 들었죠."

그러면서 아체리토는 근사한 테너 목소리로 노래를 불렀다.

　　다급한 일로 레오나르도가 소환되었다네
　　홀딱 벗은 지안 갈레아초와 돈나 이사벨라에게.
　　우리에게 필요한 것, 아주 급한 것은 바로
　　내 남편의 조그만 꼬마를 단단하게 만들어줄 기계라네.

　지안 갈레아초 스포르차와 아라곤의 이사벨라의 불운한 혼인 상황에 관한 이야기는 앞서 말한 사생활의 결여 덕분에 밀라노 전체에 알려져 있었다. 벌써 몇 달째 아직 스무 살도 안 된 지안 갈레아초 공작은 적법하게 결혼한 아내 이사벨라와의 결혼 첫날밤을 성사시키지 못했다. 이것이 궁정 의사이자 점성술사인 암브로지오 바레세 다 로사테가 주장하는 것처럼 정말로 임포텐티아 코에운디Impotentia coeundi* 때문인지, 젊은 공작 본인이 계속해서 맹세하는 것처럼 시기가 안 좋고 부정적인 별의 배열 때문인지, 아니면 교외를 포함해 도시 전역이 주장하는 것처럼 지안 갈레아초가 두꺼운 커튼 뒤에서 함께 시간을 보내는 건장한 시동들에게만 육체적 매력을 느끼기 때문인지는 확실치 않았다. 어쨌든 간에 결혼은 신께서 의도한 바처럼 적절한 삽입 행위 없이는 성립되지 않기 때문에 루도비코 일 모로와 아스카니오 스포르차 추기경이 그들의 영향력을 이용해 지안 갈레아초에게 임무를 다하라고 압박하는 거였다. 결혼을 성사시키지 않는 것은 대죄라고 삼촌들은 그에게 잔혹하게 말하고서 지옥에 가고 싶지 않으면 여자 성기에 대한 자연스러운 수줍음을 극복하고 의무를 다하라고, 그러지 않으면 결혼이 무효화되고 신부의 지참금을 돌려줘야 하므로 체면을 잃는 건 말할 것도 없고 수만 두카트의 돈까지 잃게 될 거라고 했다.

　그동안 카테리나는 방으로 들어와서 탁자 위에 있는 몇 개의 접시를 치우기 시작했다. 겨우 10초 정도였지만, 아체리토의 노래를 듣고 아들의

---

*　발기부전

얼굴 표정이 걱정스럽게 변하는 걸 알아챌 정도는 되었다.

"이런, 그건 제가 할 수 있는 일이 아닙니다, 메세르 아체리토."

레오나르도는 시선을 돌리고 말했다.

"저는 사람의 힘을 늘릴 수 있는 다양한 기계를 갖고 있습니다만, 당연하게도 사람의 의지나 취향을 바꿀 수는 없습니다. 설령 할 수 있다 해도 그러고 싶지 않다고 확실하게 말씀드리겠습니다."

"자, 메세르 레오나르도, 그런 표정 짓지 마십시오. 지금쯤 모두, 심지어는 프랑스인들까지도 지안 갈레아초가 남색자란 걸 알 테니 딱히 국가적 비밀도 아니지요. 그리고 이 주제에 대해 이야기하는 김에, 메세르 레오나르도……. 이 도시에서 남색자들은 기둥에 묶여서 화형되는 거 아시지요. 갈레아초 마리아가 그 법을 도입했고 폐지된 바가 없습니다. 여기는 어떤 일들을 적당히 눈감아주는 피렌체가 아닙니다."

"무슨 말씀을 하시려는 겁니까, 메세르 아체리토?"

"그저 조언 한마디해드리려는 겁니다. 사람들은 얘기를 합니다. 우리는 피렌체에 있는 게 아니에요. 아, 나의 아름다운 피렌체……. 메세르 레오나르도는 어떠신지 모르겠습니다만 저는 거기가 정말로 그립군요."

"뭐 하나 물어봐도 될까요, 메세르 아체리토?"

카테리나가 수다스러운 어조로 말했다.

"물론입니다, 돈나 카테리나."

"그렇게 피렌체가 그리우시다면 그냥 거기로 돌아가지 그러세요?"

"왜냐하면 그건 적절하지 않은 것 같으니까요. 그게 이유예요. 당신한테는 제가 필요해요. 마시밀리아노에게도 제가 필요하고요. 며칠 만에 그애를 보면 항상 달라져 있다고요."

"걱정해줘서 고맙군. 하지만 여전히 나는 당신이 한동안 고향으로 돌아가 있으면 당신 아버지와 여동생에게 큰 위안이 될 거라고 생각해. 물론 당신에게도 말이지."

루도비코 일 모로가 말했다.

베아트리체는 루도비코를 보지 않고 아이에게로 다가갔다. 검은 옷을 입은 여자의 엄격한 눈길과 빨간 옷을 입은 남자의 주의 깊은 눈길 아래서 어린 남자아이는 침실에 가득한 곰팡내를 감추기 위해 하인들이 바닥에 뿌려놓은 향 나는 약초들을 손바닥으로 문대며 기어갔다.

"이리 오렴, 마시밀리아노."

베아트리체가 재빨리 손을 내밀어 아이를 허공으로 들어 올리고 팔 길이만큼 앞에서 들고 있었다. 검은 옷의 여자는 들리는 아기를 그냥 쳐다만 보았다. 이런다고 해서 그녀의 할 일이 면제되는 것은 아닌데 말이다. 그녀는 마시밀리아노의 보모 테오도라로 하루 24시간 아이를 돌봤다. 아이가 부모님과 함께 있는 것을 허락받는 3, 4분도 마찬가지였다.

베아트리체 데스테는 지금 열여덟 살이었지만, 현대인이 보았다면 그

두 배의 나이라고 생각했을 것이다. 어느 정도는 아이 때문이고, 어느 정도는 아이를 낳고 나서도 사라지지 않은 이중 턱과 젖살 때문이었다. 그래서 바리 공작 부인은 대체로 금색과 은색의 세로줄 무늬가 있는 커다랗고 헐렁한 드레스를 입어 그것을 감추려고 했다. 앞에서도 언급했듯이 약간 과체중인 게 높은 사회적 지위의 징표이긴 하지만, 그 시절에도 그건 여자보다는 남자들에게 훨씬 많이 허용되는 일이었다.

하지만 그날 공작 부인은 퍼프소매의 갈색 드레스를 입고 머리에는 평소의 진주 장식 대신 긴 하얀색 베일이 달린 검은색 실크 모자를 쓰고 있었다. 그녀는 최근에 돌아가신 어머니 아라곤의 엘레아노르를 애도하고 있었고, 그래서 루도비코 일 모로가 지난 며칠 동안 그녀가 마음의 평화를 좀 찾길 바라며 아내에게 페라라에 있는 가족을 방문하라고 설득하고 있는 거였다.

"아버지는 당신이 약속한 걸 주셔야만 위안이 되실 거예요. 내 마음의 위안을 위해서 필요한 건 그저 밀라노 공작의 아내가 되기만 하면 된다고 내가 확언해요."

"베아트리체, 나의 대단히 사랑스러운 아내여, 그 결정은 나 혼자 할 수 있는 게 아니라는 걸 당신도 잘 알잖아. 당신 아버지에게 프랑스군의 지휘권을 맡기는 게 나한테도 이상적인 선택으로 보이지만, 별들이 거기에 동의하지 않는 거 같아. 마지스트로 암브로지오와 바로 오늘 아침에 의논했다오. 안 그런가, 마지스트로?"

"별들이 대단히 명확하게 얘기했습니다, 각하."

암브로지오는 바닥에서 곧장 나오는 것처럼 깊고 음울한 목소리로 말했다. 자신의 말이 자신의 믿음이 아니라 자신의 지식으로부터 나온 것임을 잘 아는 사람 특유의 목소리였다. 아니면 최소한 본인은 그렇게 믿었다.

"수성이 별들의 해로운 영향을 받고 있고, 그 행성과 연결된 운을 가진 사람들에게는 아주 좋지 못한 시기입니다. 예컨대 전갈자리에서 태어난 사람들처럼요."

"반대로 피에트로보노는 10월이고 춥고 축축한 날씨가 전갈의 힘을 드러내는 데 완벽한 조건이라고 하던데. 그러니까 우리 아버지는 최고로 강인한 상태이신 거지."

베아트리체가 한 옥타브 높아진 목소리로 끼어들었다.

마지스트로 암브로지오는 좀 놀란 것처럼 눈썹을 치켜 올리고 밀라노의 군주 쪽으로 눈길을 돌렸다.

그의 눈빛은 저는 암브로지오 바레세 다 로사테입니다. 내과 의사이자 소아과 의사, 점성술사, 치과 의사, 그리고 각하의 정치적, 군사적 조언자이지요. 부인께서 정말로 저를 평범하기 짝이 없는 피에트로보노 같은 자와 혼동하시는 겁니까, 라고 말하고 있었다.

마지스트로 암브로지오는 잠깐 침묵하다가 다시 베아트리체를 보았다.

"지금은 마님의 훌륭하신 아버님께서 최근 사랑하는 어머님을 잃으신 데서 나타나듯 아주 불길한 때입니다. 그분과 공작령에는 막대한 손실이고, 별과 별을 읽을 수 있는 사람들을 빼면 굉장히 갑작스럽고 예상치 못한 일이었죠."

이것은 유서 깊은 점성술사로서 마지스트로 암브로지오가 아주 잘하는 일 중 하나였다. 자신의 예측이 들어맞았거나 예전에 들어맞은 적이 있는 모든 사건을 기억하며 다른 사람들에게 상기시키고, 자신이 확실하게 틀린 일에 대해서는 대단찮게 축소하거나 아예 언급하지 않는 것이다.

일 모로가 일어섰다. 그는 평소처럼 방 안에 다른 사람이 없었다면 그에게 뭐라고 대답할지 정확히 아는 사람처럼 마지스트로 암브로지오를 바라보는 부인을 쳐다보았다.

"게다가 내 동맹자들과 상의하지 않고 이 결정을 내릴 수 없다는 사실을 당신도 생각해야지, 나의 사랑스러운 아내여. 이 전쟁에서 우리는 프랑스인들이 원하는 바를 무시할 수 없어. 반대로……. 아, 친애하는 갈레아초, 반갑네. 들어오게, 들어와. 내가 하는 말 들었나?"

"약간 들었습니다."

갈레아초 산세베리노는 5분 동안 들어오라는 허락을 기다리며 문가에서 있었다는 점을 고려할 때 정말로 신사답게 대답했다. 그들이 친구이기는 했지만, 상대는 밀라노의 군주이자 통치자였으니까.

"불행히도 저희 동맹자들을 설득해야 하고, 그건 쉽지 않을 겁니다."

그가 장갑 낀 손을 내밀었다. 그의 손엔 향냄새가 강하게 풍기는 편지가 들려 있었다. 프랑스에서 온 편지였다. 프랑스인들이 편지에 대체로 향을 뿌려서가 아니라 병균을 두려워한 마지스트로 암브로지오가 알프스 너머의 나라들처럼 전염병이 걸리기 쉬운 더러운 곳에서 온 모든 편지를 훈증 소독하라고 명령을 내렸기 때문이다.

루도비코는 편지를 받아서 열고 주의 깊게 읽었다. 그러는 동안 베아트리체가 그의 뒤에서 아들과 노는 척하며 어깨너머로 편지를 읽으려고 애를 썼다.

"코뮌 공작에게서 온 거야. 알프스를 넘어 며칠 동안 밀라노에 머물며 프랑스 국왕의 조사관인 페롱 드 바쉬를 만날 거라고 알리는 걸세. 밀라노에 머무는 동안 환대해달라고 하는군."

"페롱 드 바쉬가 누구죠?"

3세스테리우스 지폐처럼 가짜임이 확실하게 티 나는 흥미 없는 어조로 베아트리체가 물었다.

"나폴리 군대의 힘과 동맹자들의 상태를 점검하기 위해 나폴리 위쪽으로 이탈리아 전역을 여행하는 임무를 맡은 조사관이지. 우리는 전쟁에 대한 준비를 하고 있네, 친애하는 갈레아초."

"그래 보입니다. 이 일에 대해서 의논하셔야 합니다. 마구간에서 기다릴까요?"

"그럴 필요 없네, 친애하는 갈레아초. 나는 아내에게 어떤 비밀도 없으니까."

갈레아초의 귀족적인 얼굴에는 이 방에 있어야 한다는 사실에 대한 실망감이 일말도 드러나지 않았다. 어머니가 돌아가신 이후 베아트리체는 루도비코와 갈레아초가 함께 있는 방으로 식사를 가져와서 먹었고, 우울하고 고요한 분위기를 자아냈다. 오늘 아침에는 베아트리체 공작 부인이 지난 몇 주보다는 훨씬 활발해 보였지만 말이다. 군인이자 야외 생활을 좋아하는 타입인 갈레아초는 이 애도 기간을 더 이상 참을 수가 없어 공작과 공작 부인의 방, 그들에게 떠도는 억압적인 구름에서 벗어나기 위해 온갖 방법을 동원했다. 억압적인 구름이라는 말은 단순히 비유가 아니다. 방 안의 공기 냄새는……. 음, 갈레아초가 차라리 마구간으로 가려고 한다는 사실이 모든 걸 알려준다.

"상황이 어떻든 간에 지금 우리의 걱정거리는 그들을 어디서 재우느냐지. 나는 이 성에 머무르는 게 적당할 것 같아."

"그리고 우린 그들을 적절하게 환영해줘야겠죠, 안 그런가요?"

베아트리체가 상복 대신 뭔가 반짝이는 걸 입을 기회를 알아채고 다시 기분이 좋아져서 말했다.

"우리의 동맹을 기리기 위해 호화로운 연회도 열어야죠. 보타가 했던 것처럼요. 기억하시죠? 이교의 신들이 순서를 발표하고……."

아내가 떠드는 동안 루도비코는 생각에 잠겨 자신의 뇌가 아이디어를 떠올리기를 기도하는 것처럼 맞잡은 손으로 입과 코를 문질렀다.

"잘 모르겠군, 내 귀여운 부인. 프랑스인들은 꽤나 조악한 취향을 가졌거든. 밀라노나 나폴리 사람들처럼 세련된 미각을 갖지 못했어. 내 생각엔, 우리에게 프랑스 말을 하는 난쟁이가 있지?"

"훌륭한 생각이에요!"

베아트리체가 아이를 보고 미소를 지으며 다시금 아이를 기운차게 들어 올렸다.

"난쟁이들이랑 곡예사들로 멋들어진 볼거리를 만들어야죠! 훌륭하세요, 각하. 정말, 정말 영리하세요. 프랑스인들에게 제격일 거예요. 아빠가 얼마나 똑똑한지 좀 보렴, 마시밀리아노."

마시밀리아노(베아트리체와 루도비코의 큰아들 에르콜레 마시밀리아노 스포르차지만 그의 어머니는 항상 중간 이름을 썼다. 오스트리아의 황제를 연상시키려고 일부러 그러는 게 아닌가 생각한다면 당신의 추측이 맞다)는 행복하게 까르륵 웃으며 미소를 짓고 있는 갈레아초 산세베리노를 보았다.

"멋진 생각인 것 같습니다."

갈레아초가 찬성조로 말한 뒤 일 모로 쪽으로 다시 몸을 돌려 열렬하게 고개를 끄덕였다.

"시종장에게 말을 해야겠군요. 제가 부를까요?"

"그러게, 갈레아초. 우리 손님에게 걸맞게 환영을 해줘야겠지. 무례하게 보일 수는 없으니까, 안 그런가?"

"너무 무례하셨어요, 카테리나."

"맞아."

카테리나가 여전히 방 안에서 움직이면서 말을 이었다.

"하지만 누가 나한테 무례하게 굴면 나도 똑같이 무례하게 행동한다."

아체리토 포르티나리가 도착할 때의 인사보다 훨씬 짧게 작별 인사를 하고 막 떠난 차였다.

"넌 그 사람을 점심 식사에 초대해서 밀라노 최고의 송아지 고기를 먹여줬는데 그 고리대금업자는 너를 눈곱만큼도 돕지 않겠다고 했을 뿐만 아니라 화형대에 올리는 얘기를 했잖니? 고리대금업자도 화형대에서 불태워야 하는데. 그 사람은 그걸 모른다니?"

"고리대금업자도요? 그 외에 또 누구를 태우시게요?"

카테리나는 몇 초 동안 계속 서성거리며 여기저기를 행주로 훔치다 마음을 다잡고 아들의 맞은편에 앉았다.

"난 바보가 아니란다, 레오나르도."

"저도 잘 압니다, 어머니. 전 어머니 아들이에요. 검은색 남자가 하얀색 여자를 임신시키면 아이는 회색으로 태어나죠. 하지만 아이가 검은색으로 태어났다면 부모가 둘 다 검은색일 테죠. 안 그런가요?"

"애야, 레오나르도. 네가 피렌체에 있을 때 네가 어떤 음란한 행위를 즐긴다는 말을 들었지만 그땐 전혀 신경 쓰지 않았어. 사람들은 자기랑 동류의 사람들한테도 고약하게 굴곤 하니 하인의 아들에게는 어떻겠니. 하지만 내가 여기 있어보니 내 눈에 보이는구나."

"뭐가 보이나요, 어머니?"

"집 안을 돌아다니는 그 남자애, 살라이 말이다. 그 애는 그림을 그리지 않고, 물감을 섞지도 않고, 사실 아무것도 안 하지. 하지만 네 집에서 너와 함께 살고 있어."

"살라이가 아무것도 안 하는 건 아닙니다. 살라이는 아주 뛰어난 도둑이에요."

레오나르도는 눈썹을 치켜 올린 채로 카테리나를 쳐다보았다. 그때 막 살라이가 자기 이야기하는 것을 알아챘는지 문틈으로 고개를 들이밀었다.

"농담은 그만두고, 작업실에 들어오면 항상 가장 하찮은 일부터 시작합니다, 어머니. 제가 처음 베로키오의 작업실에 들어갔을 때는 닭장 청소부터 했어요."

그래, 사실이다. 그 시절의 모든 예술가에게는 닭장이 있었고, 영양적 이유 때문만은 아니었다. 레오나르도의 시대에 유화 기법은 아직 완전하게 자리 잡힌 게 아니었다. 15세기 피렌체에서는 템페라 기법이 종종 사용되었다. 라틴어 템페란도temperando에서 나온 이 말은 섞는다는 뜻이고 (레오나르도는 라틴어를 몰랐으나 기법은 어쨌든 동일했다.) 달걀노른자처럼 결합제를 넣은 안료는 마르고 나면 표면에 달라붙는 보호성 단백질 구조를 형성해서 색깔을 영원히 가둔다. 슈퍼마켓이 처음 등장하기까지는 아직 450년이 남았기 때문에 모든 화가가 언제든 신선한 달걀을 구하기 위해 가장 확실한 일을 했다. 즉, 집에 닭장을 만들어두는 것이다. 그리고 제자들은 보통 닭장 청소하는 일부터 시작했다. 나중에야 그 일을 졸업하고 적성에 더 잘 맞는 임무를 맡게 된다. 달걀을 깨고, 토끼 가죽을 벗기고, 안료를 가는 등의 일이다. 화판에 붓을 대기까지는 상당한 시간이 걸린다.

이런 설명이 현대인에게는 꽤나 흥미로울 수 있지만, 화가의 작업실이 어떻게 돌아가고 화가가 제자를 뒷방으로 데려가면 무슨 일이 벌어지는지 아주 잘 아는 카테리나에게는 전혀 흥미롭지 않았다.

그녀가 한숨을 쉬었다.

"애야, 레오나르도. 넌 절대로 미사에 참석하지 않잖니. 뭐 그거야 네 마음대로 하렴."

"제가 왜 미사에 참석해야 합니까? 전도사가 복음서에 쓰여 있는 내용을 읽는다면 가겠어요. 하지만 제 귀에 들리는 건 전도사들이 자기 머릿속의 망상을 신의 뜻이라고 착각하고 떠드는 소리뿐이에요. 피렌체의 사보나롤라 수사나 이곳 밀라노의 지오아키노 수사처럼요."

"작년에 사보나롤라 수사님이 피렌체에 재앙이 닥칠 거라고 말씀하셨고 사흘 후에 로렌초 데 메디치가 죽었어."

"그걸 신께서 말씀해주셔야 압니까? 로렌초는 통풍으로 일어나지도 못했고 염소 가죽처럼 퉁퉁 부어 있었는데요."

레오나르도는 손바닥을 펴 살라이에게 손짓했고, 살라이는 그의 무릎 위에 고양이처럼 올라앉았다.

"저라도 이 악당이 앞으로 사흘 안에 뭔가 훔칠 거라고 예언할 수 있습니다. 이 녀석을 알기만 하면 알 수 있는 일이죠."

"제가 하지 않았습니다, 메세르 레오나르도! 지난번에 돈 계산을 잘못하셨던 게 분명합니다."

"들으셨어요, 어머니? 이게 살라이의 울음소립니다. 개는 멍멍 짖고, 고양이는 야옹야옹 울고, 살라이는 '제가 하지 않았어요.'라고 하죠."

레오나르도는 때린다기보다는 쓰다듬는 것에 가깝게 소년의 목 뒤쪽을 살짝 때렸다.

"그리고 전도사들은 '신의 뜻이오, 신의 뜻이오.'라고 짖죠. 다들 각각의 울음소리가 있어요."

"말조심하렴, 아들아. 신벌은 신뿐만 아니라 인간이 내리기도 한단다. 메디치가의 사촌이 너와 함께 있어 넌 피렌체에서 그걸 간신히 피했지. 하지만 사람들이 그를 비난할 수 있다면 너 역시 비난할 수 있어. 여기는 피렌체가 아니라 밀라노야. 말과 행동을 조심하렴."

"제가 뭐 그렇게 비난받을 만한 일을 했나요, 어머니?"

"너도 알잖니, 레오나르도."

"음, 제가 이미 안다면 어머니께서 말씀해주셔도 제가 당황하지는 않을 테죠."

카테리나는 침묵한 채 손으로 행주만 비틀었다.

"제가 우리 친구 아체리토가 말했듯이 비정상적인 행동을 한다고 말씀하시는 건가요?"

카테리나는 여전히 입을 다문 채로 거의 알아보기 힘들게 고개를 끄덕였다.

"맞습니다, 어머니. 저는 비정상적인 행동을 하죠. 정확히 말해서 딱 한 가지 비정상적인 행동을 합니다. 그게 뭔지 아십니까?"

레오나르도가 살라이의 머리카락을 사랑스럽게 쓰다듬었고 소년은 가르랑거리는 고양이처럼 주인 쪽으로 목을 쭉 뻗고 머리를 움직였다.

"전 고기를 먹지 않습니다. 제가 죽였든 남이 죽였든, 자연계 대부분의 동물들이 그러듯이 저보다 하등한 동물의 사체는 먹지 않습니다. 자신보다 더 약한 동물의 살로 배를 채우는 게 일반적인 행동인데, 저는 그걸 하지 않을 뿐만 아니라 혐오합니다.”

레오나르도는 살라이의 등을 철썩 때려 내려가게 한 다음 점심 식사 이후에 일어난 모든 일에 눈에 띄게 짜증 난 기색으로 탁자에서 일어났다. 그가 몸을 펴고 분홍색 옷의 주름을 폈다.

“저는 그걸 혐오하지만 제가 사랑하는 사람들이 먹는 건 허용합니다. 그래서 어머니가 육수와 미트볼, 원하는 건 뭐든 만드시도록 고기를 사다 드렸죠. 저는 그걸 먹지 않습니다. 저에겐 그게 행복하니까요. 그리고 어머니는 드시죠. 어머니는 그게 행복하시니까요.”

문가에 도착한 레오나르도는 미소를 띤 채 몸을 돌렸다.

“마찬가지로 저는 내일 어머니가 그렇게 사랑하시는 지오아키노 수사가 지옥과 세계 종말, 지진, 메뚜기 떼에 관해 떠드는 걸 들으러 가시는 걸 막지 않을 겁니다. 그러면, 어머니께서 허락해주신다면 저는 이만 자러 가겠습니다. 허락해주지 않으신다 해도 자러 갈 거지만요.”

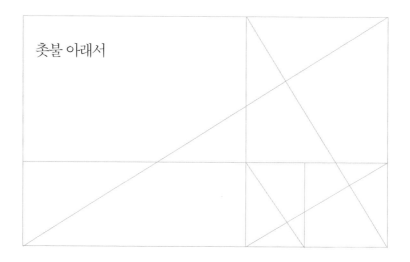

촛불 아래서

근육이 힘줄이 되었다가 시야에서 사라지는 말의 허벅지 부분을 엄지손가락이 쓰다듬었다. 엄지손가락 뒤, 0.5미터 떨어진 곳에서 레오나르도가 차분하게 집중하고 있었다. 여기가 근육이다. 근육은 움직임을 만들어낸다. 근육이 필요하지만, 그것만으로는 부족하다. 하지만 그림보다는 쉽다. 소조는 확실히 그림보다 쉽다. 3차원으로 만드니까 보고 느끼는 것을 그대로 복제하기만 하면 된다. 고대 그리스인들의 조각상은 장엄한 반면 그림은 우스꽝스러운 데는 이유가 있을 것이다. 3차원으로 만드는 것이 더 쉬우니까, 안 그런가? 하지만 2차원으로 만들려면 기술이 필요하다. 음영법과 원근법을 알아야 한다. 하지만 어떤 원근? 오른쪽 눈으로, 왼쪽 눈으로? 모든 화가들이 눈에 들어오는 풍경을 다루지만, 인간에게는 눈이 2개 있다. 그래서 우리가 사물의 경계를 제대로 보지 못하는 걸지도 모른다. 아니면 경계가 없기 때문일지도 모른다.

레오나르도는 힘을 냈다. 점토는 앞으로 최대 30분 정도 말랑말랑하고 잘 늘어날 것이다. 서둘러야 했다. 여기, 지금. 여기를 만지고, 그다음엔 여기. 보라고, 잘되잖아. 이걸 보고 느낄 수 있다.

너와 나 사이의 경계는 어디일까, 말아? 내 손이 너를 만지는 바로 여기? 하지만 그건 내 손길의 경계지. 내가 누르면 바뀌잖아. 새 점토 덩어리에서 오로지 손길만으로 너를 어떻게 구분해낼 수 있을까, 말아?

내가 물러나면 너를 만질 수는 없겠지만 냄새는 맡을 수 있지. 점토와 물, 흙과 냉기의 근사한 냄새. 누군가가 너를 만지고 툭 때리면 난 그 소리를 들을 수 있을 거야. 너무 멀리 떨어져서 더 이상 들리지 않게 되기 전까지는. 거기가 너와 나의 경계일까, 말아? 하지만 눈을 뜨면 너를 볼 수 있잖아. 내가 물러난다 해도 너를 계속 볼 수 있고, 네가 지평선 너머로 사라질 때까지 내 눈에 보일 테지. 그러면 지평선이 너와 나의 경계일까, 말아?

레오나르도는 주위를 둘러보고서 처음 켰을 때보다 5센티미터 정도는 줄어든 구석의 양초를 힐끗 보았다. 그가 네 시간 동안 일을 했다는 뜻이었다. 곧 침대로 돌아가 잠을 좀 자야 할 시간이었다. 한 시간 반, 어쩌면 두 시간 정도. 아침 미사 시간까지. 작품을 인도하는 날까지 닷새가 남았다. 아직 꼬리를 만들어야 하지만, 시간은 있다. 그리고 꼬리가 될 점토도 있다. 나, 레오나르도, 세르 피에로의 아들, 빈치에서 밀라노로 왔고 밀라노에 얼마나 머물지는 하늘만이 아시는 레오나르도의 손으로 빚어질 꼬리. 어쩌면 우리는 영원히 여기 머물게 될지도 모르지, 나의 아름다운 말아. 그럼 너를 매일 보게 될 거야.

내가 멀리 떠나 너를 못 보게 된다면, 안타까운 일이로구나. 넌 정말 잘 만들어져서 너에 대해서 이야기하고, 너를 묘사하고, 네 곡선에 대해 이야기하고, 심지어는 그림을 보여주는 여행자를 만나게 될지도 몰라. 너를 직접 보는 것과는 다르겠지만, 이건 그 이상이야. 나는 네 모습 그대로를, 혹은 더욱 아름답게 내 머릿속에서 떠올릴 수 있어. 그렇게 함으로써 너는 진정 내 말이 되는 거지.

어쩌면 너와 나 사이에는 사실 경계가 없는 건지도 몰라, 말아. 여기 없을 때도 내가 그 뜻을 받들어 모셔야 하는 일 모로와 나 사이에 경계가 없는 것처럼 말이지. 혹은 나와 살라이 사이처럼. 신께서 그 애를 지키고 벌주시기를. 나는 그 애가 옆에 없으면 걱정한단다. 그러니까 경계는, 분리는 어디에 존재하는 걸까? 그래, 난 그 애를 사랑해. 내가 결코 가질 수 없는 아들처럼.

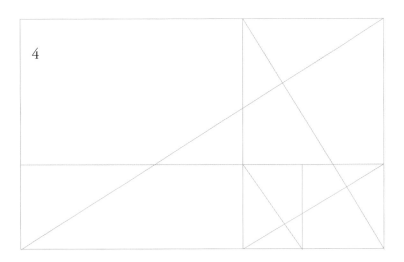

4

시체가 발견된 것은 성벽 뒤로 아직 해가 떠오르지 않은 시각이었다.

깊은 밤의 새카만 어둠이 이미 지난 몇 분 동안 커튼을 걷어 올리기 시작하고 새로운 또 하루의 장관을 보여줄 준비를 했다. 하지만 성 안쪽은 거의 보이지 않았다. 피아찰레 델레 아르미라고 불리는 뜰도 잘 보이지 않는 상태였다.

그래서 성의 하인 중 한 명인 레미지오 트레바노티는 자신이 걸려 넘어진 물체의 정체, 각하께서 밤낮 어떤 시간이든 뜰 바닥에 어떤 물체도 없게 말끔히 유지하라고 명령하신 만큼 애초에 거기 있으면 안 되는 물체의 정체를 즉시 알아채지 못했다. 그것은 강바닥의 돌들을 넣어 방수제를 칠한 자루처럼 기묘한 질감의 덩어리였다. 그게 레미지오 트레바노티가 넘어졌다가 일어나 이 무거운 물건을 치워야 한다는 사실 때문에 욕을 하면서 받은 첫인상이었다.

레미지오 트레바노티는 그걸 어깨에 걸머질 최적의 방법을 찾기 위해 이리저리 굴린 다음에야 그 자루에 사람이 들어 있다는 걸 깨달았다. 남자는 살아 있다고 보기에는 너무 차갑고 딱딱했다.

"죽어?"

"죽었습니다, 각하."

"칼에 찔려서?"

"그래 보이지는 않습니다, 각하."

"그럼 어떻게 죽었는데?"

"명확하지 않습니다, 각하."

"그럼 '그것'일 수도 있는 건가?"

"'그것'일 수도 있습니다, 각하."

"우리가 아는 사람인가?"

"제가 전에 본 적이 있습니다, 각하."

목소리는 루도비코의 세금 징수관일 뿐만 아니라 가끔은 아침 알현의 예식 담당자이기도 한 베르곤치오 보타의 것이었다.

"어제 아침에 알현을 요청했던 청원자 중 한 명입니다. 각하께서는 알현을 받아줄 시간이 없으셨지요. 그는 어제 오후에 성에 와서 알현을 다시 요청했습니다."

"이름을 기억하나?"

"목록에 써두었을 겁니다. 가서 당장 가져오겠습니다, 각하."

"가게, 베르곤치오. 하지만 우선 마지스트로 암브로지오를 불러와."

하인들이 시체를 탁자 위에 올려두는 동안 마지스트로 암브로지오 바레세 다 로사테는 향과 레몬 잎이 타고 있는 향로를 흔들며 그 주위를 빙 돌았다. 향은 그 온기와 향기로운 연기는 전염병을 실어오는 바람을 없애준다고 믿기 때문에, 레몬 잎은 마지스트로 암브로지오가 그 향기를 좋아하기 때문이었다.

하인들은 시체를 내려놓고 탁자 옆에 서서 죽은 남자에게서 의사 쪽으로 시선을 돌렸다. 그들의 발끝은 앞쪽 대신 문 쪽을 향했다.

"그 불쌍한 작자의 옷을 벗기게. 신께서 그의 영혼에 자비를 베푸시기를."

하인들은 정신이 나갈 만큼 겁에 질린 사람 특유의 빠르고 긴장된 동작으로 옷을 벗겼고, 금세 탁자 위에는 벌거벗고 죽은 데다가 아주 창백한 남자의 몸만 남았다.

마지스트로 암브로지오는 먹이를 찾는 매처럼 아주 천천히 시체 주위를 빙 돌기 시작했다. 아니면 징표를 찾는 거라고 해야 할까. 어떤 징표든 말이다. 하지만 시체에는 어떤 종류의 징표도 없었다. 칼에 찔린 자국도, 단검의 흔적도 없었다. 입, 코, 귀에 핏자국도 없었다.

"뒤집어보게."

몸에는 다른 어떤 구멍도 없었다.

암브로지오는 생각에 잠긴 채 계속해서 빙 돌았다. 하인들은 한시바삐 방에서 나가도 된다는 허락이 떨어지기를 바라면서 꼼짝 않고 서 있었다.

그 시절에 굉장히 유행했던 비소 말고 다른 물질에 중독되었다는 표시도 없었다. 맞거나 싸우거나 둔탁한 물체에 강한 타격을 받았다는 의미인 멍이나 붉은 자국도 없었다.

뇌졸중 발작을 의심할 수 있는 얼굴이나 목의 울혈도 없었다. 게다가 뇌졸중으로 죽었다면 뭐 하러 그를 자루에 싸서 피아찰레 델레 아르미 한가운데에 갖다 놓는 수고를 했겠느냐고 마지스트로 암브로지오는 생각했다. 뇌졸중으로 죽은 불쌍한 사람에 관해서 감추어야 할 게 뭐가 있어서?

종기, 혹, 또는 100년 전에 대륙의 절반을 집어삼켰던 질병의 눈에 띄는 흔적도 없었다. 사람들의 옷 아래에서 생겨나고 딱 하나를 뜻하는 그 검푸른 자국, 유독한 곰팡이. 루도비코가 말하고 베르곤치오 보타가 대답했던 것처럼 '그것'. 너무나 끔찍해서 궁정의 누구도 그 이름을 부르지 않고 모두가 두려워하는 질병. 하인들, 요리사들, 기사의 시종들도 그것을 두려워하고, 심지어 별 읽는 기술의 전문가지만 별처럼 영원한 것이 없다는 걸 아주 잘 아는 마지스트로 암브로지오도 그것을 두려워했다. 그리고 그에게 시체를 검진하라고 명령을 내린 남자도 그것을 두려워했다.

"다 끝났습니까, 마지스트로 암브로지오?"

"잘 모르겠군. 이제 막 시작한 게 아닌가 싶어 아주, 아주 두려워."

암브로지오가 느리고 깊은 목소리로 대답했다.

"무슨 뜻입니까, 마지스트로 암브로지오?"

암브로지오는 그들의 역할 차이에 신경 쓰지 않고 하인 쪽으로 몸을 돌렸다. 그의 얼굴은 무표정했으나 그의 눈에는 당황한 표정이 어려 있었다.

"이 남자가 무엇 때문에 죽었든 간에 전에는 본 적 없는 질병임이 분명하네."

"정말인가, 마지스트로 암브로지오?"

"저의 무지함을 고백해야겠습니다, 각하. 저는 어떤 남자나 여자의 시체에서도, 혹은 저의 논문들 어느 페이지에서도 이 질병에 대해 본 적이 없습니다."

"그러면 전염병은 아니로군."

베아트리체가 약간 희망 어린 목소리로 말했다.

"그것만은 확실하게 장담할 수 있습니다, 마님."

암브로지오가 대답했다. 공작 부부의 뒤에서 명확하게 질병의 이름을 들은 하인 한 명이 성부와 성령 사이에 슬쩍 자신의 고환을 건드리며 재빨리 성호를 그었다.

"어쨌든 간에 그것도 사람을 죽이지. 그것도 아주 빨리 죽여. 메세르 베르곤치오, 어제 이 남자가 살아 있는 걸 봤다고 했잖나. 정확히 언제였지?"

루도비코가 얼굴 앞에서 손을 맞잡으며 말했다.

로디, 코모, 비제바노 지방에서 공작에게 바치는 공물을 징수하는 공식 징수관 베르곤치오 보타는 소심한 남자가 아니었다. 여러 명의 하급 기사를 이끌고 다니기는 하지만, 이것은 흔히 말하는 것처럼 순수하게, 엄격하게 개인 안전을 위한 것이었다. 즉, 벼락, 전염병, 음독, 그 외에 베르곤치오가 보기에 그의 동료 대부분이 심각하게 과소평가하는 다른 재앙들로 인해서 위험해질 수 있기 때문이다.

어쨌든 앞에서 말했듯이 베르곤치오 보타는 소심한 남자가 아니었다. 그야말로 완전한 새가슴이었다. 루도비코가 그에게 말을 걸 때 그는 실제로 그 젊은 남자를 겨우 다섯 걸음 떨어진 곳에서, 최대 열 걸음 이내의 거리에서 만난 이래로 몇 시간이 지났는지 세어보며 지금 느끼는 이 약간의 현기증이 전염병의 첫 번째 증상이 아닐까 생각하는 중이었다.

"9시였습니다, 각하."

보타가 대답했다.

"그때는 어떻게 보였지, 메세르 베르곤치오?"

"그게, 각하께서 보신 그대로입니다. 금발의 젊은 남자로 서른 살 정도였고……."

질문을 제대로 이해한 암브로지오가 다시 설명하려고 했다.

"몸을 떨던가요? 열로 벌겋게 보이던가요? 창백했습니까?"

"그 반대로 아주 멀쩡했습니다. 혹은 최소한 그렇게 보였습니다. 저는 의사가 아닙니다만, 완전히 건강해 보였습니다."

이름처럼 얼굴이 어두워진 루도비코 일 모로가 암브로지오를 보았다.

"저는 한 번도 이런 질병을 본 적이 없습니다. 각하."

암브로지오가 말했다.

"독을 먹었을 가능성은 없나?"

"그런 결론을 내릴 만한 것을 몸에서 보지 못했습니다. 각하. 칸타렐라 cantarella나 아쿠아 토파나aqua tofana와 연관된 발진이나 출혈이 없었습니다. 우리 몸에 들어간 모든 독은 흔적을 남깁니다. 각하."

"모든 독은 흔적을 남긴다."

일 모로가 특히 흥미롭다고 생각했거나 개인적 경험으로 사실이라는 걸 아는 사람처럼 암브로지오의 말을 소리 내서 반복했다.

"그렇군, 마지스트로 암브로지오. 이제 말해보게. 별들은 이 일에 대해서 뭐라고 하는가?"

"각하께서 자리를 비우는 걸 허락해주신다면 제 도구들로 확인을 좀 해보겠습니다."

"그래, 가보게, 마지스트로 암브로지오."

암브로지오는 깊게, 천천히, 우아하게 절을 한 다음 자리를 떠났다. 루도비코는 문이 닫히고도 몇 초 동안 침묵을 지켰고, 보타는 무거운 검은 옷의 소매 아래로 자신의 맥을 짚어보며 혹시라도 열이 나서 쓰러지려는 게 아닌지 확인했다.

"자네 도움이 필요하네, 메세르 베르곤치오."

루도비코가 말했다.

"뭐든 말씀하십시오, 각하."

"메세르 레오나르도를 불러오게."

"각하께서 허락하신다면 제가 직접 가서 데려오겠습니다."

"메세르 베르곤치오, 여전히 자네의 호위대를 데리고 다니나?"

"물론입니다, 각하. 무장하고 잘 먹은 6명의 용맹한 병사들이지요. 메세르 레오나르도에게 어떤 위험도 없을 겁니다."

루도비코가 눈을 굴렸다.

"메세르 베르곤치오, 내가 나의 가장 뛰어난 공학자이자 화가를 데려오기 위해 무장한 부하들로 둘러싸인 세금 징수관을 보낸다면 사람들이 뭐라고 생각하겠나?"

"아마 각하와 그 사람 사이에 세금 문제 같은 게 있다고……."

"자네도 꼭 해야만 하면 머리를 쓸 수 있군 그래, 메세르 베르곤치오. 자네 부하 중 한 명에게 무장하지 말고 가서 레오나르도를 데려오라고 시키게. 그에게 소란 떨지 말고, 다른 사람 없이 혼자 오라고 하게. 그리고 곧장 병실로 안내해."

"각하께서 바라시는 대로 하겠습니다."

메세르 베르곤치오는 몸이 굉장히 안 좋아지는 것을 느끼며 중얼거렸다.

"이것도 정말 마음에 드는군요. 동향 방이 있는 거 말입니다."

레오나르도는 천이 덮여 있지 않은 창밖을 내다보며 말했다.

바깥에서 하늘에 멈춰 있는 듯한 태양은 사실은 떠오르는 중이었고, 방과 그 안에 있는 모든 것, 즉 군주 앞의 귀족처럼 꼼짝도 하지 않고 벽에 걸려 있는 수십 개의 문장, 귀족 혈통 가문의 상징들을 약속 가득한 신선한 빛으로 뒤덮었다. 그리고 그 군주란 사람들 말에 따르면 교황을 전용 사제로 부리고 황제를 집사로 부리는 밀라노의 주인, 루도비코 일 모로였다. 일 모로는 그의 성에서 가장 빛이 잘 드는 방 한가운데 서 있었다. 호화롭고, 탁 트이고, 우아한 방이었다. 방 한가운데 놓인 탁자 위에 벌거벗은 채 누워 있는 시체는 좀 유감스럽지만 말이다.

"네, 정말로 아주 마음에 듭니다. 여기가 완전히 다른 원근을 제시한다는 거 아십니까, 각하? 아침 햇살은 가장 정직하죠."

보통의 상황에서라면 루도비코 역시 나도 동향 방을 아주 좋아하지, 라고 대답했을 것이다. 그러니까 전염성 없는 시체가 근처에 있지 않을 때는. 하지만 이 도시의 사실상의 섭정이자 군주로서 난 작고 어둡고 서향의 방들이 있는 로체타에 살아야만 한다네. 내 쓸모없는 조카 지안 갈레아초가 죽어버릴 때까지 말이지. 물론 이것은 루도비코가 결코 말하지 않을 이야기였다.

"자네에게 그림을 그리라고 시체를 여기로 가져온 게 아니라네, 메세르 레오나르도. 마지스트로 암브로지오가 전염병을 실은 바람이 동쪽에서 서쪽으로 퍼진다고 주장해 도시에 전염의 위험을 낮추기 위해서 여기에 놔둔 거야."

현대의 독자들이여, 웃지 마라. 암브로지오 다 로사테는 질병을 옮기는 것이 박테리아가 아니라 바람이고, 그걸 없애는 것도 바람이라는 당시의 의학적 지식을 따랐을 뿐이다. 그래서 당시의 병원들은 성령이 쉽게 들어올 수 있도록 바티칸 쪽으로 문을 냈다. 그러니까 레오나르도는 이런 설명을 전혀 이상하게 여기지 않았다. 하지만 다른 부분에서는 이상함을 느꼈다.

"전염병요?"

레오나르도는 눈썹을 치켜 올리고 시체로 접근했다. 시체는 전혀 이의를 제기하지 않았다.

"전염병으로 죽은 것처럼 보이진 않습니다만. 시체치고는 꽤나 건강하고 한창때처럼 보인다고 하겠습니다. 제가 경솔할 수도 있습니다만, 죽기 전에 이 남자는 대단히 건강한 상태였습니다."

"그게 바로 우리의 문제야. 그 남자는 실제로 죽은 것처럼 보이지 않는단 말이지. 마지스트로 암브로지오는 이 남자가 죽은 이유가 뭔지 전혀 모르겠다고 하더군. 음독이나 계획된 살인은 배제했지만, 뭐가 이 남자의 심장을 멈추게 만든 건지는 모르겠다고 그러더군."

"마지스트로 암브로지오가 모른다고 했단 말이지요."

그가 가족 사이에 있거나 작업실에 있었다면 암브로지오가 대체로 모든 것을 다 아는 것에 대해 뭔가 말을 했겠지만, 일 모로 앞에서는 아니었다. 공작의 모든 고문 중에서 점성술사는 그 말에 의문이 제기되지 않는 유일한 사람이었다. 그는 말을 이었다.

"반도에서 가장 유능한 내과 의사이자 외과 의사인 마지스트로 암브로지오가 그렇게 말씀하셨다면 저 같은 화가가 뭐라고 덧붙일 수 있겠습니까?"

"마지스트로 암브로지오는 그를 바깥에서만 봤을 뿐이지. 자네가 안을 봐주기를 바라네."

"안요?"

"자네가 해부학에 관심을 갖고 있고, 자네의 그림과 작품을 더 사실적으로 만들기 위해 대체로 육체를 더 많이 벗겨내 피부를 제거하고 그다음에 어떤 모습인지 그림을 그린다는 건 사실이 아닌가, 메세르 레오나르도?"

레오나르도는 숨을 멈췄다. 하지만 아주 잠깐이었다.

그 시절에 인간 해부학은 사생이라기보다 점술에 더 가까웠다. 장기가 어디에 위치하고 있는지 모호하고 불완전한 지식밖에 없었고, 뭔가가 빠졌다면 모형 점토로 만든 스크루드라이버만큼의 쓸모밖에 없는 점성술 부호로 대체되었다. 여기에는 이유가 있었다. 시체를 해부하는 게 쉽지 않았기 때문이다. 금지된 건 아니지만, 쉽지도 않았다. 말, 개, 돼지를 해부하는 건 가능했다. 여자를 해부하는 것도 그렇게 어렵지는 않았다. 어쨌든 모두가 알 듯이 여자에게는 영혼이 없으니까 그들의 내장기관을 관찰하기 위해서 몸을 가르는 것은 영원한 삶을 고려할 때 딱히 부적절하거나 끔찍한 일이 아니었다. 하지만 남자는 전혀 다른 문젯거리였다. 온전한 남자 시체를 찾아 안을 보기 위해서 배를 가르는 것은 쉬운 일도 아닐 뿐더러 내과 의사가 아닌 사람에게는 엄청난 위험이 따르는 일이었다. 레오나르도는 해봤지만 그게 알려지는 것은 별로 달갑지 않았다. 교회 재판소에서 그런 일을 오해하기 십상이기 때문이었다.

"제 해부학적 지식은 제가 피렌체에서 본 수많은 사체를 바탕으로 한 겁니다, 각하. 사람과 동물 사이의 공통점도 포함해서 말이죠. 그래서 저는 그들 사이에 유사점과 차이점이 있다는 결론을 내렸습니다. 그게……."

"내 말 잘 듣게, 레오나르도. 난 자네가 시체를 갖고 뭘 하든 개뿔만큼도 상관하지 않아. 살아 있는 기독교도를 재료로 삼지 않는 한 말이야. 나는 추기경인 내 동생도, 로마의 왕좌에 앉아 있는 그 녀석의 친구도 아니야. 하지만 나는 이 도시의 섭정이고, 그래서 죽은 자보다 산 자를 더 걱정하고, 그들이 죽은 자들의 세계에 합류하는 일을 피하기를 바라. 자네의 도움이 필요해."

"각하께서 저를 다시 한번 용서해주신다면, 저에겐 이미 일이 많습니다. 물론 그 목록의 꼭대기에는 각하의 아버님을 기리는 청동 말이 있지요. 그래서 저에게는 일 분 일 분이 소중합니다."

"나도 아네, 메세르 레오나르도. 자네는 아주 열심히 일하고 돈은 아주 적게 받고 있지. 나를 포함한 많은 사람에게 말이야. 좋네, 메세르 레오나르도. 이렇게 빨리 와준 것에 감사하고 이제 자네의 일로 돌아가게 해주지. 지금은 긴급 상황이야, 안 그런가?"

"사실 그렇습니다, 각하. 웃고 즐길 때는 아니지요. 돈은 아주 적고 돈을 가진 사람들은 설령 남들이 애걸해도 나눠주지 않습니다."

"자네가 여전히 산 프란체스코 그란데의 무원죄 잉태 성모회 수도사들에게 큰돈을 받아야 한다는 걸 아네."

"1,200리라입니다. 저와 친절한 데 프레디스 둘 다 말입니다."

"그거 참으로 불공평한 일이군."

루도비코가 동정조로 고개를 끄덕이며 말을 이었다.

"내일 돈을 받게 될 걸세. 내가 약속하지."

그게 레오나르도가 루도비코에게 짜증을 느끼는 부분이었다. 그는 무언가를 약속할 때 명확하게 그 대가를 요구하지 않았다. 그저 빚을 진 기분이 들게 만들 뿐이었다. 마치 당신도 잘 알고 있는 사실인 그가 주인이라는 것을 다시금 상기시키고 싶은 것처럼, 그리고 당신이 그걸 이해하지 않으려 할 때조차 그가 여전히 주인이라는 걸 알리려는 것처럼 말이다.

"각하께서는 정말 친절하십니다. 혹시……."

"말해보게."

"혹시 원하신다면, 제가 이 불쌍한 자를 그냥 곁에서만이라도 좀 살펴볼 수 있습니다. 마지스트로 암브로지오는 현명하고 유능합니다만, 시력이 예전 같지 않으니까요."

"기꺼이 그러게."

레오나르도는 약간 망설이다가 시체의 어깨에 한 손을 얹고 그 단단함을 확인해보았다. 그런 다음 앞서 암시했던 말보다 훨씬 더 능숙하고 단호한 동작으로 시체의 허리에 팔을 두르고 거의 힘들이지 않고 뒤집었다.

그는 몇 초 동안 유심히 시체의 뒤쪽을 응시했다.

"외부적 흔적은 없군요."

그가 말했다.

"그래, 외부적으로는 아무 흔적이 없어."

루도비코가 대답했다.

이론적으로 일 모로는 레오나르도와 똑같은 말을 했을 뿐이다. 하지만 실제로는 이 시점에서 무시하기 어려운 아주 큰 의미적 차이가 있었다. 레오나르도의 표정에서 뭔가가 변하는 걸 무시할 수 없는 것과 마찬가지였다. 여전히 심각하지만, 그의 얼굴에는 더 이상 그를 만난 사람들을 행복하게 만드는 관습적인 가벼움이 없었다. 공작의 점성술사가 알아채지 못한 뭔가를 눈치챘지만 완전히 확신할 수는 없는 것 같은 그런 표정이었다.

두 남자는 몇 초 더 침묵을 지켰다.

"몇 가지 물건이 필요합니다."

레오나르도가 침묵을 깨고 실용적인 어조로 말했다.

"즉시 내 시종장을 자네에게 보내지."

"감사합니다."

레오나르도는 불필요한 직위와 소유격 대명사로 대답을 길게 늘이지 않았다.

"그리고 지아코모 살라이를 제 작업실에서 불러와 주십시오. 아무도
그 두 사람을 갈라놓지 못하게 하시고요."

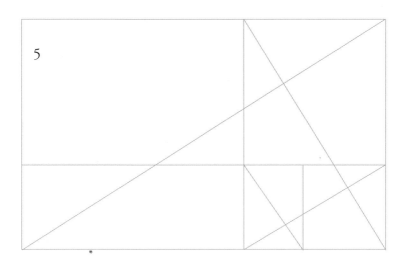

5

"좋아. 두 사람을 들어오라고 하게."

루도비코가 주위를 둘러보고 낮은 목소리로 말했다.

이 방은 그가 레오나르도를 남겨두고 온 방만큼 밝지는 않았다. 사실 성에서 가장 어둡고 가장 후미진 곳에 위치한 방이었다. 그는 손님들이 이 방의 장점을 활용하기를 바라며 일부러 이 방을 골랐다.

여기는 창문이 없는 구석방이었고, 연통을 통해 유일한 환기가 이루어졌다. 하지만 연통은 가을부터 봄까지 계속 타는 벽난로의 연기를 제대로 빼내주지 못했다.

문에서 성 관리인이 고개를 끄덕인 다음 돌아서서 문을 활짝 열고 커다란 목소리로 외쳤다.

"훌륭하신 코뮌 공작 각하 필리프 님과 시뇨르 페롱 드 바쉬께서 각하의 앞에 나서기를 요청합니다."

"들어오시오, 친애하는 공작. 들어와."

루도비코는 허물없는 인사로 사실상 성 관리인의 역할을 침해하고는 그에게 그들만 두고 나가라고 손짓했다.

"그대들을 보게 되기를 굉장히 기다렸다오. 어떻게 지냈소, 나의 친애하는 필리프?"

"신의 도움과 프랑스 국왕 폐하의 호의 덕분에 아주 잘 지냅니다, 각하. 각하께서는 어떠십니까?"

공작이 대답하고 살짝 허리를 굽혔다.

"음, 아주 잘 지내지. 우선 그대들을 적절하게 받아들이는 게 늦어진 점에 대해서 온갖 사과의 말을 다 해도 부족하겠지. 우리에게 작은 사고가 있었는데 내가 개인적으로 개입해야 했거든."

"각하께서 이렇게 직접 저희를 맞아주시다니, 정말로 친절하십니다. 달리 할 일이 수천 가지는 있으실 텐데 말입니다."

페롱 드 바쉬가 프랑스 억양이 아니라 오히려 약간 움브리아 억양으로 말했다. 사실 대사는 오르비에토에서 태어났지만 대단히 오랫동안 프랑스에 충성해 모든 면에서 자신이 알프스 건너편 사람이라고 여겼다.

"그 모든 것이 그대들과 의논할 일보다는 중요치 않지, 친애하는 페롱과 친애하는 공작."

루도비코가 두 대사를 쳐다보며 말했다.

"그래서 내가 그대들을 바로 여기서 나 혼자 맞기로 한 걸세. 시뇨르 드 바쉬에게 상황에 대한 초기 보고를 빨리 듣고 싶고, 여기가 나의 소박한 성에서 가장 후미진 방이라서 말이야. 자, 그러면 좀 앉지."

루도비코는 방 한가운데를 차지하고 있는 튼튼한 밤나무 탁자 쪽으로 손짓했다. 아래쪽은 네모난 무거운 중앙 다리가 탁자를 받치고 있고, 꽃 무늬와 'HERCULES DVX FERRARIAE DONAVIT(페라라 공작 에르콜 레가 주었다)'라는 글자가 새겨져 있었다. 루도비코 장인어른의 결혼 선물 이자 그가 가장 기쁘게 받은 선물 중 하나였다. 공작의 친한 친구 에르콜 레는 탁자를 두드리며 "이런 탁자에 앉아서 이야기를 하면 사람들이 당 연히 귀를 기울이게 될 걸세."라고 말한 적이 있다.

코뮌 공작과 페롱 드 바쉬는 서로를 쳐다보았다. 경험 많은 외교관으 로서 두 사람은 막 도착해서 피곤하고, 굶주리고, 여러 시간 동안 말을 타 머릿속까지 흔들거리는 상태로 까다로운 상황에 대해 논의하는 건 절대 로 바람직한 일이 아니라는 것을 잘 알았다.

그들이 당황한 걸 깨달은 루도비코가 미소를 지으며 양손을 펼쳤다.

"당연한 얘기지만 이 방은 그대들이 마음대로 사용할 수 있으니 사적 으로 일에 관해 의논해보고 앞으로 이틀 동안 프랑스 국왕께서 뭘 얼마나 원하시는지 나에게 상세히 전달해주게. 그런 다음 제대로 이야기를 나눠 보지. 지금은 알프스 아래쪽의 상황이 어떤지, 여전히 우리 목적에 우호 적인지를 알고 싶군."

두 대사는 안도의 한숨을 쉬었다. 페롱 드 바쉬가 뭔가 말하려고 하자 공작이 그의 어깨에 한 손을 얹으며 먼저 나섰다.

"각하의 환대에 감사드립니다. 각하께 제 두 부관인 호비노와 마테네가 수행원을 위한 방에 있다는 걸 감히 상기시켜드려도 될까요? 그 친구들을 만날 수 있다면……."

"원하는 대로 하시게. 그들의 방으로 가도 괜찮지만 그들이 여기로 오는 게 그대의 지위에 훨씬 더 걸맞을 것 같군. 하인들에게 그들이 이 방에 올 수 있도록 하라고 말해두지."

"각하께서는 정말이지 친절하십니다."

공작이 자리에 앉으며 말을 이었다.

"자, 페롱, 각하께 그대의 보고를 전달하시오. 나에게도 얘기해주고. 우리도 아직 이야기를 나눌 기회가 없었잖소."

"각하께서는 상황에 관해서 물으셨습니다. 상황은 우호적인 것 이상이라고 말씀드리고 싶습니다. 피렌체는 제가 지난 6월에 말씀드린 그대로입니다. 70인회는 애매한 입장을 유지하고 있지만, 그건 중요하지 않습니다. 중요한 건 사람들의 의지고, 사람들은 완전히 프랑스 국왕, 저희의 폐하 편에 있습니다."

"피에로는 뭐라고 하던가?"

"제 솔직함을 용서해주신다면, 피에로는 중요하지 않습니다. 지금 피렌체에서 가장 중요한 인물은 지롤라모 사보나롤라 수도사입니다. 그리고 사보나롤라는 샤를 8세를 신의 사절, 즉 악마의 똥으로 자기 손을 더럽히는 사람들을 벌할 인물이라고 부릅니다."

루도비코는 근엄하게 고개를 끄덕였다.

국가의 수장들, 강력하고 계몽된 사람들, 천재성과 상식을 결합시킬 수 있는 진짜 선지자들이 둘 다 갖지 못한 멍청한 장자에게 벌을 받는 경우가 종종 있다. 오늘날에는 이게 그저 사적인 문제지만, 권력이 아버지에게서 아들에게로 내려가던 르네상스 시대에는 공공연한 재앙이 될 수도 있었다. 아직 위대한 로렌초라는 별명이 붙지 않은 로렌초가 죽은 후 그의 아들 피에로가 자리를 물려받았고, 그는 즉시 불운한 피에로라고 불리게 되었다. 강하지만 멍청하기 때문이었다. 다시 말해 제 아버지와 정반대였다.

"6월에 논의한 내용에서 덧붙일 게 별로 없습니다."

페롱 드 바쉬는 이탈리아 반도를 한 지역 한 지역 전진하는 것처럼 의도적으로 말을 이었다.

"상황이 바뀌었다면 제가 말씀드리고 있듯이 더 좋은 쪽으로 바뀐 셈입니다. 이탈리아를 가로질러 아라곤 왕국으로 들어가고 싶다면 지금보다 적기가 없습니다. 막 승하하신 교황님은 나폴리의 아라곤 일가가 헌금을 내지 않아 불쾌하게 여기셨고, 새로운 보르자 가의 교황님은 우리의 움직임보다 바노차라는 여자에게 더 관심이 많아 보이십니다."

"잘됐군. 공작, 시뇨르, 이건 내 귀에 음악처럼 들리는 얘길세. 그대의 조스캥 데 프레의 음악만큼 근사하군. 원한다면 곧 그의 가장 최근 작품을 들을 수 있을 거야. 뭔가 먹고 좀 쉬기도 전에 나에게 시간을 내주어서 정말 고맙네. 오늘 저녁에 식사를 같이하는 걸로 알고 있겠네. 풍성한 연회를 열 거고 우리의 궁정 곡예사들이 즐거운 볼거리를 제공할 거야. 그 사이에 내 성과 그대들의 방을 원하는 대로 자유롭게 이용하게. 그럼 이만, 신사분들."

루도비코는 이 말을 남기고 일어나서 문으로 향했다.

코뮌 공작은 몇 초 동안 생각에 잠겨 있다가 자신의 동포에 가까운 남자 쪽으로 몸을 돌렸다.

"페롱."

"네, 공작님?"

"어떻게 생각하시오?"

"식사를 하게 되겠지요, 공작님. 저녁 식사 때 조스캥 데 프레의 모테트를 내내 들어야 할 것 같습니다. 차라리 곡예 쪽이 더 기대가 되는군요. 최소한 그때는 깨어 있을 수 있겠지요."

"아, 나도 동의하오, 페롱. 하지만 내 말뜻은 그게 아니었소."

"그럼 뭔가요?"

"루도비코가 좀 긴장한 것처럼 보이지 않았소?"

"당연히 긴장했지, 갈레아초. 자네도 그렇게 될 거야. 뭐 때문에 죽었는지 아무도 모르는 남자가 내 마당에 있다는 것만으로 이미 불쾌하다고."

"마지스트로 암브로지오는 뭐라고 합니까?"

"마지스트로 암브로지오는 이게 전염병이 아니라고 하지만, 난 메세르 레오나르도의 의견도 듣고 싶어. 난 뭘 알든 두렵지 않아, 갈레아초. 나를 두렵게 만드는 건 내가 모르는 것들이야. 두 가지 일이 잇달아 일어났을 때 난 혹시라도 첫 번째 일 때문에 두 번째 일이 일어난 게 아닐까 생각하게 된다고."

"두 번째요? 첫 번째는 뭡니까?"

"첫 번째는, 이제 알게 된 거지만, 내 뜰에서 죽을 정도로 예의가 없는 자가 겨우 어저께 나에게 알현을 청했다는 거지."

"정말입니까?"

"보타에게 목록을 확인해보라고 했어."

루도비코는 조그맣고 정확한 글씨로 가득한 노르스름한 종이를 펼쳤다. 보타 같은 구두쇠에게 잘 어울린다고 갈레아초 산세베리노는 생각했다. 종이가 비싼 건 사실이지만, 이건 지나쳤다.

"람발도 치티, 화가이자 인쇄업자. 그는 나를 보러 왔고, 다음 날 죽었어."

"이게 걱정할 만한 이유인가요? 제 말 들으십시오, 루도비코. 매주 얼마나 많은 사람이 각하께 알현을 청합니까?"

"아, 많지. 수십, 수백쯤 돼."

"그리고 여기 밀라노에서 매주 몇 명이 죽습니까?"

"그래, 자네 말이 맞아, 갈레아초. 설령…, 아, 여기 왔군. 그래, 그래, 들어오게, 마지스트로 암브로지오."

암브로지오 다 로사테는 당당하게 방을 가로질러 왔다. 그의 얼굴은 평
소보다 더 음울해 보였다. 그는 불길한 징조인 새의 이미지 그대로였다.

"명령만 내리십시오."

"말해보게, 마지스트로 암브로지오. 별들은 뭐라고 하나?"

"질병입니다, 각하. 화성의 위치가 의심의 여지를 남겨놓지 않았습니
다. 도시에 확실하게 위협이 있습니다만, 전쟁이나 폭력에서 오는 것은
전혀 아닙니다. 도시 내부에서 생기는 겁니다."

"질병? 어떤 질병이지?"

"그건 별들도 이야기해주지 않습니다, 각하."

"흐음."

갈레아초가 회의적인 표정으로 말했다.

"그렇게 높이 있으니 별들은 상당히 많은 것을 알아야 할 거라는 생각
이 드는군요."

"대장, 마지스트로 암브로지오는 가장 잘 아는 일을 하는 거야."

루도비코가 회유적인 어조로 말했다.

"다시 말하자면 실없는 소리죠. 제가 각하라면……."

갈레아초가 쏘아붙였으나 루도비코는 차분하면서도 냉담하게 대답했다.

"나는 나야, 갈레아초. 말하는 걸 통제하지 못하는 쪽은 자네인 것 같군."

잠깐 동안 당연하게도 어색한 분위기가 흘렀다. 루도비코는 의자 팔걸
이에 손을 올려놓았고 갈레아초는 장인어른과 점성술사 모두의 눈과 마

주치는 걸 피하기 위해 벽의 점만 응시했다.

"귀중한 신탁을 알려줘서 고맙네, 마지스트로 암브로지오. 이제 가보
게. 갈레아초, 가서 죽은 남자의 상태를 알아봐. 이 일에 대해 두 사람끼
리라도 행여 말을 하지 말라는 걸 상기시킬 필요는 없겠지? 내가 함께 있
을 때만 빼고 말이야."

"그럼요, 그럼요. 이 일에 대해서 그 어떤 사람한테도 절대 말하지 않겠
습니다."

"좋아. 그러면 이제 말이 아니라 행동을 할 차례야. 어떻게 할 생각이지?"

코뮌 공작의 두 부관은 서로를 쳐다보다가 말했다.

"우선 상대해야 하는 남자를 먼저 봐야 합니다요."

키가 더 작고 땅딸막한 남자가 말했다. 그의 이름은 호비노로 딱지투성
이 머리를 가리는 모직 모자를 쓰고 있었다. 그리 늙지 않았음에도 불구
하고, 정확하게는 스물다섯에서 쉰 살 사이인데도 이가 도합 일고여덟 개
정도밖에 남지 않았다.

"하지만 별문제는 없을 것 같습니다. 설명하신 걸 제가 제대로 알아들
었다면, 평균적인 덩치에 종종 몽상에 빠지는 남자인 거 아닙니까."

"만약 뭔가 문제가 생기면, 그럼 그냥 퍽!"

다른 남자, 덩치가 크고 검은 머리에 아주 창백한 피부, 하늘색 눈을 가진 데다 뭘 해야 하는지 잘 아는 사람 특유의 단호한 표정을 짓는 쪽이 말했다. 물론 미리 알려줘야 하지만 말이다. 이 조프레 마테네는 별로 영리한 인물이 아니었다. 키가 크고, 날씬하고, 잘생기고, 몸이 좋아서 동료와는 정반대였지만 좀 멍청했다.

"픽?"

코뮌은 젊은 남자를 진지하게 처다보며 말했다.

"아니, 이 친구야. 문제가 생기면 그냥 물러나. 기억하게, 메세르 레오나르도의 머리카락 하나도 건드리면 안 돼. 최대한 신중하고 은밀하게 결과를 얻어내야 한다고."

"절 믿으십시오, 코뮌 님. 전 공작 부인의 보닛을 훔치고도 부인께서 전혀 눈치채지 못하게 할 수 있습니다. 그러니까 공책은 아무것도 아니죠. 자, 중요한 건 그 주인의 주의를 산만하게 만들어 눈길을 다른 것에 붙잡아놔야 한다는 겁니다. 심지어는 오늘 저녁 시간에 할 수도 있습니다. 저기, 이 레오나르도라는 자는 먹는 걸 좋아합니까?"

"아니, 전혀. 고기를 먹지 않고 굉장히 자제력이 강한 사람이지."

"그렇군요. 술은 마시나요? 취하도록 마시는 걸 좋아합니까?"

"아닐 걸세. 그리고 공식 저녁 식사에서 와인을 따르는 건 하인들이라는 걸 명심하게. 자네 마음에 들 정도로 그를 취하게 만들 수는 없을 거야."

"그거 안타깝군요."

호비노는 잠깐 동안 생각에 잠긴 것 같았다.

"저녁 식사 때 공연이 있을 예정인가요? 곡예사, 공 던지기 전문가, 무언극 배우, 광대들 말입니다. 그 사람이 그런 걸 보는 데 몰두할까요?"

"가능하지만, 어려울 거야. 내가 아는 한 그런 공연을 연출하는 게 종종 그의 임무거든. 생각해보면 그는 종종 각 자리를 돌면서 자신만의 농담으로 중요한 손님들을 즐겁게 해주지. 그는 굉장히 사근사근한 사람이야. 사실 밀라노에서 가장 사근사근한 사람인 것 같군."

"바커스가 갈 수 없는 곳에는 비너스가 구출하러 오는 법이죠. 저녁 식사에 그가 모르는 창녀를 성 밖에서 데리고 들어갈 수 있을까요?"

코뮌 공작이 고개를 흔들었다.

"그럴 수 없고, 어차피 별 소용이 없을 거야. 대사들과의 저녁 식사 때는 일 모로가 오로지 자기 궁정의 여자들만 들이기 때문에 안 되고, 메세르 레오나르도는 베네치아식 취향을 가졌기 때문에 여자에게 끌리지 않으니까 아무 소용도 없을 걸세. 아마 남자한테도 끌리지 않을 거라고들 하더군."

"좋습니다. 그런 경우라면 그 사람에게 공작님께서 말을 시키십쇼. 그 사람이 공작님께 접근하면 말을 시키시고, 세상에서 가장 말이 안 되는 소리를 한다 해도 계속 맞장구를 치십시오."

"메세르 레오나르도는 말이 안 되는 소리 같은 건 안 할걸."

페롱 드 바쉬가 천장을 올려다보며 중얼거렸다.

"그럼 더 낫지요. 어떤 식으로든 그의 마음을 사로잡으려고 해보십시오, 공작님."

호비노가 미소를 짓자 더더욱 흉측하게 보였다. 32개의 치아 중에서 20개 이상 없을 때면 그런 법이다.

"이야기를 할 때면 사람들은 나머지 세상을 잊곤 합니다. 어금니를 하나 뽑는다 해도 자기 이야기를 하느라 바빠서 눈치채지 못할걸요. 모든 남자가 다 그렇습니다. 전부 다요. 이 친구가 남자라면 속일 수 있는 방법이 있을 겁니다. 설령 그의 이름이 레오나르도 다 빈치라 해도요."

"레오나드로 다 빈치는?"

"아직 안에 있습니다, 대장님."

방문을 지키는 경비가 옆에 선 채 말했다.

말없이 안으로 들어간 갈레아초는 레오나르도가 탁자 옆에 심상치 않은 얼굴로 서 있는 것을 발견했다.

"만나서 반갑네, 메세르 레오나르도. 시체 검사는 끝냈나?"

"각하의 요청에 따라 지금 막 마쳤습니다."

레오나르도는 여전히 진지한 표정을 지은 채 대답했다. 그가 이렇게 음울해 보이는 건 드문 일이었다.

갈레아초 산세베리노는 주위를 둘러보았다. 탁자 위에는 시체가 훼손된 채 놓여 있었다. 가슴이 열려 있고 내장은 그 주위로 서랍에서 급히 꺼

118

낸 옷가지처럼 널려 있었다. 누구의 뱃속이든 울렁거리게 만들 만한 광경이었고, 실제로 불쌍한 살라이는 창백하고 굉장히 두려운 얼굴이었다.

"그래, 어린 지아코모, 인간은 속까지 아름답지는 않지. 안 그런가?"

"네, 시뇨르 갈레아초."

소년은 재빨리 절을 하고 그를 지나쳐 걸어가며 대답했다.

"나에게 토하지는 마라. 새 옷을 입었으니까."

갈레아초는 죽음이 다가오는 것 같은 얼굴의 소년이 도구들을 치우는 모습을 보았다. 조그만 악당 녀석. 그가 0.5리라가 들어 있는 갈레아초의 주머니를 털었던 게 2, 3년쯤 전이었으나 갈레아초 산세베리노는 좋은 것이든 나쁜 것이든 쉽게 잊는 타입이 아니었다. 그리고 저 조그만 악당은 좋아할 만한 아이이지만 확실하게 그의 반감을 산 상태였다.

"그래, 메세르 레오나르도, 무슨 얘기를 해줄 수 있나? 어떤 병이 이 불쌍한 자를 죽인 건가?"

"제가 무슨 말을 하겠습니까, 대장님?"

레오나르도는 수건에 손을 닦으며 대답했다. 그들이 어떻게 그런 일을 해낸 건지는 확실하지 않지만, 살라이는 머리부터 발끝까지 피와 다른 것들로 뒤덮인 반면 레오나르도는 처음 들어왔을 때처럼 여전히 말쑥하고 깨끗했다.

"어떤 병이냐고 물으셨습니까? 피하기 아주 어려운 종류의 병입니다, 대장님."

"'그것'인가?"

"더 나쁩니다. 대장님. 훨씬 나쁘죠. 인간의 사악함입니다."

레오나르도가 수건을 탁자 위 시체 옆에다 던졌다.

"이 불쌍한 남자는 보시다시피 살해되었습니다."

"살해돼?"

갈레아초가 놀라서 물었다.

"살해됐습니다. 정확하게는 질식사했죠. 폐에 공기가 부족해서 죽은 겁니다."

"하지만 내가 실례해도 된다면, 메세르 레오나르도, 그건 불가능해. 난 여러 차례 목 졸려 죽은 사람이 어떤 모습인지 본 적이 있는데, 이렇게 평화롭게 보이지는 않았다고."

갈레아초는 자신이 직접 두어 명쯤 목을 졸라보았다는 것은 언급하지 않았다. 지금 중요한 일이 아니니까.

"그들의 혀, 눈, 얼굴은……."

"죄송합니다만, 제가 명확하게 말하지 않은 것 같군요. 저는 목이 졸려서 죽었다고 말씀드리지 않았습니다. 질식했다고 했죠."

"그렇군, 메세르 레오나르도. 하지만 그렇다 해도 이 불쌍한 남자의 입에 뭔가를 쑤셔 넣었다면 그의 눈이 일그러지고 또……."

"아뇨, 아뇨. 그런 게 아닙니다. 그의 이 사이에 섬유가 끼어 있지 않고 입이 강제로 벌어진 흔적도 없습니다. 멍도 없고요. 죄송합니다만, 대장님, 다른 일이 벌어진 것 같습니다."

"다른 일? 도대체 어떤 일이지?"

{ — 5 — }

"아, 어떤 일이냐고요? 음, 그건 설명해드리기가 좀 어렵군요. 함께 각
하께로 가는 것이 좋을 것 같습니다."

지아코모 트로티의 책상에서

페라라 공작 에르콜레 데스테 님께, 휴대 携帶

지극히 위대하시고 대단히 존귀하신 주인님께,

프랑스 대사, 재설 再說 하자면 코민 공작과 시뇨르 페롱 드 바쉬를 환영하는 호화로운 저녁 식사 겸 예식이 어제 저녁에 열렸습니다. 엄청난 양의 음식과 와인이 대접되었고 이는 굉장히 즐거운 볼거리라 실제로 많은 농민이 성으로 와서 구경하고 환호했습니다.

지아코모 트로티는 펜을 내려놓고 손을 허벅지에 문지르며 마사지를 했다. 10월 말이라 이 시간이면 벌써 굉장히 추워서 글을 쓰기 위해 장갑을 벗는 건 거의 고문이었다.

페라라의 대사는 아침 일찍 일어나서 주인에게 전날의 사건에 대해서 냉정한 정신과 사심 없이 차분한 상태로 편지를 쓰는 것을 좋아했다. 제3시과쯤 그날 아침의 파발마가 절제되고 비공식적인 편지를 갖고 떠났다. 그래서 편지에 지급至急, cito*이 아니라 휴대ferre**라고 표기한 거였다.

식사 사이사이에 젊은 남자들이 공놀이와 뛰어넘기 공연을 하고, 카트로초라는 난쟁이가 자발적 혹은 비자발적으로 요란하게 웃도록 만들었습니다. 점프하는 곡예사들에 대해 농담을 하기 위해서 프랑스인 한 명의 소매를 잡고 탁자 위로 올라가야 했기 때문입니다. 그가 난쟁이를 황급히 놓는 바람에 카트로초가 탁자에서 떨어져 바닥에 부딪쳐 손님들에게 엄청난 웃음을 주었습니다.

코뮌 공작은 레오나르도 디 세르 피에로의 옆에 앉아서 신변잡사身邊雜事에 관해 많은 이야기를 나누었고, 특히 돈 문제 이야기를 했습니다. 코뮌은 레오나르도가 얼마나 돈을 받는지, 그리고 얼마나 자주 돈을 받는지 알고 싶어 했고, 저는 이것이 루도비코 각하의 상황과 각하께서 어떻게 전쟁을 벌이실 건지를 알아내기 위한 방편이라고 생각합니다.

페라라 대사는 거위 깃털 펜을 내려놓고 책상에서 일어나 창문으로 다가가 천을 젖혔다. 바깥에는 분홍색 새벽이 어둠을 살살 밀어내며 파란색

---

* 편지를 건네자마자 바로 출발.
** 덜 급한 편지를 정해진 시간에 우체부 같은 사람이 늘 출발할 때 가져감.

으로 물들이고 있었고, 몇 개의 중요치 않은 구름이 여기저기 있었다.

지아코모 트로티는 어떤 사람들이 하늘만 보고 어떻게 날씨를 예측하는지, 어떻게 "내일은 비가 올 거야.", "이삼 일 안에 다시 날이 갤 거야." 혹은 "눈 올 냄새가 나는데." 같은 말을 하는지 절대로 이해할 수가 없었다. 트로티에게 구름과 하늘, 바람은 그 역학을 알 수 없고, 속기 쉽고, 피할 수 없는 결과를 불러오는 조용한 정보일 뿐이었다.

트로티가 잘하는 것은 사람을 읽는 거였다. 그들의 의도를 파악하는 것. 그들이 움직이는 방식, 그들이 한 말과 말하는 방식, 특히 이 두 가지를 비교해서 이것이 상황에 들어맞고 적절한지를 알아내는 것.

트로티는 두 프랑스인이 대출을 요청하러 온 거라는 데 목숨이라도 걸 수 있었다. 반복적인 칭찬, 억지스러운 감탄, 일 모로의 옷에 커다란 기름 자국을 남기는 것 같은 그 모든 칭송. 게다가 루도비코가 자신의 권력으로 얻지 못하는 것은 돈으로 얻는다는 건 비밀도 아니었다. 대사관, 준비 작업, 부관의 연설, 그런 나머지들은 그저 변명일 뿐이었다. 이 남자들은 돈을 간청하러 온 게 확실했다. 하지만 사위와 딸의 재무에 관해서 에르콜레를 불안하게 만들거나 경고하기에는 아직 너무 일렀다. 내일, 그가 옳다는 게 판명되면 좀 더 자세히 쓸 수 있을 것이다.

저녁 식사를 하던 중 메세르 레오나르도가 기분이 상했습니다. 아마도 추궁이 짜증스러워졌거나 코뮌의 부하들이 그가 좋아하는 옷에 와인을 쏟고 옷을 닦는 걸 도우려고 하며 상황을 더 악화시켰기 때문일 겁니다. 오죽하면 대체로 상냥하고 사근사근한 메세르 레오나르도가 토스카나에서 쓰이는 걸로 아는 단어로 그에게 주인님의 품위를 위해 차마 언급할 수 없는 곳으로나 가라고 내뱉는 걸 분명하게 들었습니다.

　루도비코 역시 레오나르도에게 차갑게 대한다는 인상을 받았습니다. 이유는 모르겠습니다만 그 유명한 청동 말과 관련된 계속된 문제와 연관이 있는 게 아닐까 추측해봅니다. 이것이 두 사람 사이의 관계를 계속 악화시키고 있습니다.

　지아코모 트로티는 다시금 하늘을 쳐다보았다. 구름이 움직였을 수도 있고, 아닐 수도 있다. 나중에 비가 올 수도 있고, 오지 않을 수도 있다. 어쨌든 그가 할 수 있는 일은 아무것도 없었다. 하지만 사람에 관련된 일에서는 그가 개입할 수 있다. 그는 듣고, 경청하고, 이해하고, 기다리고, 행동할 수 있었다. 혹은 더 좋은 건 그들이 행동하게 만드는 거다. 필요한 거라고는 여기서 한마디, 저기서 고갯짓, 적절한 때에 침묵을 지키는 것뿐이다. 일종의 사회적 윤활유, 그게 지아코모 트로티가 생각하는 자신의 역할이었다. 언제든 부서질 수 있는 철제 화병들 사이의 도자기 화병이 아니라 기계나 구조물, 메세르 레오나르도가 훌륭하게 고안해낸 그 레버 중 하나에서 두 부분 사이의 기름. 그리고 그는 대단히 유연하기 때문에 부서지지 않을 뿐만 아니라, 그 반대로 각각이 단단하고 강력한 기계의 두 부분이 그 기능이 아무리 다르다 해도 협력해서 작동하게 만들 수 있었다. 마치 돈같이 말이다.

　돈 역시 지아코모 트로티에게는 언제나 윤활제였다. 거래를 더욱 평등하게 만들어주는 편리한 해결책. 나에게 10의 가치가 있는 게 있고 당신에게 6의 가치가 있는 게 있으니 나에게 4를 주면 거래는 성립된다. 그게 돈이 작동하는 원리다. 그게 트로티가 항상 돈을 보는 방식이었다. 그리고 돈이 다 떨어지면 구조도 무너진다. 아마도 그게 루도비코와 레오나르도 다 빈치 사이의 냉담함의 이유이리라.

하지만 이 유감스러운 상황에는 다른 이유가 있을 수 있습니다. 상필想必 람발도 치타라는 화가의 시체가 성에서 발견되었고, 이 치타라는 자가 신의 저주로 죽었기 때문일 것입니다. 이것이 루도비코에게 엄청난 곤경으로 느껴질 수 있습니다. 공작 나리께서도 잘 아시듯이 그는 미신을 잘 믿고 사방에서 흉조를 보곤 하니까요. 이유가 어떻든 간에 성의 분위기는 좋지 않고, 저녁 식사에 풍부한 와인이 포함되었음에도 불구하고 즐거움은 없었고 평소보다 훨씬 일찍 끝났습니다.

저녁 식사 후에 저는 루도비코가 베아트리체를 애무와 애정 표현으로 유혹하는 것을 보았고, 공작 나리의 고귀하신 따님께서는 로체타 방으로 그를 기꺼이 따라가는 것으로 답했습니다. 나리께서 체칠리아 갈레라니라고 알고 계실 베르가미니 백작 부인은 저녁 식사 자리에 없었고 나중에도 보지 못했습니다. 성이 아주 크고 굉장히 경비가 잘되어 있기 때문에 성의 주인이나 그분 주위에서 일어나는 일을 제가 항상 다 볼 수 있는 것은 아닙니다.

눈치가 빠른 사람이라면 분명히 알 수 있을 것이다. — 친애하는 에르콜

126

레 님, 사위가 바람을 피우는지 아닌지 제가 확언할 수는 없습니다만, 일모로가 바람을 피우고 싶다면 얼마든지 그럴 수 있을 겁니다. 저나 따님 혹은 페라라 공작이신 에르콜레 님에게 개의치 않고 말입니다.

언제나 나리의 자비를 바라며.

메디올라노*, 1493년 10월 20일

나리의 하인 지아코모 트로티

---

* 밀라노의 라틴어 명칭

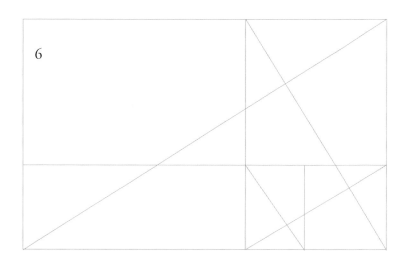

6

"메세르 레오나르도, 그대를 만나다니 참 기쁘군."

"백작 부인, 체칠리아, 제가 더 기쁩니다. 이렇게 빨리 시간을 내 저를 만나주셔서 감사합니다."

탁 트인 갤리 아래쪽을 걸어온 체칠리아는 이제 레오나르도가 인상을 찌푸리고 있다는 걸 알 정도로 가까워졌다. 그들 주위로 팔라초 카르마뇰라의 안뜰은 포르타 지오비아의 피아찰레와는 정반대로 평화롭고 조용했다.

"별거 아니지."

체칠리아 갈레라니가 레오나르도의 뻣뻣하고 차가운 손을 자신의 따뜻하고 부드러운 손으로 잡으며 말했다.

"그보다 그대가 방문한 이유가 뭔가 안 좋은 일 때문이 아니면 좋겠군.

내일 음악회에서 그대를 볼 줄 알았는데 왜 이렇게 급하게 여기 온 것이지?"

"은밀한 곳에서 이 얘기를 하면 좋겠습니다만, 백작 부인."

"성에서 일어난 일 때문인가요?"

테르실라가 물었다. 그녀는 체칠리아의 전속 시녀 중 한 명이었고 행동은 가장 사근사근했으나 가장 성급하기도 했다.

"테르실라, 메세르 레오나르도를 귀찮게 하지 마⋯⋯."

"피아찰레 델레 아르미에서 죽은 채 발견된 남자에 관한 거죠, 안 그런가요? 그 남자가 신의 분노로 죽었다는 게 사실인가요?"

"누가 너한테 이런 얘기를 했지, 테르실라?"

"모두가 알아요."

테르실라는 어깨를 으쓱이고 말을 이었다.

"브롤레토에서 오늘 사람들이 이야기하는 게 전부 그거고, 지오아키노 수사님도 설교 때 그 사람 이야기를 하셨어요. 사람들이 마지스트로 암브로지오가 서둘러 성을 가로질러 가면서 옷을 입으시는 모습도 봤대요."

"보게, 메세르 레오나르도, 내가 항상 하던 말 그대로지. 성에서는 비밀을 지키는 게 불가능해. 항상 너무 많은 사람이 관련되고, 너무 많은 사람이 성안을 돌아다니지. 아직 내가 성에 살던 시절에는 병사의 옷을 입고 피아찰레 델레 아르미를 돌아다니는 원숭이도 있었다니까."

체칠리아가 키득키득 웃으며 말했다.

"그 녀석은 아직도 있습니다. 각하께서는 녀석이 하인들 절반보다 더 말을 잘 듣는다고 그러시고, 제가 들은 바에 따르면 맞는 말 같더군요."

레오나르도가 대답했다.

"자, 이리 오게. 테르실라, 메세르 레오나르도와 나는 푸른 방으로 갈 거야. 어떤 이유로든 우리를 방해하지 마."

"알겠습니다, 백작 부인."

"자, 메세르 레오나르도, 누군가가 성에서 신의 뜻으로 인해 죽었나?"

체칠리아가 여전히 키득거리며 물었다.

"전혀 아닙니다."

레오나르도는 그가 좋아하는 굉장히 불편한 나무와 천으로 된 의자에 풀썩 앉으며 대답했다. 방 안 여기저기에 부드러운 가죽 안락의자가 있음에도 불구하고 그가 이걸 좋아하는 이유는 명확하지 않았다.

"우리가 이해하지 못하는 것에 대해서 신의 분노를 들먹이는 것은 편리하죠. 우리는 수천 년 전에 일식에 대해서 그랬습니다. 그러다가 별들의 움직임을 예측할 수 있다는 걸 알게 되었죠. 하지만 곧 우리가 별의 움직임 말고는 아무것도 이해하거나 예측할 수 없다는 것을 알고는 별의 움직임으로부터 인간의 운명을 알아낼 수 있다는 생각을 갖게 되었습니다. 골목길의 벽에 붙은 횃불 아래서 웅덩이 속을 뒤지는 사람에 관한 농담과

다를 바 없지요. 뭘 찾는 건가, 이 친구야? 난 내가 잃어버린 1두카트를 찾는다네, 라고 남자가 대답합니다. 그걸 그 웅덩이에서 잃어버렸나? 아니, 골목 한가운데 있는 저쪽 웅덩이에서 떨어뜨렸지. 그런데 왜 여기서 찾고 있는 건가? 왜냐하면 여기에는 빛이 있잖나, 라고 남자는 횃불을 가리키면서 대답합니다."

체칠리아는 목에 한 손을 얹고 가짜 웃음을 지은 다음 레오나르도를 쳐다보았다.

"공작의 점성술사에 대해서 혹시 뭔가 반감이라도 갖고 있나?"

"거만 떠는 망할 놈이죠. 아무 뜻 없는 말을 늘어놓는 것만 잘합니다. 그리고 제가 엄청나게 무례한 짓을 저지른 것 같아서 걱정입니다."

"말해보게. 죽은 남자에 대해서 말해봐. 우선 그 남자가 왜 죽었지?"

"그는 살해되었습니다, 각하."

"살해돼?"

"정확하게는 질식해서 죽었습니다."

루도비코는 갈레아초를 힐끗 보았고, 그는 모르겠다는 표정으로 마주보았다.

"목이 졸린 사람처럼 보이진 않던데."

"물론입니다. 그 남자는 기계적 수축으로 인해서 질식했으니까요."

"상세하게 설명을 좀 해보겠나, 메세르 레오나르도."

"자, 각하, 사람은 흉곽 안으로 공기가 들어오게 해서 숨을 쉽니다. 다시 말해서 가슴을 넓혀 부피를 늘리죠."

레오나르도는 자신의 손을 가슴에 얹고 깊게 숨을 들이킨 다음 손바닥으로 갈비뼈가 움직이는 것을 강조해서 보여주며 말했다.

"물과 공기의 움직임은 자연에서 거의 비슷합니다. 둘 다 근처에 놔둔 어떤 용기든 채우는 경향이 있지요. 하지만 공기와 물에는 차이가 있습니다. 하나는 압축하고, 누르고, 부피를 줄일 수 있는 반면 다른 하나는 그럴 수 없습니다. 돼지 방광을 후 불어서 끈으로 묶으면 더 이상의 압축에 심하게 저항해서 더 줄일 수 없을 때까지 손으로 꽉 눌러 아주 작게 만들 수 있습니다. 하지만 방광이 물로 차면 그렇게 할 수 없습니다. 공기를 짓누를 수 있는 것처럼 공기로 가득 찬 몸도 압축할 수 있습니다. 하지만 공기가 빠져나갈 수 있는 구멍이 있다면, 공기는 거기로 방출되고 다시 들어오지 않을 겁니다."

루도비코는 이 이야기를 잠깐 생각해본 다음 레오나르도를 다시 쳐다보았다.

"자네가 제대로 설명을 한 것 같지가 않군, 메세르 레오나르도."

"그 불쌍한 자의 가슴이 코르셋이나 더블릿 같은 걸로 압박되었던 것 같습니다. 그런 옷은 그의 가슴을 아주 꽉 누르고 조여서 몸에 있는 모든 공기가 빠져나가게 만들고 더 많이 들어오게 가슴을 넓힐 수 없게 만들죠."

"어떻게 이런 결론을 내리게 된 건가?"

"몸을 갈랐을 때 갈비뼈와 흉곽에 금이 간 걸 보았습니다. 뼈가 아니라 갈비뼈와 척추가 연결되는 부드러운 결합부와 심장의 방어막 역할을 하는 뼈에 말입니다. 무언가가 사방에서 그를 압박한 것처럼요."

루도비코는 양손을 맞잡고 입 앞으로 들어 올린 다음 함께 문질렀다. 몇 초 후 그가 다시 고개를 들었다.

"사람이 그런 걸로 죽을 수 있나?"

"네, 각하. 물에 빠지거나 공기를 들이킬 수 없게 만드는 다른 사고로 죽는 것처럼 말이죠."

"마지스트로 암브로지오, 어떻게 생각하나?"

암브로지오는 거의 알아채기 어려울 정도로 턱을 들어 올리고 둥근 천장을 손으로 가리켰다.

"별들이 병으로 인한 죽음을 가리키고 있소, 메세르 레오나르도. 화성의 위치를 보건대 의문의 여지가 없소."

"별에서 아주 많은 걸 읽으실 수 있다니 참 좋으시겠습니다. 마지스트로 암브로지오. 저에게는 별이 북쪽 방향을 알려주는 것 말고는 아무것도 알려주지 않거든요."

레오나르도가 양손을 펴며 말했다.

"당신의 관찰은 그저 필멸의 존재인 육체만을 고려할 뿐이지만, 나는 영원의 첫 번째이자 가장 분명한 현현인 별을 고려하오. 당신이 육체에서 본 걸 내가 별에서 본 것과 비교하려 하지 않았으면 좋겠군."

"용서하십시오, 마지스트로 암브로지오. 하지만 어제 선생께서도 몸을 검진하시고 병이나 폭력의 징후가 전혀 없는 걸 보셨잖습니까."

"우리에게 육체가 있으니 무슨 일이 있었는지 알기 위해서 첫 번째로 할 일이 그거지. 하지만 확신을 얻기 위해서, 그리고 과거와 미래를 연결하기 위해서는 별을 고려하는 것이 필수요. 별들은 거짓말을 하지 않으니까."

암브로지오 다 로사테와 레오나르도가 저녁 식사 자리에 단둘이 있었다면, 레오나르도는 아마 '고려하다'라는 동사의 기묘한 어원에 관한 논문 이야기를 꺼냈을 것이다. 사실 그의 형편없는 라틴어 지식을 동원할 때 그는 'cum sideribus'가 '별과 함께'라고 해석될 거라고 생각했다. 하지만 그들은 술집에 있는 게 아니라 밀라노의 군주 앞에 있었고, 진홍색 옷을 입은 저 말대가리가 그의 과학을 폄하할 수 있다고 생각하는 것을 레오나르도는 대단히 불쾌하게 받아들였다. 지식이라는 면에서 세르 피에로의 아들은 그 자신보다도 과학을 훨씬 더 높게 여겼다.

"그렇군요."

레오나르도는 달이 치즈로 만들어졌다는 이야기를 억지로 들어야 하는 사람 같은 분위기를 한 루도비코 쪽으로 몸을 돌렸다.

"각하께 각하의 형님께서 별의 영향력 아래 태어나셨다고 말하고, 펠로폰네소스와 아시아, 아프리카, 마레 노스트룸(주: 지중해) 전체를 정복할 거라고 예측했던 그 도미니코회 수사처럼 말이죠. 그의 이름이 뭐였죠? 안니오 다 비테르보?"

모두 알고 있듯이 레오나르도는 천재였다. 그래서 자신이 이번 세기 최대의 실수를 저질렀다는 사실을 깨닫는 데는 목성이 태양 주위를 한 바퀴 도는 시간의 10억 분의 1도 걸리지 않았다.

루도비코 일 모로에게 점성술사 수도사가 한 말에 따르면 점성술상으로 그의 형 갈레아초 마리아가 세계를 정복할 거였다는 사실을 상기시키는 건 영리한 행동이 아니었다. 특히 그 갈레아초 마리아가 바로 여기 밀라노에서 한 발도 움직이지 못한 채 3년도 채 지나지 않아 칼에 맞아 죽었다는 사실을 고려하면 말이다.

"메세르 레오나르도가 우리 가족의 기억을 정말로 기리고 싶다면, 마지스트로 암브로지오의 말을 의심하는 대신 가서 내가 수년 전에 주문한 기념물을 서둘러 끝내는 편이 더 좋겠군."

"각하께서 그대의 말을 믿지 않았다고?"

체칠리아는 우아하게 고개를 흔들었다.

"나의 불쌍한 레오나르도. 정말로 잘못된 때에 잘못된 말을 했어. 루도비코가 참아주지 못하는 주제가 몇 개 있다는 걸 언제쯤 깨달을 거야?"

"평생 못 할 것 같습니다, 체칠리아 백작 부인. 그래서 부인의 도움을 구하고자 여기 온 겁니다."

"왜 그 사람은 우리 아버지에게 군 지휘권을 주지 않는 거지? 우리 아버지 에르콜레는 알프스 남쪽에서 가장 용감하고 용맹한 분이고, 내가 들은 바에 따르면 북쪽에서도 마찬가지야. 그 천치 같은 프랑스 국왕 샤를의 부하들 중에서 오를레앙 공작만이 쓸 만한 전사라던데."

"마님, 외국의 일과 관련된 주제에 대해서 말씀하실 때는 목소리를 좀 더 낮추시라고 조언을 드리고 싶습니다."

베아트리체 데스테는 약간 짜증 난 표정으로 갑자기 말을 멈췄다. 물론 트로티는 밀라노에 있는 그녀 아버지의 대사이고 신중하고 경험 많은 사람이었지만, 베아트리체는 이런 자질의 진가를 알아볼 수 없었다. 그녀의 눈에 보이는 것은 항상 냉정하게 느껴지고 모두의 말에 늘 동의하지만, 그 뒤에 자기 멋대로 행동하는 짜증 나는 조그만 대머리 노인네일 뿐이었다.

"난 내 성에 있다고."

당신의 성은 아니지요, 꼬마 아가씨, 트로티는 그렇게 생각했다. 당신이 이곳의 여주인이라면 사치품으로 가득하지만 불빛은 없는 이 조그만 방에서, 거기다가 얼어붙을 만큼 추운 여기 로체타에서 사는 게 아니라 커다란 동쪽 날개 건물에서 살고 있겠죠.

"그게 바로 제가 걱정하는 겁니다, 마님. 저희는 카스텔로 스포르체스코에 있습니다. 여기는 바닥에도 귀가 있습니다."

"어쨌든 간에 대사가 조금 이따가 내 남편에게 알현을 하러 갈 거라고 했잖아. 그이에게 우리 아버지를 총지휘관으로 앉혀달라고 그냥 요청하면 안 돼?"

지아코모 트로티는 상대가 머리가 아주 좋다고 생각하는 사람 같은 얼굴로 소녀를 쳐다보았다.

"마님, 이런 종류의 문제에서 가장 중요한 것은 관련된 권력자들 사이에 균형을 유지해 결과가 위대하신 공작 각하, 다시 말해 마님의 남편인 공작이 바라시는 것에 최대한 가깝게 만드는 것임을 잘 아시지 않습니까."

지아코모 트로티는 우리가 현대에는 10분의 1초라고 측정할 수 있는 정도의 시간 동안 기다렸다. 물론 이 시절에는 아무도 이런 것을 측정할 수 있다는 꿈조차 꾸지 못했다.

만약 베아트리체가 트로티가 표정으로 말하려고 한 것처럼 정말 영리했다면 아무것도 설명할 필요가 없었을 것이다.

일 모로에게 중요한 것은 나폴리를 침공하는 것이 아니라 오를레앙 공작을 멀리 두는 거였다. 침공을 개시하고 진행하기 위해 샤를 8세에게는 오를레앙 공작의 꾸준한 헌신이 필요했다. 국왕 혼자서는 전쟁에 이기는 건 고사하고 제 엉덩이에서 손가락 하나도 빼지 못할 테니까 말이다.

오를레앙 공작은 나폴리를 침공하기 위해 이탈리아를 가로지르느라 바빠서 루도비코 일 모로에게 싸움을 걸지 못할 거고, 밀라노 군주라는 지위도 차지할 수 없을 것이다. 전쟁은 일 모로가 막시밀리안 1세에게 밀라노 공작임을 인정받고 사람들의 칭송을 받을 때까지 이어져야만 했다.

이제, 이미 말했듯이 베아트리체의 아버지 에르콜레 1세 데스테는 그냥 낮은 귀족이 아니었다. 실제로 전쟁을 벌이고 승리한 적이 있는 사람이었다. 무엇보다도 그는 실제로 나폴리에서 군사 전략과 전술을 배운 사람이었다. 오를레앙의 곁에 에르콜레 데스테처럼 훌륭하고, 영리하고, 용감한 데다가 적에 대해서 잘 아는 사람을 붙여주면 전쟁 기간이 상당히 짧아질 것이다. 그리고 이것은 일 모로의 목적을 고려할 때 제 발을 찍는 선택지나 다름없었다.

베아트리체가 그냥 생각하는 척만 하고 있자 트로티가 말을 이었다.

"홍수가 나면 강물을 막을 수 없습니다. 오로지 다른 방향으로 돌릴 수만 있습니다. 위대하신 각하께서 알프스의 댐을 터뜨리시면 프랑스 강이 나폴리로 흘러넘칠 겁니다. 그리고 물이 우리가 원하는 방향으로 흐르도록 만들기 위해서는 양치기가 아니라 제방 쌓는 사람이 필요합니다."

"정말 시적이네, 메세르 지아코모. 거의 메세르 레오나르도처럼 말하는걸."

트로티는 말없이 꼼짝 않고 그 자리에 서 있었다. 그것은 그가 대단히 뛰어난 데다가 그를 완벽한 대사로 만들어주는 행동 중 하나였다. 그는 항상 자신을 드러내는 것이 현명하지 않은 때를 잘 알았다.

"난 메세르 레오나르도가 싫어. 항상 웃고 있거든. 항상 차분하고 유쾌한 게 꼭……."

"꼭 뭔가요, 마님?"

"상황이 자신에게 좋은 방향으로 풀릴 거라는 걸 아는 사람 같다고. 설령 좋지 않은 결과가 나와도 말이야. 그 사람 믿을 만하다고 생각해, 대사?"

"저는 마님만큼 성에서의 삶을 잘 알지 못합니다. 마님. 화요일마다 메세르 레오나르도를 봅니다만."

베아트리체 데스테가 식식거리며 돌아섰다.

"밀라노 창녀의 집에서 음악을 듣고 이해할 수 없는 것들에 대해 논의하러 가서 만나겠지. 내일은 그 계집이 뭘 입고 나올지 궁금하네. 아마 드레스를 세 벌쯤 껴입지 않을까. 하도 말라서 그렇게 하지 않으면 시체처럼 보일 테니까."

"마지막으로 레이디 갈레라니를 뵈었을 때 새로운 옷이나 장식을 하고 계시지 않았다고 제가 보증합니다."

"당신이 근처에 있는데 그 여자가 그런 걸 입고 나올 만큼 멍청하다고 생각해, 메세르 지아코모? 그 여자가 창녀일지는 몰라도 멍청이는 아니야. 눈에서 그 콩깍지 떼라고, 대사. 난 부탁하는 게 아니라 명령하는 거야."

"그러면 각하께서는 뭐라고 명하시는 겁니까?"

루도비코는 갈레아초 쪽으로 돌아섰다. 그는 갈레아초 역시 훌륭한 머리를 갖고 있으므로 그의 의견도 고려해야 한다는 걸 잘 알고 있었다. 공작의 점성술사만큼 중요하게는 아니더라도 말이다.

"어떻게 생각하나, 대장?"

갈레아초 산세베리노는 관심에 감사한다는 걸 보여주는 것처럼 고개를 끄덕였다.

"마지스트로 암브로지오가 옳다면 이 친구는 병으로 죽은 겁니다. 그렇다면 치티의 집 부근에 사는 모든 사람이 똑같은 바람에 노출되었을 겁니다. 그의 작업실로 가서 모든 문과 창문을 걸어 잠그고 예방책으로 주변의 모든 집에서 사람들을 대피시켜야 합니다."

하지만 이 마법사가 근거 없는 소리를 하는 거라면 람발도 치티는 메세르 레오나르도가 말한 대로 살해된 것이다. 만약 그렇다면 그의 집에 가서 그가 누구였고, 누구와 관련이 있으며, 왜 누군가가 그를 죽일 뿐만 아니라 시체를 성의 뜰 한가운데 버리기로 했는지 알아내기 위해 물건을 뒤져볼 가치가 있을 것이다.

"이러는 게 바람직할 것 같나, 마지스트로 암브로지오?"

"저는 산세베리노 대장에게 동의합니다, 각하."

"좋아. 갈레아초, 사법대장을 보내 이 불쌍한 람발도 치티의 집을 찾아 폐쇄하라고 하게. 하지만 이웃 주민들을 대피시키지는 마. 지금은 쓸데없이 그들에게 불안만 줄 테니까."

"각하께서 허락하신다면 제가 사법대장과 함께 가도록 하겠습니다."

현대어로 말하자면 이런 거다. 이 멍청이가 그 불쌍한 자를 죽였다고 확신하는 병에 대해 제가 얼마만큼 겁을 먹었는지 아십니까? 전혀요.

"물론 그래도 되지, 메세르 갈레아초. 가도록 하게. 신께서 자네를 보살펴주시길. 시종장, 이제 누구 차례지?"

"페라라 공작 에르콜레 님의 사절이신 지아코모 트로티 대사님이십니다."

"좋아. 그럼 여러분, 이만 나가주게. 그리고 트로티 대사에게 들어오라고 하게."

"이것이 대사인 저의 의무라는 것을 각하께서 이해하실 것입니다. 각하께 이런 유쾌하지 못한 질문을 드리는 것은 저의 흥미 때문이 아니라 제 주인님의 지시 때문입니다."

지아코모 트로티는 등받이가 높은 의자에 앉아 있는 루도비코 일 모로 앞에 서 있었다. 하지만 지금 불편한 입장은 일 모로 쪽이었다. 트로티의 질문은 적당히 에둘러 대답할 수 있는 게 아니었다.

"어떻게 알게 되었는지 물어봐도 되겠나, 메세르 지아코모?"

훌륭한 정치인의 첫 번째 규칙은 항상 질문에 또 다른 질문으로 대답하라는 것이다.

"밀라노에 소문이 퍼지고 있습니다, 각하. 오늘 아침 제3시과에 지오아키노 다 브레노 수사는 설교에서도 언급했습니다."

"지오아키노 수사?"

　지금 나한테 딱 필요한 거로군. 루도비코는 짜증을 감추려고 노력하며 생각했다. 하지만 트로티는 확실하게 알아챘다.

　"지오아키노 수사가 정확히 뭐라고 했나?"

　그를 교황의 감옥에 보낼 만한 건 없었나? 저 하늘의 주인님 말고 밀라노의 주인님의 일에 신경 쓰면 어떻게 되는지를 가르쳐줄 만한 거 말이지.

　"신의 분노가 이 도시에 떨어졌고, 이 죽음은 피렌체의 로렌초 데 메디치의 죽음처럼 하느님의 작용이자 의지라고 했습니다. 악마의 배설물인 돈이 이 도시를 사로잡았고, 하느님께서 신전에서 상인들을 내쫓으실 것이고, 이 상인들의 우두머리부터 시작하실 거라고요."

　"지오아키노 수사에 따르면 그게 바로 난가?"

　"저는 결코 그런 뜻을 내비친 바가 없습니다. 그럼 이 불운한 소식이 사실인가요?"

　지아코모 트로티 역시 훌륭한 정치인이었다.

　"불행히도 그렇다네. 불쌍한 화가 한 명이 어제 찬과 시간에 피아찰레 델레 아르미에서 죽은 채 발견됐지. 마지스트로 암브로지오는 사인이 자연적인 것이지만 자신은 잘 모르겠다고 하더군. 반면 메세르 레오나르도는 그 남자가 살해되었다고 하고. 자네도 알겠지만 두 가설 모두 나를 신의 분노보다 훨씬 더 걱정스럽게 만든다네."

　루도비코는 그 남자가 죽은 채 발견되기 전날 알현을 요청했었다는 사실을 언급하는 건 적절하지 않다고 생각했다. 뜰에 나타난 시체 정도면 걱정의 원인으로 이미 차고 넘치니까.

"저도 잘 이해합니다, 각하."

"자네가 영리하고 신중한 사람이라는 걸 아네, 메세르 지아코모. 그래서 내가 자네의 의견을 좋아하는 거지."

"뭐든지 말씀하십시오."

"어제 연회에서 메세르 레오나르도가 두 명의 프랑스 대사와 이야기하는 걸 봤네. 중간에 보니 그가 꽤 화가 난 것 같더군. 메세르 레오나르도로서는 드문 일인데. 그들이 무슨 얘기를 하고 있었는지, 혹은 무슨 일이 있었는지 아나?"

"별건 아니었습니다, 각하. 코뮌 공작의 수행단에 있던 사절 중 한 명이 레오나르도의 옷에 굉장히 이상하게, 서툴러서가 아니라 거의 일부러 그런 것처럼 다량의 와인을 쏟았습니다. 그전까지 대화는 돈에 관한 거였습니다."

"돈?"

"프랑스인들은 레오나르도가 얼마나 버는지, 각하께서 얼마나 돈을 지불하시는지에 굉장한 관심을 갖고 있더군요."

"아."

"실례를 무릅쓰고 말씀을 드려도 될까요, 각하."

루도비코는 조급하게 환영한다는 듯이 양팔을 벌렸다.

"솔직히 말해서 나는 그걸 환영한다네, 대사. 내가 자네의 판단을 얼마나 존중하는지 알잖나."

지아코모 트로티는 눈을 감고 거의 알아보기 어려울 정도로 절을 한 다음 목을 가다듬고서 말했다.

"겨울이 거의 다 되었으니 알프스를 건너 전쟁을 시작하기에 적기는 아닙니다. 제가 보기에 프랑스 귀족들은 여기에 돈을 요구하러 온 것 같습니다. 그들의 질문은 각하께서 프랑스인들의 전쟁을 위해 금고에서 얼마나 꺼내주실 수 있는가를 알아보기 위한 방편으로 보입니다."

루도비코는 미소를 지었다. 페라라 대사는 입을 열 때마다 설득력 있는 이야기를 했다. 그리고 이 경우에는 루도비코도 잘 알고 있듯이 트로티의 말이 확실하게 옳았다.

"나도 그렇게 생각한다네, 메세르 지아코모. 하지만 다른 가능성도 있고, 난 내가 틀리지 않았다는 걸 확실하게 확인하고 싶다네."

"제가 제대로 이해했다면, 각하께서는 이 수수께끼를 바닥까지 헤집기 위해서 제 미천한 도움을 필요로 하시는 것 같습니다만."

"바로 그렇다네, 메세르 지아코모."

루도비코는 의자에서 몸을 떼고 상체와 머리를 앞으로 기울여 그와 대사 사이의 거리를 좁혔다.

"나뿐만 아니라 우리의 이익을 위해서 자네에게 내릴 임무가 있네."

"필요하다고 생각하는 대로 해. 하지만 너에게는 임무가 있는데 네가 지금껏 한 거라고는 우스꽝스러운 행동거지뿐이야."

"맞습니다. 그 말씀이 맞습니다, 공작님."

"맞는 것 따위에는 전혀 관심 없어!"

코뮌 공작이 탁자를 한 손으로 내리쳤다. 아마도 손이 엄청나게 아팠겠지만 그는 드러내지 않았다.

"난 그 공책이 필요해, 호비노."

호비노는 공작 앞에 서서 고개를 숙이고 예의상 모자를 벗고 있었지만 손짓에 따라 곧 도로 눌러 썼다. ("오, 벌레가 파먹은 것 같은 그 머리 좀 가려. 넌 혐오스러워!" 그것이 공작의 정확한 말이었다.) 그 뒤로 입을 벌릴 생각은 전혀 하지 않은 채 이야기만 듣고 있는 남자는 그가 말하는 사람이 아니라서 안도하고, 그 자신은 결과가 더 형편없었다는 걸 잘 아는 마테네였다.

"물론이죠, 물론입니다. 각하께 말씀드렸듯이 이건 항상 시행착오의 문제입니다. 이제 우리는 사람 많은 곳에서 재빨리 낚아채는 건 배제할 수 있으니까 어둠 속에서 행동해야만 합니다."

"그러는 게 좋을 수도 있겠군, 호비노."

페롱 드 바쉬가 낄낄거리며 말했다.

"레오나르도가 자네를 알아보면 다시는 근처에 오지 못하게 할 게 분명하니까. 토끼를 사용하다니, 도대체 무슨 생각을 했던 거야?"

"살아 있는 토끼들이 우아한 연회에서 손을 닦는 데 사용된다는 이야기를 들은 터라 연회장에 토끼가 있고 다른 손님들이 그러는 것을 봤을 때 레오나르도의 정신을 분산시키는 데 사용할 수 있을 거라고 생각했습니다. 제 생각에는 그가⋯⋯."

"메세르 레오나르도에게 쏟은 와인을 닦아내기 위해 살아 있는 토끼를 문지르는 걸 좋은 생각이라고 여겼단 말이지. 나도 네가 하는 걸 봤어. 실은 많은 사람이 너를 봤지."

코뮌 공작이 공책이 없는 것에 더 짜증이 난 건지 예의가 없는 것에 더 짜증이 난 건지는 명확하지 않았다.

"토끼는 쓰다듬는 거야, 호비노. 그런 식으로 손가락에서 기름기를 닦아내는 거지, 천 대신 쓰는 게 아니라고, 맙소사! 그건 이를 포크로 닦는 것과 마찬가지야! 이제 여기서 나가서 좀 더 나은 방법을 생각해보라고."

"각하께서 그러시니⋯⋯."

두 좀도둑이 나가며 신중하게 등 뒤로 문을 닫았다. 페롱 드 바쉬가 공작에게로 돌아섰다.

"그러면 공작께서도 우리가 확실하게 그 공책을 가져와야 한다는 데 동의하시는 거군요."

손을 후후 불던 공작은 고개를 끄덕이고 대답했다.

"그 방법뿐일세. 어제 메세르 레오나르도가 어떤 식으로든 매수할 수 없는 사람이라는 분명한 인상을 받았지. 그는 일 모로를 위해 일하고, 그걸로 끝이야."

"아니면 우리가 온갖 약속을 했지만 우리는 루도비코만큼 돈을 줄 수 없다는 걸 아는 걸지도 모르죠."

시뇨르 드 바쉬가 말을 이었다.

"이걸로 다시 우리의 첫 번째 목적으로 돌아가게 되는군요. 루도비코에게 요청해야 합니다. 우리에게는 3만 두카트가 필요하고, 그것도 빨리 필요하죠."

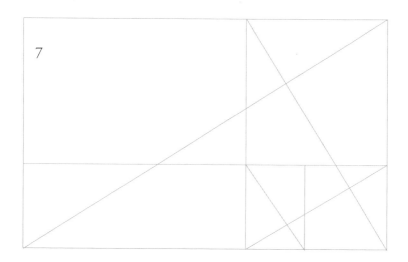

7

말. 아름다운 말. 거의 갈레아초의 시칠리아산 말처럼 보이지만, 이것
이 더욱 아름답다. 다리는 아주 가늘지만 근육이 눈에 띄게 드러난다. 움
직인다는 인상을 주는 게 바로 근육이다. 근육이 긴장하고, 다리에 힘이
들어가 강인함을 만들어낸다. 그리고 그 비율. 말 다리를 실제 길이로 만
들면 동상은 움직이지 않는 것처럼 보일 것이다. 그러니까 기억하라. 현
실보다 더 길게 만들어야 한다. 뒷다리는 더 짧게, 수축되고 밀어내야 한
다. 앞다리는 더 길게, 쭉 뻗어야 한다. 하지만 그건 디자인이다. 근육은
예술이다. 말은 매끄러워야 하고, 근육은 눈에 띄어야 한다. 오늘은 토끼
털과 달걀노른자를 섞은 모래를 사용해봐야지. 흠.

　"괜찮으십니까, 메세르? 죄송합니다. 제가 생각에 잠겨 있었군요…….

오, 대사님이셨습니까? 이렇게 반가울 데가! 다치신 것은 아니기를 바랍니다."

"전혀 아닐세, 메세르 레오나르도, 전혀 아니야."

지아코모 트로티가 달랬다. 사실 그는 완전히 의식의 흐름 상태에 빠진 채 길을 건너 기적적으로 한 번도 넘어지지 않고 가던 레오나르도 다 빈치에게 거의 정면으로 돌격당할 뻔했다. 어쨌든 지아코모 트로티는 두툼한 옷을 입었다고 해도 일흔 살의 노인이었고, 꽤나 튼튼한 마흔 살과 충돌했으니까.

"자네는 어떤가, 괜찮은가?"

"완전히 괜찮습니다. 제가 사과를 드려야 하는데, 대사님도 어떤지 아시지요. 저는 가끔 다른 데 정신이 팔려 어디로 가는지 보지를 않습니다. 제가 사방에서 돌아다니는 수레 중 하나가 아니라 대사님께 부딪쳐서 천만다행입니다. 전에 그런 적이 있었거든요. 수레에 사실상 치였고 거기에 더해서 그걸 몰던 레이디에게 모욕도 당했죠. 엄청나게 창피했다고 확실하게 말씀드릴 수 있습니다."

"지난 일을 자꾸 떠올리지 말게. 나한테도 내 나이 남자에게 일어나도 되는 것 이상으로 자주 일어난다네. 어딜 가던 참인가? 어디 좋은 데라도?"

"여기서 멀지 않습니다. 동물 시장 근처죠."

"나도 그쪽으로 간다네. 내가 함께 걸어도 괜찮겠나?"

"물론입니다. 둘이 함께 있으면 우리가 좀 더 조심할지도 모르죠."

레오나르도가 미소를 지었다.

트로티도 속으로 미소를 지었다. 첫 번째 문제였던 레오나르도와 우연히 만난 것처럼 접촉하는 것이 해결되었다. 루도비코는 명확하게 말했다. 레오나르도가 조사를 받고 있다는 느낌을 받지 못하게 하라고 말이다.

"동물을 살 일이 있나?"

"아뇨, 전혀 아닙니다."

레오나르도는 다시 혼자만의 생각에 빠진 상태로 대답했다. 이 남자는 거의 걱정스러울 정도로 다른 데 정신이 팔리는 경향이 있었다.

"제가 필요로 하는 것을 줄 수 있을 듯한 오랜 친구를 보러 갑니다. 그렇게 비싸게 부르지도 않을 것 같은 친구죠. 이 물건은 대체로 아주 비싸거든요."

"음. 좋은 품질의 물건은 항상 꽤 비싸지. 밀라노에 살면 언제나 필요한 것보다 돈이 부족한 것 같아. 페라라에 살 때는 여기서 하루에 쓰는 돈으로 일주일 동안 살 수 있었지."

트로티가 그렇게 말하니 꼭 숨은 동기가 없는 말처럼 들렸다. 페라라 대사는 구두쇠로서 갈레라니의 남편을 포함해 견줄 사람이 거의 없는 인물로 유명했다. 하지만 실제로는 트로티가 미끼를 던지는 거였다.

루도비코는 "레오나르도를 매수할 수 있는지 알고 싶다네."라고 명확하게 말했다.

"난 프랑스인들이 그의 도면을 원한다고 생각하네. 아니, 그렇게 확신하네. 레오나르도가 나나 다른 사람들에게서 받지 못한 돈에 관해 불평을 하고 다니는 데는 많은 이유가 있을 수 있어. 그들은 도면을 살 수도 있고, 아니면 그를 살 수도 있어. 그럴 가능성이 있는지 자네가 알아보게. 가서 묻고, 취조해. 은밀하게, 하지만 솜씨 좋게 말이야. 자네는 그런 데 뛰어나잖나."

바로 이게 지아코모 트로티가 지금 하고 있는 일이었다.

"돈은 별로 중요한 게 아닙니다. 그러니까 저에게 돈이 웬만큼 있다면 그럴 거라는 뜻이죠."

레오나르도가 말했다.

"아무한테도 돈은 웬만큼 있지 않지. 심지어는 어제 도착한 두 명의 프랑스 귀족도 돈에 대해서 계속 불평하더군."

트로티가 말했다.

"그 사람들 이야기는 하지도 마십쇼. 그들은 어젯밤 저녁 식사 시간의 절반을 돈에 대해서, 제가 얼마나 버는지에 대해서 이야기했습니다."

레오나르도는 머리를 흔들며 낄낄 웃었다.

"저는 다른 사람의 어설픈 행동 때문에 와인 얼룩이 진 옷을 대체할 새 옷을 계속 살 필요만 없다면 꽤 많은 돈을 모을 거라고 그 사람들에게 말했죠."

레오나르도는 트로티가 종종 보았던 그 강박적인 동작으로 옷 앞부분을 털었다. 마치 아직도 더러울까 봐 걱정하는 것 같은 동작이었다.

"돈은 지나치게 중요하게 여겨집니다. 메세르 지아코모. 많은 사람이 돈 자체가 중요하다고 확신해 집에 보관하고, 마치 그림이나 보석처럼 계속해서 감상하죠. 하지만 돈은 중요하지 않습니다. 실체도 없고요."

그러는 동안 그들은 성당 옆 광장에 도착했다. 동물 시장이 열리는 곳이었다. 암탉부터 소, 토끼와 작은 새 등 온갖 종류의 생물이 파리처럼 팔지 않는 넘쳐나는 생물종들과 함께 있었다. 레오나르도는 걸음을 늦추고 주위를 둘러보았다. 숨이 가빠오던 늙은 트로티는 자신의 기관지에 더 많은 공기를 집어넣기 위해서 애를 썼다.

"그러면 자네에게는 돈이 뭔가?"

"좋은 질문입니다. 아시다시피, 메세르 지아코모, 저는 오모 산자 레테레omo sanza lettere, 라틴어를 모르는 무식한 사람이고 뭔가를 설명하기 시작하면 종종 미궁에 빠진 채 끝납니다. 그러니까 괜찮으시다면 예를 들어 보죠."

이 말을 하면서 레오나르도는 가던 길에서 약간 벗어나 작은 새들을 파는 상인 쪽으로 걸어갔다. 상인은 자신의 물건들을 균형 잡는 막대처럼 생긴 막대기에 매단 새장에 넣어 날랐고, 이 모든 새와 무엇보다도 새장의 무게 때문에 몸을 구부리고 있었다.

"좋은 날이요. 상인 양반."

"저는 나리의 미천한 하인입죠."

남자는 자신의 상품들과 비슷한 목소리로 말했다.

"새 장수 마테오가 뭐든 해드리겠습니다. 뭘 찾으십니까? 초록색과 노란색 앵무새들도 있고, 음악을 좋아하신다면 어떤 악기보다도 훌륭하게 노래하는 나이팅게일도 있습니다."

"멋지군."

레오나르도는 최대한 진심인 것 같은 얼굴로 말했다.

"자, 메세르 지아코모, 이런 아름다운 자연의 창조물들을 단지 우리 도시인들이 그 노래를 즐기기 위해 새장 안에 무력하게 가둬놓는 것이 공정하다고 생각하십니까? 말해보게, 상인 양반, 이 나이팅게일 한 쌍에 얼마를 원하나?"

"5데니어입니다, 메세레. 하지만 그만한 가치가 있으실 겁니다. 이 녀석들은 천사 같은 소리를 내거든요."

"나도 의심하지 않는다네, 이 친구야."

레오나르도는 파우치에 손을 집어넣었다.

"여기 있네."

"여기 있습니다요."

남자는 막대에서 두 마리의 나이팅게일이 든 새장을 풀어 레오나르도에게 건넸다.

"나리의 집에 놔두고 싶으시면 이 녀석들에게 더 큰 집을 만들어주셔야 할 겁니다."

"걱정 말게, 메세레. 그럴 필요는 없을 테니까."

그는 새장을 열고 조그만 새 한 마리에게 손가락을 내밀었고, 새는 곧장 그 위로 올라앉았다. 레오나르도는 장난감 매를 훈련시키려는 경험 없는 매 부리는 사람처럼 손을 빼서 들어 올렸다. 그러자 갑자기 새가 날개를 퍼덕이며 날아올라 군중 위를 빙 돈 다음 몇 초 후에 집 위로 사라졌다.

지아코모 트로티는 고개를 들고 공모와 환호가 뒤섞인 표정으로 날아가는 새를 바라보는 레오나르도 쪽으로 몸을 돌렸다. 그동안 우리가 열린 것을 안 두 번째 새 역시 아무도 알아채지 못한 사이에 날아가 버렸다.

"환상적이지 않습니까? 저는 항상 새들의 비행을 연구하는 데 모든 걸 바치는 꿈을 꿨습니다. 이 신성한 청동 말을 끝내고 나면 언젠가는 그렇게 할 수 있을지도 모르지요. 자, 메세르 지아코모, 보셨습니까?"

"그래, 봤네. 자네는 5데니어를 헛되게 썼지."

"헛되게요? 죄송합니다만, 대사님, 저는 한 쌍의 나이팅게일에게 자유를 찾아주었고 거기서 파생된 모든 것을 관찰하고 경험할 수 있었습니다. 그들의 행복, 저의 행복, 대사님의 놀람까지요. 생각이 희망으로 바뀌는 이런 상황에서, 저는 제가 마치 하느님이 된 것처럼 생각을 비행으로 바꾸었습니다. 그게 하찮다고 생각하십니까?"

"자네 말이 맞군 그래. 누군가가 좋은 와인을 살 때는 그걸 보관하고 쳐다보기 위해서 사는 게 아니지. 건강을, 취기로 인한 기분 좋은 느낌을 바라는 것이지."

지아코모 트로티는 생각에 잠겨 고개를 끄덕였다.

"자네를 이해하겠네, 메세르 레오나르도. 자네는 나와 같은 방식으로 생각하는군. 돈은 대사이고, 유동체지. 사람이 원하는 것을 얻게 해주는 수단이야. 하지만 지금 이 시점에서, 미안하네만, 자네가 돈에 신경 쓰지 않는다고 말할 수는 없지 않나? 자네의 경우에도 더 많은 돈을 가질수록 자네를 행복하게 만드는 일을 할 수 있는 가능성이 더 높잖나."

"친애하는 트로티 대사님, 제 설명이 명확하지 않았던 모양이군요. 방금 전에 저 새 장수와 저는 거래를 했습니다. 저는 그에게 5개의 작은 금속 조각을 주었고, 그는 저에게 두 마리의 나이팅게일을 주었죠. 우리 둘다 그 5개의 작은 금속 조각이 어떤 의미인지에 동의했습니다. 자, 돈은 언어죠. 돈은 그 나름의 본질을 갖고 있기 때문이 아니라 우리 인간이 모두 그것에 동일한 힘을 부여하는 데 동의했기 때문에 작용합니다. 그리고 이것은 우리의 단어와 문장 전부보다 훨씬 강력한 언어죠."

"그렇지. 왜냐하면 모두가 그걸 이해하니까."

"그 반대로, 그게 암호이기 때문입니다."

"암호?"

"그럼요. 생각해보십시오, 메세르 지아코모. 화살을 인간이나 원숭이의 심장에 쏜다고 해보죠. 똑같은 일이 일어납니다. 인간과 원숭이 둘 다 죽죠. 그들에게 음식을 준다고 해보죠. 예를 들어 과일 같은 거요. 인간과 원숭이 둘 다 그걸 먹을 겁니다. 하지만 1두카트를 원숭이의 손에 쥐어주고 앞서 녀석에게 준 과일을 돌려받기를 기대할 수 있을까요?"

"녀석은 내 팔을 뜯어내겠지."

"아마 그렇겠죠. 하지만 녀석이 자기가 뭘 받았는지를 이해하면, 녀석은 비슷한 과일을 100개쯤 살 수 있을 겁니다."

레오나르도가 걸음을 멈추고 트로티 쪽으로 돌아섰다.

"돈은 언어처럼 사람들이 합의를 이룬 덕택에 만들어진 암호입니다. 그리고 이건 인간이 아닌 누구에게도 완전히 이해 불가능한 거죠."

"자연의 언어처럼 말이군."

"그것보다 더 강력합니다. 더 비밀스러우니까요. 개에게 언어를 이해 하도록 가르칠 수는 있습니다. '엎드려', '앉아', 그리고 다른 단어들도 가르칠 수 있죠. 하지만 녀석에게 1두카트를 주면 녀석은 삼키려고 할 겁니다."

레오나르도는 단호하게 비아 데글리 아르모라리 쪽으로 돌아서서 목적지에 거의 도착한 사람 특유의 편안한 걸음으로 걸어갔다.

"그게 우리 인간이 살아 있는 존재 중 가장 강력한 이유이고, 우리가 세상의 다른 동물들을 전부 지배하는 이유입니다. 사자, 돼지, 원숭이, 개……."

그가 미소를 지으며 말을 이었다.

"그리고 심지어 말까지요. 하지만 말은 결국에는 우리보다 우위에 있죠. 한동안은 생각해볼 만한 가치가 있겠군요. 전 도착했습니다, 메세르 지아코모."

지아모코 트로티는 주위를 둘러보았다.

우리가 이야기하고 있는 시절의 밀라노는 대단히 탁월한 제조업 도시 중 하나였다. 온갖 종류의 물건들이 밀라노에서 만들어졌다.

천, 특히 질 좋은 금사로 엮은 비단, 뿐만 아니라 코츠월드에서 온 롬바르드 실크 천이나 모직은 밀라노 작업장에서 가공되면서 아름다움을 얻고 그 따뜻함과 부드러움은 유지했다.

의상들. 하인들의 수수한 천부터 궁중의 레이디들이 입는 치오파 cioppa 와 카모라 camora, 그 유명한 페스타 델 파라디소에서 베아트리체가 입은 옷을 만든 레오나르도를 포함해 최고의 장인들이 만든 옷을 입는 공작과 공작 부인들의 최신 유행 옷들.

겹쳐 쌓을 수 있고 용도를 변경할 수 있는 가구들. 예컨대 식탁으로 바꿀 수 있는 책상에는 짙은 색의 나무로 'NE GRAVIORA FERAM!(무거운 것을 과하게 올리지 마시오!)'라는 경고문이 상감 장식으로 새겨져 있었다.

그리고 무엇보다도 갑옷. 온갖 종류의 갑옷과 무기들, 그 모양이나 용도가 무엇이든 상관없고, 꼭 군사적 용도일 필요도 없었다. 사실 군사적 용도인 경우는 거의 없었다. 그 시절에는 무기와 갑옷이 최신 유행 물품이었고, 전쟁 때뿐만 아니라 퍼레이드 때 도시 한가운데에서 흔히 입는 것이었다. 자신의 부의 정도를 과시하고 탐험과 용기에 대한 우월한 태도를 암시하는 즐거움이라는 전혀 다른 의도로 만들어진 물품이었다. 현대에 꽉 막히는 길에서 SUV를 모는 것과 좀 비슷하다.

결과적으로 많은 잘나가는 공방들은 도시의 아주 특정한 지역에서 번창했고, 도시인들의 훌륭한 취향 덕분에 이 장인들은 복잡한 미늘창의 세계에서 이탈리아제 브랜드의 명성과 고급스러움을 쌓아 올렸다. 여기가 지금 레오나르도와 트로티가 있는 곳이었다. 고급스러운 무기 상인들의 왕국인 비아 데글리 스쿠다리.

레오나르도가 댄디즘의 선구자이고 우아함이라는 면에서 자신만의 위치를 고수하고 있는 건 사실이지만, 트로티는 그가 갑옷을 입은 모습은 상상할 수 없었다.

"갑옷을 살 생각인가, 메세르 레오나르도?"

"오, 아뇨, 그럴 리가요, 메세르 지아코모. 저는 금속 전문가인 장인과 이야기를 하러 온 겁니다. 바쁘십니까?"

"전혀. 기꺼이 자네와 동행하겠네."

"그렇다면 가시지요. 어서요."

레오나르도는 어두운 문가로 들어가 작고 탁 트인 복도로 걸어갔다. 조그만 방들에서는 뜨거운 열기와 쇠를 두드리는 나무망치 소리가 새어나왔다. 레오나르도는 이 방들 중 첫 번째를 들여다보았다.

"마스터 안토니오를 찾고 있네."

검댕과 땀으로 뒤덮인 모루 앞의 젊은이가 방문객이 누군지 보려고 눈을 가늘게 떴다가 상대를 알아보고는 망치를 내려놓고 말없이 방을 나갔다.

몇 초 후에 복도 한가운데 있는 방에서 거인처럼 큰 남자가 나왔다. 거의 사계절 옷이 다 들어가는 옷장처럼 거대하다고 트로티는 생각했다. 초록색과 금색으로 된 옷을 입은 남자가 얼굴 가득 웃으며 레오나르도를 향해 걸어왔다.

"메세르 레오나르도, 이렇게 기쁜 일이 있나! 무슨 일로 여기까지 오신 겐가?"

"이렇게 환영해주니 내가 더 영광이군요, 마스터 안토니오."

그런 다음 그는 자신의 동행 쪽으로 몸을 돌렸다.

"페라라 공작 에르콜레의 대사이신 지아코모 트로티입니다. 이쪽은 마스터 안토니오 미사글리아입니다."

지아코모 트로티가 절을 했다.

안토니오 미사글리아 역시 절을 했다.

밀라노의 갑옷 제조자들이 유럽 전역을 지배하게 되었다고들 한다. 그들의 훌륭한 취향 덕분이라고는 하지만, 전적으로 그런 것은 아니다. 효율적인 기술적 해결책과 전통적인 경쟁 덕분이기도 하다. 그 시절에도 브랜드라는 게 있었고, 모든 갑옷 제조자들은 눈에 띄게 금속에 자신의 인장을 박아놓았다. 그리고 지금까지 가장 유명한 것은 미사글리아의 갑옷이었다.

미사글리아 갑옷은 프랑스 왕들, 막시밀리안 1세, 나폴리의 아라곤가 군주들, 그리고 방어할 왕국이나 싸울 토너먼트는 없어도 쓸 돈이 많은 다른 파르베누스parvenus*들이 줄줄이 입었다. 1493년 밀라노에서 "안토니오 미사글리아를 소개합니다."라는 말은 오늘날 "조르지오 아르마니를 소개해드리죠."라는 말과 비슷했다.

"이거 참 기쁨이자 영광이군. 두 사람이 아는 사이인 줄은 몰랐네."

트로티가 말했다.

"메세르 레오나르도는 밀라노로 옮겨온 직후에 저에게 우정이라는 영

---

* 벼락부자

광을 베풀어주었지요."

미사글리아가 하얀 수염 사이로 커다란 검은 치열을 드러내며 대답했다.

"사실 이 친구에게 마스터라고 불리니 기분이 좀 야릇합니다. 여기에 마스터가 있다면 이 친구죠."

"너무 친절하시군요, 마스터 안토니오."

레오나르도가 반쯤 미소를 지으며 말했다. 마치 그도 그 말에 동의하지만 그걸 고집하고 싶지는 않다는 걸 알리는 것 같은 표정이었다.

"마스터 안토니오가 금속에 대해서 저에게 많은 걸 가르쳐주었습니다. 금속을 벼리는 방법, 망치로 두드리는 방법 등을요. 저희가 갈레아초 산 세베리노의 갑옷을 함께 만들었습니다."

"꽤 쉽게 돈을 벌어준 갑옷이었죠. 이 친구가 생각하고, 제가 만들고요."

안토니오 미사글리아는 살인에서 빠져나간 사람처럼 웃었다.

"그리고 운 좋게 누군가가 거기에 돈을 지불했고요."

"누가 대부분의 일을 했나?"

트로티가 주위를 둘러보며 물었다.

"아, 그건 저한테는 쉬웠습니다. 금으로 작업하는 건 쇠로 하는 것과 비교하면 아주 쉽거든요. 하지만 그 모든 무게의 기수를 안장에 올려두는 건 엄청난 업적이었죠. 금은 부드러워서 망치질을 하기에 좋지만, 무겁습니다. 무게가 거의 비슷한 쇠와 청동에 비해 훨씬 무겁죠."

트로티는 학생처럼 손가락 하나를 들었다.

"실례하네, 마스터 안토니오. 자네에게 질문을 할 드문 기회가 생겨서 말인데, 내가 궁금한 게 하나 있다네. 물어봐도 되겠나?"

"제가 대답해드릴 수 있으면 좋겠군요, 대사님."

"난 늘 전쟁에서 사용하는 대포는 쇠로 만들 수 없다는 이야기를 들었네. 너무 무겁고 움직일 수 없어서 말이야. 하지만 자네가 지금 나에게 쇠와 청동의 무게가 거의 같다고 그러지 않았나. 난 이 두 가지를 어떻게 받아들여야 할지 잘 모르겠군."

"청동은 무게는 비슷합니다만, 훨씬 강하죠."

미사글리아는 크기와 모양이 거의 도마 정도 되는 한 손을 들어 올렸다.

"자, 대사님께는 세 가지 선택지가 있습니다."

미사글리아가 햄만 한 크기의 엄지손가락을 두 손가락으로 잡았다.

"프리메로primero, 2.5센티미터 두께의 청동으로 대포를 만들어서 말을 이용해 옮기고 전투에서 사용할 수 있습니다."

미사글리아가 검지를 잡았다.

"세쿤도secondu, 2.5센티미터 두께의 쇠로 대포를 만들어서 똑같이 말을 이용해 옮길 수 있지만, 전투에서는 쓸 수 없습니다. 그건 첫발에 얼굴 앞에서 폭발할 겁니다."

미사글리아가 가운데 손가락을 잡았다.

"테르체로terzero, 5센티미터 두께의 쇠로 대포를 만들어서 전투에 사용할 수 있지만 전장까지 옮기는 데 엄청난 경비가 들 겁니다. 같은 크기의 청동으로 만든 것보다 훨씬 무겁거든요. 게다가 청동은 녹여서 액체로 만들기가 훨씬 쉽습니다. 열이 절반 정도면 되거든요. 청동은 훌륭한 재료

161

지만 갑옷에 쓸 수는 없지요. 너무 단단해서 망치질을 할 수가 없거든요. 하지만 대포에는 아주 좋습니다. 동상에도 좋고요. 내 말이 맞지, 마스터 레오나르도?"

잠깐 동안 레오나르도는 자신만의 생각에 빠져 미간에 깊게 주름이 패고 시선은 아래로 내리고 있었다. 그럴 만도 했다. 미사글리아의 얘기는 그가 잘 알고 있는 내용이니까. 그는 몇 초 동안 침묵하다가 정신을 차렸고 미간의 깊은 주름도 사라졌다.

"그 말이 맞습니다. 마스터 안토니오. 그래서 내가 여기 온 거죠. 돌아가신 전 공작 각하를 기리는 기념 말을 주조하기 위해서 몇 가지 작은 실험을 하고 있는데, 녹여서 청동으로 만들 구리가 소량 필요합니다. 최대 서너 장 정도요."

"필요한 건 뭐든 드리지, 마스터 레오나르도. 그걸 결합시킬 주석도 필요한가?"

"아니, 두세 번 정도 주조하는 데 쓸 양은 아직 있습니다. 마스터 안토니오, 실은 이 구리를 외상으로 좀 줬으면 합니다. 지금 당장 지불할 돈이 없는데 성모회에서 그림값으로 큰돈을 받을 예정이니까……."

창피함을 줄여주기 위해 트로티는 몇 걸음 물러났고 미사글리아는 양손을 들어 올렸다. 그의 뒤에 있는 넓은 뜰에 그림자가 드리웠다.

"이런 맙소사, 마스터 레오나르도. 자네를 위해서라면 그 이상도 해줄 수 있지. 납으로 지불하지 않는다는 약속만 하게."

미사글리아가 웃다가 레오나르도의 얼굴이 와인색으로 변하는 걸 보고 즉시 멈췄다.

"농담이야, 마스터 레오나르도. 즉시 구리를 보내주지. 밀라노에서 돈을 제때 지불하지 않는 건 다른 사람들이지. 원하면 언제든 다시 오게. 자네는 항상 환영이니까."

"아, 갈레아초, 잘 왔네. 그 불쌍한 람발도 치티의 집에는 다녀왔나?"

루도비코 일 모로는 침대에 앉아서 베아트리체와 카드놀이를 하고 있었다. 무릎 위의 조그만 은 데니어 더미로 보아 베아트리체가 이기고 있는 것 같았다. 그리고 각하의 얼굴로 보건대 이건 오로지 아내의 운이나 기술 덕분만은 아니었다.

"각하께서 지시하신 대로 했습니다."

갈레아초가 턱을 들어 올렸고, 그의 눈이 반짝거리는 것을 알아채지 못하기란 어려운 일이었다. 이것은 그가 들고 있는 커다란 나무 상자보다도 더 눈에 띄었다. 상자는 상당히 무거워 보였다.

"문과 창문을 잠그고 집 안에서 찾아낸 옷과 이불들을 수레에 쌓아서 바깥에 갖다놓았습니다."

"좋아."

루도비코는 천천히 카드를 내려놓았고 베아트리체는 빛의 속도로 그것을 낚아채 자신이 손에 들고 있는 카드 사이에 끼워 넣었다.

"이제 나무와 석탄, 약초와 향으로 그것들을 확실히 태워버려. 마지스트로 암브로지오는 전염병을 없애는 데 이런 것들이 필수적이라고 하더군. 연기와 함께 위로 높이 올라가서 더 이상 바람에 실려 옮겨가지 못한다고."

"그렇게 하겠습니다. 하지만 저희가 찾아낸 다른 것과 그걸 찾아낸 방법에 관해서 각하께서 알고 싶으실 것 같습니다만."

"무슨 말인지 모르겠군, 대장."

"우선 람발도 치티의 집은 굉장히 가난했습니다. 주인의 옷과 몇 안 되는 소유물만큼이나 가난했지요. 하지만 이 몇 가지 물건은 엉망진창이었고, 거의 누가 다 뒤집어 엎어놓은 것 같아서 이런 곳에서 누군가가 산다고 생각할 수 없을 정도였습니다. 각하 앞에서 이런 음란한 표현을 써도 될지 모르겠습니다만, 술이 넘치는 밤의 매음굴보다 더 심했습니다."

이것은 갈레아초와 루도비코 사이에 합의된 일종의 신호였다. 갈레아초가 부적절한 단어를 쓰고 사과를 한다는 것은 일 모로와 단둘이 얘기하고 싶다는 뜻이었다.

"괜찮다네, 친애하는 갈레아초. 하지만 그렇다고는 해도 당신의 귀가 이런 우울한 이야기를 듣지 않는 편이 좋을 것 같군, 나의 사랑스러운 아내여."

물론 이것은 상냥한 어조로, 상냥한 단어로 흘러나왔다. 하지만 일 모로가 자리를 비워달라고 말하는 것은 드문 일이고, 그럴 때면 즉시 그의 말에 따르는 것이 올바르고 적절한 법이었다. 베아트리체 데스테는 미소를 지으며 과장된 동작으로 방을 나갔다. 아이에게 가서 매일 4, 5분 정도 할당된 부모의 보살핌 시간을 채울 것이 분명했다. 하지만 그전에 치마 위에 있던 조그만 은 동전들을 손으로 재빨리 쓸어 담는 것은 잊지 않았다.

"자, 말해보게, 갈레아초. 자네가 그자의 집에 처음 들어간 사람이 아닌 모양인데."

"네, 집은 바닥부터 천장까지 완전히 다 뒤집어 엎어놓은 상태였습니다. 허름한 방 두어 개에 대해서 '바닥부터 천장까지'라고 할 수 있다면 말입니다. 저희가 처음은 아니었습니다만, 운이 좋은 쪽은 저희였습니다."

갈레아초는 들고 있던 나무 상자를 루도비코 앞에 내려놓았다.

"누가 집 안에 들어갔든 철저하게 뒤지지 않았던 것 같습니다. 침대 옆에 커다란 나무토막으로 된 모루가 있었습니다. 나무는 속이 비었지만 물건이 꽉 차 있어 소리만으로는 속이 빈 걸 알 수 없었을 겁니다."

"자네는 그걸 어떻게 알아냈나?"

"화가가 모루를 갖고 뭘 하겠습니까? 이 가난한 남자가 그런 조그만 방에 왜 그렇게 커다란 물건을 놔뒀을까요?"

이렇게 말하면서 갈레아초는 상자를 열고 긴 철제 구둣주걱을 꺼냈다.

"그에게 필요했기 때문이었죠. 이게 뭔지 아십니까?"

"아니, 모르겠군. 뭔가 생각이 날 것도 같은데 뭔지 정확하게 모르겠어."

"이걸 보여드리면 아마 명확해지실 겁니다."

갈레아초가 상자에서 2개의 은 막대기를 꺼냈다.

"하느님 맙소사. 금속을 융합시키는 데 쓰는 철제 수로군. 치티는 위조범이었어."

"그래 보입니다."

갈레아초가 대답했다.

"모루 위에 누군가가 동전을 놓고 쳤던 것처럼 화폐 판금 흔적이 몇 개 남아 있었습니다. 게다가 상자 안에 줄, 집게, 구리판, 작은 도가니까지 있더군요."

"상자 안에 돈도 있던가?"

"동전은 없었습니다만 돈은 있었습니다. 그게 제가 각하께 말씀드리고 싶은 겁니다."

"놀랍군."

갈레아초가 다시 몸을 구부려 상자 안을 뒤지는 동안에 루도비코가 말했다.

"우리의 조그만 악당 치티는 그 수상한 집단의 누군가에게 살해되었을 수도 있겠군. 메세르 레오나르도가 옳았던 걸지도 모르겠어."

자신이 찾던 것을 쥐고 갈레아초가 고개를 흔들었다.

"잠깐 기다리십시오, 루도비코. 이제 메세르 레오나르도에 대해서 이야기할 차례입니다."

"자, 메세르 레오나르도, 이제 도착했군. 자네에게 부탁을 하나 해도 될지 모르겠는데."

"말씀하십시오, 메세르 지아코모. 저의 대단찮은 집으로 얼마든지 들어오셔도 됩니다."

레오나르도가 현관문을 열면서 말했다.

"고맙네, 레오나르도. 그게, 내가 잠깐 용변을 좀 보고 싶은데 혹시라도……."

"물론이지요, 메세르 지아코모."

레오나르도는 계단 쪽으로 손짓하며 말했다.

"편하신 대로 제 방을 사용하셔도 됩니다. 제 침대 옆 제일 아래 서랍에서 필요한 건 뭐든 찾으실 수 있을 겁니다. 다녀왔습니다, 카테리나."

"난 부엌에 있단다, 레오나르도."

계단을 올라가는 동안 트로티의 귀에 목소리가 들렸다.

트로티는 문을 열고 주위를 둘러보다 레오나르도가 말한 서랍을 열고 무거운 청동 요강을 꺼냈다.

지아코모 트로티는 어쨌든 일흔 살이기에 다른 사람의 집에서 요강을 사용하겠다는 부탁이 꼭 여유롭게 집 안을 둘러보기 위한 변명만은 아니었다. 하지만 요강을 사용하면서, 형편없는 시력과 과하게 부푼 전립선을 가진 일흔 살이 짜낼 수 있는 최대한의 노력을 기울여 조준을 하면서, 트로티는 실제로 주위를 둘러보았다.

방은 누구나의 방이라고 해도 될 만큼 평범했다. 주인의 머릿속에만 존재하는 순서에 따라 방 안 여기저기에 널려 있는 수많은 종이만 제외하면 말이다. 담뱃대도 없고, 유리그릇도 없고, 금속 도구나 다른 화학자의 도구들도 없지만, 여기가 그의 작업실일 것이다. 여기에 있는 것은 기묘한 메모들뿐이었다. 명확하게 이해하기 어려웠고, 종이들을 살펴보는 것도 불가능했다. 특히나 글자가 오른쪽에서 왼쪽으로 쓰여 있어 시간을 충분히 들여서 보지 않으면 해독할 수가 없었다. 그리고 트로티에게는 그럴 만한 시간이 없었다. 전립선이 어떻든 간에 다른 사람의 방에서 15분 이상 혼자 있을 수는 없는 노릇이었다.

트로티는 예의 바르지만 우렁찬 경고와 함께 요강을 창밖으로 비우고 제자리에 넣은 다음 옷매무새를 바로잡고 방을 나와 아래층으로 내려갔다.

"자, 메세르 레오나르도, 함께 시간을 보내줘서 고맙네."

그는 말을 하다가 부엌에 있는 카테리나를 보고 말을 멈췄다. 카테리나는 콩 바구니를 앞에 놓고 탁자에 앉아 진지한 분위기로 껍질을 까고 있었다. 트로티를 본 그녀는 콩깍지를 내려놓고 일어서서 꼬투리를 치마에서 털었다.

"용서해주십시오, 메세레. 제 아들은 급하게 나가야 했답니다. 성의 하인이 루도비코 스포르차 공작 각하께 그 아이를 데려오라는 명령을 받고 와서요. 메세레께 작별인사를 못 하는 걸 용서해달라고 하더군요."

168

"괜찮네."

트로티는 별거 아니라는 뜻으로 양손을 펼치며 대답했다.

"감사 인사를 할 쪽은 나지. 그대의 아들 역시 귀중한 시간을 나에게 나눠준 것에 대해 감사하고 싶군."

"아, 시간요. 레오나르도에게는 절대로 충분할 때가 없지요. 그 애는 시간을 짜내고 온갖 방법으로 찾아내죠. 한 시간 반 정도 자고는 4시에 일어난답니다. 그리고 항상 수많은 일을 하지요."

"그러면 밤에도 일을 하는 건가?"

"물론이지요. 집에서 일하느라 밤잠을 못 자는 걸로도 부족한지 그 애는 밖에 나가기도 한답니다."

"나가? 밤에?"

"그럼요, 시뇨르. 저는 늙어서 밤에 깨면 다시 잘 수가 없어요. 벌써 세 번이나 밤에 그 애가 집에 없고, 아침 기도 시간 직전에 다시 들어오는 걸 알아챘죠. 밤에 도시를 돌아다니는 게 위험하다고 말했지만, 그 애는 안 들어요. 루도비코 각하께서 요구하시면 해야만 한다고 그 애가 그러더군요."

"루도비코? 밤에 각하를 위해서 무슨 일을 한단 말인가?"

"메세레께서도 모르시나요? 저도 모른답니다."

카테리나는 앞치마에 손을 문지르고 탁자와 여전히 까야 하는 콩더미 쪽을 힐끗 보았다.

"이제 실례해도 된다면, 시뇨르, 저는 제 할 일로 돌아가야겠습니다. 할 일이 아주 많은데 아무도 저를 도와주지 않거든요. 혹시라도 길에서 하얀

재킷에 파란색과 하얀색 타이츠를 신은 청년을 보시거든 소리를 질러 여기로 좀 보내주세요."

"메세르 레오나르도 다 빈치가 왔습니다, 각하."

"들어오라고 하게, 들어오라고 해."

관리인은 레오나르도를 셰브런 방으로 안내했다. 거기서는 세 사람이 그를 기다리고 있었다. 루도비코 일 모로, 갈레아초 산세베리노, 그리고 젊은 후작 스탄자였다.

마지막 사람을 본 레오나르도의 심장이 조금 가벼워졌다. '키다리'라는 우스꽝스러운 이름에도 불구하고 그는 굉장히 진지한 사람이었다. 궁정 금고 관리자, 다시 말해 공식적인 급여 담당자였다. 그 지역 사람들이 하는 말로 동전을 나눠주는 사람이다. 이 방에 그가 있다는 것은 오로지 한 가지를 뜻했다. 루도비코가 성모회에서 직접 돈을 받아 그의 경제적 곤궁을 끝내게 해줄 거라는 얘기다.

"드디어 왔군, 메세르 레오나르도. 이리 오게. 자네를 위한 중요한 소식이 있네. 스탄자, 나가보게. 오늘 일은 다 끝났네."

"분부대로 하겠습니다."

남자는 살짝 절을 한 뒤 레오나르도를 일 모로와 갈레아초 앞에 놔두고 걸어 나갔다. 레오나르도는 조금 전보다 훨씬 혼자가 된 기분이었다.

"자, 메세르 레오나르도. 말했듯이 중요한 소식이 있네. 이리 오게, 이리 와. 그 가방 안에는 뭐가 들었나?"

"구리판입니다, 각하. 말을 주조하기 위한 소규모 시험을 해보려고요. 마스터 안토니오 미사글리아가 관대하게도 이걸 저에게 주었습니다."

이 문제가 나온 김에 각하께 저에게 돈을 주시기로 하셨다는 걸 상기시켜드려도 될까요? 그런데 스탄자를 내보내셨군요. 그러면 왜 저를 여기로 부르신 건지 잘 모르겠습니다만. 각하에서 저를 부르셨는데 저의 오늘 하루는 이미 엉망이거든요. 이렇게 생각은 하지만, 말을 하지는 않을 겁니다, 각하. 외상으로 받은 구리판에 미사글리아. 청동과 납에 관해 저를 난처한 상황에 몰아넣었지요. 각하에서 저를 부르셨습니다. 좋습니다, 이제 그들이 저에게 돈을 지불하겠죠. 스탄자가 있었는데 각하에서 스탄자를 내보내셨군요. 저는 왜 여기 있는 겁니까? 레오나르도는 그렇게 생각했다.

"자, 자. 우리의 레오나르도는 성실한 노동자지. 한 가지 일을 하면서 생각은 열 가지를 해. 가끔 자네 생각을 알기 위해 돈이라도 내고 싶다니까."

가끔이지만 지금은 아닐걸요. 지금의 생각은 좋아하지 않으실 겁니다.

"내가 말했듯이, 메세르 레오나르도, 중요한 소식이 있네. 갈레아초 대장이 죽은 남자 람발도 치티의 방을 싹 비우고 점검을 하러 갔다가 방이 끔찍한 난장판 상태인 걸 발견했지. 누군가가 이미 치티의 물건을 뒤진 것처럼 말이야."

"그건 치티가 살해되었다는 제 가설을 뒷받침하는 것 같다고 말씀드려

171

도 될까요, 각하. 뭔가 흥미로운 걸 찾았습니까?"

"많이 찾았지, 메세르 레오나르도. 아주 많이. 혹은 처음에 뒤진 사람이 아무것도 못 찾은 반면 우리의 훌륭한 갈레아초는 모루 안에 신중하게 숨겨져 있던 이걸 찾았지. 이게 뭔지 알겠나?"

"줄, 화폐 판금, 점토, 집게, 끌, 주조를 위한 쇠막대. 보석 세공인이나 위조범의 도구로군요."

"정확하네, 레오나르도. 자네 괜찮나? 창백해 보이는데."

"괜찮습니다, 각하. 오늘 하루가 힘들어서요."

"아직 끝나지 않았네, 메세르 레오나르도. 자네에게 보여줄 게 두 가지 더 있지."

루도비코가 갈레아초의 손에서 종이 몇 장을 받은 후 하나를 펼쳤다. 그것은 아주 질 좋은 피렌체 종이이고, 작고 정밀한 글씨체로 글자가 쓰여 있었다.

서기 1493년 6월 24일에, 피렌체에서

1,000플로린

관례에 따라 이 편지는 메세르 람발도 치티에게 1,000플로린을 플로린당 1,025두카트의 비율로 밀라노의 메세르 아체리토 포르티나리와 그 동료들을 대표하여 부여합니다. 주께서 보살피시길.

그 아래에는 서명이 있었다. 레오나르도가 잘 아는 서명이었다. 하지만 중요한 것은 서명이 아니라 편지 전체였다.

은행가가 신용장을 받으면 편지에 명시된 금액만큼의 현금을 주어야 한다. 그러므로 모든 은행 관리자는 다른 지점의 동료들의 글씨체를 잘 알았다. 그리고 메디치 은행이나 거기 연계된 은행들에 관해서 이야기할 때는 브뤼허의 방식에 따라 로마부터 런던까지 유럽 전역의 지점들을 이야기하는 것이다.

신용장은 대륙의 사업에서 초석이고, 소유자를 도둑이나 수레 가득 돈을 싣고 힘들게 여행하는 일로부터 보호해준다. 피렌체에 돈을 보관하고 편지를 갖고 런던으로 가서 현재의 환율에 맞게 돈을 받는다. 금전적인 면에서는 약간 손해가 있지만, 안전 면에서는 엄청난 이득이다.

레오나르도는 어리둥절한 상태로 종이를 쳐다보았다.

"저는 이해되지 않습니다만."

"나도 그렇다네. 화가로 일했던 불쌍한 자의 소유물 중에 1,000두카트의 신용장이 있다니. 하지만 최소한 이건 우리 둘 다 이해를 못 하는 일이지. 내가 자네에게 보여줄 두 번째 서류는 아마 자네가 나보다 더 잘 이해할 것 같군."

루도비코는 레오나르도에게 두 번째 종이를 보여주었다. 여러 개의 그림과 숫자들, 거의 이해할 수 없는 조그만 글씨가 가득한 종이였다.

놀랄 일도 아니었다. 글씨가 오른쪽에서 왼쪽으로 쓰여 있었으니까.

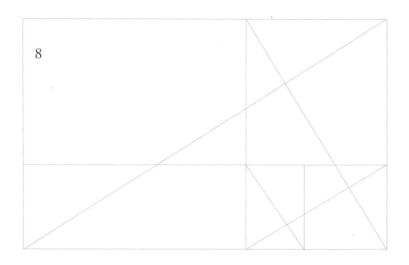

8

"람발도 치티는 제 제자 중 한 명이었습니다. 좋은 친구인 지오반니 프로티나리의 고객이 소개해준 자였죠. 제 집과 작업실에 받아달라고 부탁을 했고, 저는 그렇게 했습니다."

루도비코는 꼼짝 않고 들었다. 그의 손은 그의 입 앞에서 서로 겹친 상태였고, 레오나르도가 말하는 한은 눈과 귀, 그 사이에 있는 모든 것을 동원해서 집중하겠다는 의지를 보여주는 것 같았다.

"람발도는 훌륭했고, 재능이 있었고, 빨리 배우는 데다가 영리하고 태도도 좋았습니다. 저는 그에게 만족했고, 곧 제 일을 돕게 되었죠."

레오나르도는 천천히 한숨을 내쉬고 바닥을 내려다보았다. 루도비코가 거기 있고 자세를 바꾸지 않았다는 사실을 확인하기 위해서 고개를 들

필요도 없었다.

"그러던 어느 날, 2년 전쯤인데 마스터 안토니오 미사글리아가 저를 불렀습니다. 대금 서랍에서 가짜 동전을 발견했다고 그러더군요. 얇게 금을 입힌 납 두카트였습니다. 완벽한 복제라서 정수저울에 달아보지 않으면 속을 만한 물건이었죠. 그는 자기 고객 몇 명을 의심했습니다. 그래서 저에게 제자에게 주는 돈에 표시를 해놓으라고 하더군요."

루도비코 옆에 앉은 갈레아초는 두 사람을 번갈아 확인하는 것 같았다. 레오나르도가 말하는 동안에는 루도비코를 보고, 루도비코가 숨을 멈추고 생각을 정리하는 동안에는 레오나르도를 보았다.

"한 달 후에 마스터 안토니오가 저를 불렀습니다. 그날 아침 저는 람발도 치티에게 4두카트를 주고 표시를 해두었죠. 하지만 제5시에 치타가 안토니오에게 직접 가져온 두카트에는 표시가 없었습니다. 그건 무시할 수 없는 일이었죠."

레오나르도는 양손을 폈다. 루도비코는 근육 하나 움직이지 않았다. 생물이 그렇게 꼼짝하지 않으면서도 확연하게 살아 있다는 사실은 대단히 놀라웠다.

"저는 마스터 안토니오에게 엄청나게 사과를 한 다음 치티를 집으로 데려가 그가 사용한 방법을 설명하라고 했습니다. 자세하게 설명하지는 않겠습니다만, 조금 전에 저에게 보여주신 종이에 쓰여 있는 내용 그대로였습니다. 납에 금을 입히는 데 사용되는 방법이죠. 절차와 타이밍이 확실하게 표시되어 있습니다. 그걸 글자 그대로 따르지 않으면 결과가 엉망이 되니까요. 마스터 안토니오와 제가 고귀하신 산세베리노 대장님의 갑옷을 만들 때 처음에 가벼운 금속을 이용해 금의 모양만 갖추는 식으로 고려했던 방법과 똑같습니다."

레오나르도가 깊게 숨을 들이켰다.

"저의 경악과 부끄러움을 이해하시겠지요, 위대하신 각하. 저는 이 악당에게 직접 기술을 가르쳤고, 이제 그게 가짜 동전을 만들어 밀라노에서 저의 가장 소중한 친구 중 한 명에게 건네는 데 사용되었다는 걸 알게 되었습니다. 그가 한 짓이 정말로 창피하고 혐오스러워서 그를 꾸짖지도 않았습니다. 그저 제 집에서 내치고 금속 기술 전문가인 몇몇 친구, 산갈로, 프란체스코 디 조르지오, 폴라이우올로 등에게 이자가 그들의 집으로 찾아가더라도 절대 받지 말라고 편지를 썼습니다. 재앙을 집 안에 들이는 거니까요."

루도비코는 얼굴에서 손을 떼고 아래로 내렸다. 레오나르도는 입을 다물었다.

"나와 비밀 의회에 그자에 관해 신고를 했어야지."

루도비코가 날카로운 어조로 말했다.

"그러면 그를 처형하셨을 거잖습니까, 각하."

"나는 이 도시의 섭정으로서 내 임무를 다했을 거야. 가짜 동전이 도는 것을 막고 다시 그런 짓을 하려던 자들을 단념시켰겠지. 난 해야만 하는 일을 했을 거야. 해야만 하는 일을 하지 않은 건 자네야, 레오나르도."

루도비코가 일어서서 방 안의 사람들을 내려다보았다. 모든 면에서 그는 군주의 분위기를 뿜어냈다.

"시민의 임무를 다해야 했던 사람은 자네야. 도시는 외벽의 힘으로만 지탱되는 게 아니야, 레오나르도. 그 안에서 살고 일하는 사람들의 신뢰 역시 중요하지. 이 편지는 내가 이걸 보낸 사람을 신뢰하기 때문에 효과가 있는 거야, 레오나르도. 이 사람이 이 요청을 지킬 거라고 내가 확신하니까. 이 믿음 덕분에 우리는 유럽 전역과 거래를 하고, 우리의 실크를 브뤼허에 팔고, 우리의 무기를 파리에, 우리의 모직을 프랑크푸르트에 팔 수 있는 거지. 하지만 내가 이걸 쓴 남자를 신뢰하지 않는다면, 이건 그냥 종잇조각일 뿐이야."

루도비코가 방 안을 커다랗게 빙 돌면서 계속 이야기하는 동안 레오나르도와 갈레아초는 침묵을 지켰다.

"정직한 사람들로 이루어진 도시가 가장 이상적인 도시겠지만, 사실 사람들은 정직하지 않지. 나에게 100명의 시민을 보여주고 그 대부분이 좋은 사람이냐고 묻는다면, 난 그렇다고 대답할 거야. 100명 중에서 90명이나 그 이상은 절대로 어떤 해도 끼치지 않을 테지. 하지만 그 100명을 망치는 데는 딱 한 명이면 돼, 레오나르도. 와인 한 통을 못 마시게 만드는 데 배설물 딱 한 숟가락 분량이면 되듯이 말이지. 군주로서 잘못을 저지른 한 사람을 걱정하는 대신 이 정직한 90명을 안전하고 무사하게 지키는 것이 내 임무야. 그게 믿음을 유지하는 유일한 방법이지. 이제 말해 보게, 레오나르도. 람발도 치티의 시체를 보았을 때 그를 알아보았나?"

"네, 각하."

177

"그를 알아본 다음 사인을 밝히기 위해서 그자의 시체를 검사해보겠다는 결정을 내린 건가?"

"네, 각하."

"결국 자네가 죽은 남자를 안다는 사실을 나에게 말할 생각이었나?"

"잘 모르겠습니다, 각하."

"무슨 뜻이지?"

"각하께서 저와 죽은 친구의 관계를 오해하실까 봐 두려웠습니다. 제가 예전에도, 지금도 여전히 그의 공범이고 그가 하던 역겨운 일에 관련되어 있다고 생각하실까 봐서요."

"그게 지금 정확하게 내가 하는 생각이야. 사실대로 말하자면 지금은 더더욱 그렇게 생각하지. 자네가 꽤 최근까지 제자와 함께 가짜 동전을 만들었고 그가 떠난 후에 돈이 부족해지게 되었다고 말이야. 자, 말해보게, 레오나르도, 내가 왜 자네를 믿어야 하지?"

"각하께서 인내심과 자비심을 갖고 제 말을 들어주신다면, 몇 가지 이유를 댈 수 있습니다."

갈레아초를 놀라게 만든 것은 다른 무엇보다도 그의 말투였다. 그는 대화가 시작된 이래로 레오나르도를 계속 쳐다보고 있었고, 루도비코가 말하는 동안 그가 어느 정도 차분해졌고 그 차분함을 잃지 않는다는 걸 알아챘다. 그리고 이제는 예의 바르지만 침착한 어조로 말을 했다. 자신이 옳을 뿐만 아니라 자신이 옳다는 걸 증명할 수 있다는 걸 아는 사람 같은 말투였다. 두 가지가 항상 함께 있는 건 아닌데 말이다.

"그럼 말해보게. 듣고 있으니까."

"첫 번째는 제가 아까 말했듯이 동료들에게 보낸 편지가 있습니다. 그들은 명망 높은 장인과 공학자이자 양심적인 사람들이고, 제가 그들의 편지를 갖고 있듯이 제 편지를 갖고 있을 거라고 믿습니다."

"좋아. 그다음은?"

"두 번째는 제가 각하께 말씀드렸고 계속 주장했듯이 람발도 치티는 살해되었고, 다른 사람들이 말하는 것처럼 질병이나 신의 분노로 죽은 것이 아닙니다. 제 자신이 판 함정에 빠진다면 저는 정말로 멍청한 자일 겁니다, 각하."

"그렇군. 그건 인정하지. 또 나에게 하고 싶은 말이 있나?"

"두 가지가 있습니다. 첫 번째는 각하께서 수차례 보여주셨던 공평함을 저에게도 보여주실 걸로 믿는다는 겁니다. 특히 카피아고의 두 독일인 사건처럼 말입니다."

5월 말에 코모 호수 근처 카피아고에 사는 두 독일인 야콥 데 페세러와 조스 크란츠가 위조범 혐의로 하인들과 함께 체포되었다. 그들의 집을 수색하고 모든 물건을 몰수해서 목록을 만들고, 목록을 실제로는 레오나르도의 도움을 받아 일 모로가 직접 검사했다. 그리고 두 남자가 위조범이 아니라 화학자들이라는 결론을 내렸다. 종종 그러듯이 납과 소변을 섞어서 금을 얻으려는 순진한 화학자가 아니라, 지금은 모두가 아는 것처럼 황화아연을 사용하는 것이 금을 얻는 가장 가능성 높은 방법이라는 걸 아는 사람들이었다. 그들은 잘 꾸민 실험실을 갖고 있었으나 주형도 없고,

망치도 없고, 둔탁한 물체도 없었다. 두 남자는 11일 동안 감옥에 감금되었고, 고문은 당하지 않은 끝에 6월 11일에 일 모로가 직접 서명한 칙령에 따라서 풀려났다. 15세기 말에 이런 일이 일어나는 곳은 많지 않았다.

"그리고 두 번째는?"

"두 번째는 말입니다, 각하, 치티가 위조범이라는 것뿐만 아니라 각하께서 저에게 아까 보여주신 신용장이 가짜라는 증거가 저에게 있다는 겁니다."

"보시다시피, 각하, 편지는 아체리토 포르티나리의 동료이자 피렌체에서 저의 좋은 친구였던 벤치오 세리스토리가 서명한 걸로 되어 있습니다. 올해 6월 24일이라고 분명하게 나와 있고요."

"그래, 나도 봤네. 그래서?"

"자, 각하, 6월 24일은 피렌체에서 세례 요한 축일입니다. 수호성인의 날에는 아무도 일하지 않습니다. 그리고 제가 벤치오 세리스토리에 관해 알았던 걸 고려하면, 그는 세례 요한 축일에 집에서 나가 은행으로 가지 않았을 겁니다. 아니, 화려하게 차려진 탁자 앞에서 아예 벗어나지 않았을 겁니다."

"알았던 것?"

"그렇습니다, 각하. 벤치오 세리스토리는 올해 7월 1일에 피렌체에서 죽었습니다. 최근에 저와 함께 살러 오신 저희 어머니 카테리나가 피렌체에서 다른 소식들과 함께 이 소식도 전해주셨습니다."

루도비코는 얼굴 앞에서 손을 깍지 끼고 검지의 관절로 턱을 위아래로 문질렀다. 별로 공작 같은 포즈는 아니지만 지금은 꼭 필요한 행동이었다. 루도비코는 생각 중이었다.

돈을 받기 위한 신용장은 모든 은행 관리인이 소지하고 있는 글씨체, 서명 견본과 같아야만 한다. 치티가 이 편지를 위조했다면 그는 진짜 편지 견본을 입수했다는 뜻이다. 하지만 그걸 어디서 얻었을까?

그리고 무엇보다도 이 견본은 어디에 있을까?

"그러면 자네는 이 시뇨르 세리스토리를 잘 아나?"

"말씀드렸다시피 피렌체에서 저희는 서로의 손님이었습니다."

"여기 밀라노에서는 그가 누구와 일했는지 혹시 아나?"

"제가 기억하는 사람이 몇 명 있습니다만, 그 외에 더 없다고는 확답을 드릴 수가 없습니다, 각하."

일 모로의 손가락 관절이 계속해서 그의 턱을 문질렀다. 가짜 신용장. 진짜는 사라졌다. 그리고 이것을 조작했을 가능성이 가장 높은 남자는 괴상한 방식으로 살해되어 그의 성 한가운데 버려졌다. 그의 도시 한가운데에. 이 문제를 끝까지 파헤쳐야만 한다.

"메세르 레오나르도, 자네 친구 세리스토리와 거래를 했던 자네가 아는 밀라노인들의 이름을 적게."

"각하께서 명하시는 대로 하겠습니다. 그러면 제가 각하의 용서와 신뢰를 얻었다고 생각해도 되겠습니까?"

"내 용서는, 나의 기독교적인 용서는 언제든 얻을 수 있고말고, 메세르 레오나르도. 내 신뢰에 관해서는, 자네가 얻을 수 있는지 두고 보자고. 우리가 아주 특정한 합의를 이루었고 나는 여전히 자네의 실력의 증거를 기다리고 있는 중이라는 걸 기억하게."

일 모로의 눈이 말할 수 없으면서도 눈에 띄는 방식으로 레오나르도의 얼굴을 훑었다. 그의 눈은 이렇게 말했다. 나는 청동 말 얘기만 하는 게 아니야.

그를 마주 보는 눈은 이렇게 대답했다. 저도 완벽하게 잘 압니다.

"이 문제를 끝까지 파헤쳐야겠어, 갈레아초. 무슨 일이 벌어지고 있는지 모르겠지만, 마음에 안 들어."

"저도 이해가 되지 않습니다. 루도비코. 제가 가장 이해되지 않는 건 왜 누군가가 그 시체를 고양이가 집으로 죽은 새를 물고 오듯이 피아찰레 한가운데 버려야 했느냐는 겁니다. 왜 그렇게 했는지, 그걸로 뭘 바란 건지 잘 모르겠습니다."

"자네는 군인처럼 생각을 하니까 이유가 궁금하지, 갈레아초. 나는 통치자라서 가장 궁금한 건 누구일까야. 누가 그런 건지가 궁금해. 그래서 내가 지금 누굴 믿어야 할지, 얼마나 믿어야 할지 모르는 거지."

갈레아초와 루도비코는 이제 커다란 방 안에 단둘이 남아 비밀 의회 사람들이 도착해서 그날의 알현을 시작하기를 기다리고 있었다. 이 알현자들은 신청자들, 일 모로와 이야기를 하고 싶어 하는 사람들이 아니라 소환된 사람들과 일 모로가 안전한 장소에서 증인들 앞에서 이야기하고 싶은 사람들이었다.

"그냥 그렇게 하실 수밖에 없습니다. 루도비코. 레오나르도를 생각하고 계신다면. 그의 행동은 각하께 숨기는 게 있는 경우라면 말이 되지 않습니다. 어떤 경우든 각하께서는 그를 믿거나 믿지 않거나 둘 중 하나입니다."

"자네는 굉장히 확신하는 말투군."

갈레아초는 고개를 아주 살짝 흔들고 먼 곳을 바라보았다.

"직접 말씀하셨던 것처럼 저는 군인처럼 생각합니다. 루도비코. 만약 각하께서 저에게 대포알을 가져가 저를 마주 보고 있는 적의 전선으로 쏘라고 하시면 제가 뭐라고 대답할까요?"

"나를 미쳤다고 하겠지. 그리고 대포를 가지러 갈 테지."

"하지만 대포는 제 얼굴 앞에서 터질 겁니다."

루도비코가 미소를 지었다.

"대포 없이는 전투에서 이길 수 없어."

여전히 진지한 상태로 갈레아초는 먼 곳을 바라보며 계속해서 말했다.

"그리고 레오나르도 없이는 이 문제를 끝까지 파헤치실 수가 없죠. 밀라노와 피렌체 사이는 각하 혼자서 해결하기에는 너무나 멀고, 그가 이미 갖고 있는 정보 없이는 어렵습니다."

"그건 잘못됐거나 불완전할 수도 있어."

"루도비코, 제가 전사이듯 각하께서는 정치인이십니다. 저는 싸우는 법을 알고 각하께서는 올바른 사람을 믿는 법을 아시죠. 계속해서 그렇게 하십시오. 어떤 비밀은 알려줄 만큼 레오나르도를 믿으면서 어떤 것은 알려주지 못한다는 것은 말이 안 됩니다."

"무슨 뜻이지?"

"저는 어린애가 아닙니다, 루도비코. 각하와 레오나르도가 뭔가 은밀한 계략을 짜고 있잖습니까. 저는 두 사람이 제3자는 알아서는 안 되는 것에 대해서 에둘러 얘기하는 걸 알아채는 데 능숙합니다."

"갈레아초, 나를 믿나?"

"물론입니다, 루도비코."

"그럼 계속 나를 믿게. 이건 자네와 관계없는 일이야."

루도비코는 가슴에서 이산화탄소를 내뱉으면서도 긴장은 전혀 풀어주지 못하는 한숨을 쉬었다.

"좋아, 알겠네. 의원들과 우리가 소환한 첫 번째 남자를 들여보내게. 누구 차례지?"

"예수의 가난한 자들 수도회 수도원장인 디오다토 다 시에나 신부와 같은 수도회의 지오아키노 다 브레노 형제입니다."

성 관리인이 단호한 목소리로 알렸다.

"들어오시오, 들어오시오, 신부님."

루도비코가 자리에 앉은 채로 말했다.

"지오아키노 형제님, 앞으로 나오시게. 나도 모든 밀라노 사람의 입에 오르내리는 예수회 전도사를 만나보고 싶었지."

"그렇게 궁금하셨으면 미사에 나오실 수도 있었을 텐데요, 각하."

지오아키노 다 브레노 수사가 가진 많은 자질 중에서 상냥함은 그리 드러나지 않는 특성이었다. 매력도 마찬가지였다. 대머리 초기처럼 보이는 수도승의 삭발에 이를 보상하는 것 같은 2개의 굵고 덥수룩한 눈썹, 귀에 돋은 많은 털 덕에 다른 수많은 사람과 비슷해 보이는 조그만 남자였다.

이 말을 들은 디오다토 신부는 루도비코에게 코커스패니얼이 여주인의 진짜 명나라 도자기를 깨뜨린 다음 지을 법한 눈길을 던졌다.

"각하께서 지오아키노 형제의 성급함을 용서해주셔야 합니다. 이 형제는 우리의 발 카모니카의 황야 지역 출신이라 귀족들과 이야기하는 데 익숙하지 않습니다."

"그 반대로 형제님은 농민들과 이야기를 아주 잘한다고들 하던데."

"제가 무례했다면 각하께서 부디 용서해주십시오. 저는 미천한 예수회 수도사이자 신의 하인일 뿐이고, 각하의 자랑스러운 거주지의 화려함에 익숙하지 않습니다."

수사가 웃지 않는 얼굴로 말했다. 그러자 루도비코는 웃으며 대답했다.

"형제님이 그 겸손함에 걸맞은 자부심을 갖고 있는 걸 보니 기쁘군. 그리고 이 도시가 돌아가는 방식에 대해서 생각하는 바를 들으면 더욱 기쁠 것 같은데."

지오아키노 수사가 디오다토 신부를 쳐다보았다.

말조심하라고, 자네를 시험하는 거야. 상급 신부가 경고했다.

"각하, 저는 감히……."

"내 앞에서 그런 걸 할 수 없다고? 못할 거 뭐 있나. 지안 갈레아초 공작의 백성들 앞에서는 하지 않았나. 내가 그의 후견인인데. 게다가 내가 섭정인 밀라노에 온 외국인들 앞에서도 했고."

"각하, 지오아키노 수사는 격렬한 설교를 하지만 정직한 심성을 가진 사람입니다. 그는 성경에 어긋나는 말은 절대로 하지 않습니다. 이것이 각하의 주된 우려이시겠지요. 줄리아노 다 무지아 수사를 용서하고 자비롭게도 무죄를 선고하신 것을 보면 말입니다."

디오다토 다 시에나 신부는 우연히 유럽에서 가장 강력한 수도회의 일원으로 있는 게 아니었다. 그의 수사에게 경고한 것처럼 이제 그는 루도비코에게 경고하는 거였다. 정중하게, 예의 바르게, 하지만 날카롭게. 친애하는 모로여, 그대가 밀라노의 군주일지는 몰라도 나는, 비록 겸손하고 간청하는 눈길로 쳐다보고 있긴 해도, 교회에 비하면 그대는 아무것도 아니라고 크고 분명하게 말하고 있다네.

"물론일세, 신부님. 나는 내 동생 아스카니오처럼 사제는 아니지만 성경에 익숙하지. 복음서 여러 곳에 '카이사르의 것은 카이사르에게로'라고 쓰여 있지 않던가? 복음서에 그렇게 쓰여 있다면 모든 선량한 기독교도들이 존중해야 하는 지침이지. 그렇게 생각하지 않나?"

이 말로 일 모로 역시 명백하게 말하고 있었다. 나는 성직자가 아니지만 내 동생은 추기경이지. 그리고 내 동생이 그럴 마음을 먹으면, 혹은 내가 지시하면 그대가 성경에서 승인하지 않은 이야기를 한다고 로마 교황청의 개입을 요청할 능력이 충분히 있다네, 북슬북슬한 귀를 가진 조그만 친구여.

"저는 성경과 거기에 쓰인 모든 것을 존중합니다."

지오아키노가 그르렁거리는 목소리로 말했다.

"하지만 모든 것이 다 성경에 쓰여 있는 것은 아닙니다, 각하. 그리고 사람들은 누군가가 말해주지 않으면 무엇이 쓰여 있지 않은지를 모릅니다. 성경에는 신의 분노가 밀라노에 떨어졌다는 이야기가 쓰여 있지 않지만, 그런 일이 일어났습니다."

"그게 정확하게 내가 이야기하고 싶은 내용일세. 이런 일이 일어난 이유 말일세. 이 도시를 형편없이 다스려서 이런 일이 일어났다고 형제님이 말한다는 이야기를 들었지. 좋아. 통치 체제는 사람들로 이루어지는 것이니 이 사람들의 이름을 나에게 알려주기 바라네. 이름과 성을 알려주면 내가 그들을 상대로 조치를 취하도록 하지."

수사는 깜짝 놀라 상급 신부를 보았다. 예수회 수도사인 것을 잊고 잠깐 동안 베네딕토회 수사가 되라고 디오다토 신부의 얼굴이 말하고 있었다.

"그대들은 올바른 자리에 있는 거야. 여기는 이 도시의 일을 관장하는 비밀 의회이고, 이들이 나의 의원들이지. 두려워할 건 아무것도 없다네."

루도비코가 미소를 띠고 말했다.

두 번째와 세 번째 문장은 꼭 서로 일치하는 게 아니라고 수사의 눈은 말하는 것 같았다.

"저는 이름을 말할 만한 입장이 아닙니다, 각하. 그저 돈이 모든 행동과 모든 관심의 원인이자 목적이 되어버린 이 도시의 일반적인 행태를 말하는 것밖에 할 수 없습니다. 제 설교는……."

"형제님의 설교는 바깥에서 하시게. 여기는 통치위원회이고 나는 형제님에게 이 도시를 형편없이 통치하는 자들의 이름을 얘기해달라고 요청하는 것이야. 그들을 기소할 수 있도록 말이지. 나에게 그들의 이름을 알려줄 수 있나?"

디오다토 신부가 다시금 끼어들려고 했다.

"각하, 지오아키노 수사가 이미 말했듯이……."

"있나, 없나?"

루도비코가 상급 신부에게는 눈길 한번 주지 않고 수사만을 쳐다보면서 다시 물었다.

"그럴 수 없습니다, 각하."

"그렇다면 형제님을 소환한 것을 사과하지."

루도비코가 자비로운 분위기로 양손을 펴고 말했다.

"우리 둘 다 시간을 낭비했군. 관리인, 디오다토 신부님과 지오아키노 형제님을 밖으로 안내하게. 이제 누구 차례지?"

"코뮌 공작이신 필리프 님과 시뇨르 페롱 드 바쉬입니다."

"들어오시오, 들어오시오, 공작. 잘 오셨소, 시뇨르 드 바쉬. 모두 다 괜찮고 성이 그대들의 마음에 들길 바라겠소."

"각하의 환대는 저희가 바란 것 이상으로 훌륭합니다. 그리고 각하의 조언을 요청할 일이 있느니만큼 저희를 이 알현에 불러주셔서 감사드립니다."

"그런 경우라면 귀중한 시간을 낭비하지 않겠소, 코뮌 공작, 시뇨르 드 바쉬. 내가 부른 이유는 프랑스 국왕 폐하 샤를 8세의 현재 군대 상황에 대해 알고 싶어서요. 나에게 최근 상황까지 알려주시겠소?"

"상황은 아주 훌륭합니다, 각하. 오를레앙 공작이 지휘하는 2만 명의 무장군이 있습니다. 프랑스 함대는 현재 30척의 무장 갤리선, 30척의 갤리온, 10척의 굴레트로 이루어졌고 나폴리로 출항할 준비를 마쳤습니다."

"그렇다니 참으로 기쁘구려. 거기에 그대들의 군대가 가진 그 유명한 대포를 합치면 완벽한 준비 상태라고 할 수 있겠군. 그러면 이제 시작할 수 있겠소?"

"저희에게 필요한 마지막 것을 얻는 대로 시작할 수 있을 겁니다, 각하. 알프스를 넘어 대포를 옮길 수 있는 도구 말이죠."

"국왕 폐하께서는 갤리선을 무장하기 위해 국고뿐만 아니라 가족의 보유금에까지 손을 대서야만 했습니다."

언어학에 관심이 없는 독자들의 용서를 좀 구해야겠다. 여기서는 실명이 좀 필요하다. 이 경우에 "손을 댔다."는 말은 "박박 다 긁어 썼다."는 뜻이 아니라 그야말로 "전당 잡혔다."는 뜻이다. 실제로 샤를 8세는 자신의 개인 물건들, 집, 성, 다른 부동산들까지 저당을 잡혔다. 이 모든 것이 엄격하게 그의 것이 아닌 데다가, 연간 72퍼센트라는 무시무시한 이자로 전쟁에 필요한 돈을 얻었다. 이건 엄청난 이자다. 샤를이 전쟁을 하는 데 얼마나 뛰어날지 프랑스 귀족들은 전혀 알 수 없었으나 사업을 할 때보다는 낫기를 바랐다.

"그렇군, 공작. 그러니까 내 도움이 필요하다는 거로군."

"그렇습니다, 각하."

"알겠소. 대포와 보병들, 그리고 이미 마련한 말과 앞으로 필요한 말들, 그리고 벨지오이오소가 나에게 알린 것처럼 적절한 이동 수단의 숫자를 대략 고려하면……."

여기서 일 모로는 복잡한 암산을 하는 것처럼 행동했다.

"몇만 두카트는 필요하겠군."

코뮌 공작은 뱃속이 미소를 짓고 훨씬 가벼워지는 것을 느꼈다. 일 모로에 대해 아는 것을 바탕으로 할 때, 그가 계산을 시작했다는 건 동의한다는 뜻이었다.

"저희가 필요로 하는 금액은 3만 두카트입니다, 각하."

일 모로는 필요한 금액이 그가 계산하려던 금액과 들어맞아 안도한 것처럼 천천히 고개를 끄덕였다.

"관리인, 재무관을 부르게. 우리의 귀중한 동맹자가 필요로 하는 걸 우리가 줄 수 있는지 봅시다, 여러분."

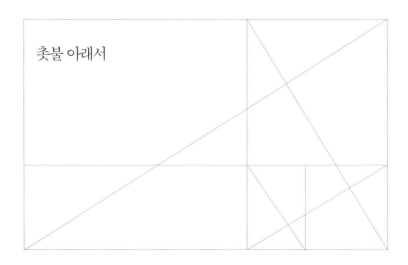

촛불 아래서

위대하신 나리, 나만이 나의 것이라 부를 수 있는 사람에게,

오늘 마스터 안토니오와 이야기를 나눈 뒤 구리와 주석으로 작은 말 동상 주조를 해보았습니다. 부족한 깊이와 지하수면 때문에 말을 똑바로 세우거나 다른 방식으로 돌려서 주조하는 것은 불가능하기 때문에 동물을 옆으로 뉜 채 주조했습니다.

오늘까지 저는 금속을 녹여서 말을 주조할 때 가장 중요한 요소는 녹은 금속이 내뿜는 압력이라고 확고하게 믿었고, 아르키메데스가 설명했듯이 액체에 잠긴 물체는 물체로 인해 밀려난 액체의 무게와 동일한 부력을 받습니다. 이

압력은 위쪽 방향뿐만 아니라 사방으로 가해집니다. 액체는 본질적으로 서로 가장 달라붙어 있는 형태로 돌아가려고 하고, 너무 높이 밀려 올라가면 아래로 내려오려 하며, 다시 내려오기 위해서 압력을 가합니다. 욕조의 물 위에 조그만 배를 놔두면 욕조 안의 물이 올라가고, 다시 내려오려고 하면서 욕조의 가장자리와 배의 선체를 미는 것입니다.

이 액체가 녹은 금속이라면 물보다 훨씬 무겁고, 안쪽이 녹은 금속으로 된 말의 형태에 압박을 가한다면 그 미는 힘이 대단히 강해서 형체를 이루는 바깥쪽 층에 금이 갈 수 있습니다.

말을 주조하기 위해서 저는 이것을 차가운 물에서 식히고 싶었습니다만, 샬라이가 큰 그릇을 깨뜨렸고 중간 크기 그릇에는 고양이가 자고 있어 깨우고 싶지 않았기 때문에 물이 즉시 증발해버리고 바닥에 흐르지 않을 거라고 생각하며 항아리로 말 위에 직접 물을 부어야만 했습니다. 좀 더 쉽게 흐르도록 하기 위해서 저는 누워 있는 말 위에 물을 끼얹기로 했습니다. 실물 크기의 동상에 계획하고 있는 것처럼 말입니다.

동상이 식은 후 저는 금이 가거나 균열이 있다는 의미의 둔탁한 소리가 나는지, 맑고 청명한 소리가 나는지 보기 위해서 나무망치로 두드려보았습니다. 그리고 머리를 두드리느냐 꼬리 쪽을 두드리느냐에 따라서 각기 다른 소리가 나는 것을 알게 되었습니다. 좀 더 잘 듣기 위해서 더 오래 두드렸고, 그러다 너무 격렬하게 두드리는 바람에 말이 정확하게 가운데에서 오른쪽과 왼쪽 부분의 결합부를 따라서 둘로 쪼개졌습니다. 저는 그것을 들어 올리고서 왼쪽 부분이 오른쪽보다 좀 더 가벼운 것 같다는 느낌을 받았습니다. 크기는 반대로 오른쪽이 왼쪽보다 더 작은데도 말입니다. 두 조각의 부피를 재기 위해서 물에 넣어봤더니 확실해졌습니다. 저는 두 조각을 집어 시금 저울에 달아보았습니다. 오른쪽 것은 왼쪽 것보다 손톱 절반만큼 부피가 작음에도 불구하고 200분의 1파운드가 더 나갔습니다.

이것은 구리와 주석이 순수한 상태일 때 구리가 주석보다 식는 데 시간이 더 오래 걸리고 녹일 때는 더 높은 열이 필요하기 때문인 것 같습니다. 말을 뉘어놓고 물로 식힐 때 저는 오른쪽을 더 많이 식혔고, 이렇게 하면 물이 빠르게 증발해서 왼쪽까지 거의 흘러가지 못합니다. 그리고 구리와 섞인 주석은 차가운 쪽에서 물러나고 구리에 밀립니다. 구리가 주석보다 무겁기 때문에 말의 오른쪽 면에는 왼쪽보다 구리가 더 많이 남고, 그래서 부피가 더 작음에도 불구하고 더 밀도가 높고 무거운 것입니다.

가장 많은 무게를 감당해야 하는 결합부가 단단한 말을 원하신다면, 결합부에 구리가 주석보다 더 많이 들어가도록 만드십시오. 어떤 경우든 결합부가 먼저 식게 만들고, 그러기 위해서는 제가 말씀드린 것처럼 결합부 주변에 물을 부어야 합니다. 그런 다음 조형 주변에 관을 설치하고 그중 대다수가 결합부 옆에 위치하게 해서 물이 다른 어느 곳보다 결합부에 먼저 흐르게 하십시오.

촛불 아래서

다음번에 만날 때까지 잘 지내시길 빕니다. 언제나 당신의 사람인,

레오나르도

지아코모 트로티의 책상에서

페라라 공작 에르콜레 데스테 님께, 지급至急으로

지극히 위대하시고 존경하옵는 공작님께,

금일水日, 아침 시간을 메세르 레오나르도 다 빈치와 즐겁게 동행하며 보냈습니다. 훌륭하신 시뇨르 루도비코께서 앞서 말한 메세르 레오나르도를 돈과 관련해서 조사해보라고 요청하셨기 때문입니다. 루도비코는 프랑스인들이 전쟁 전이나 그동안, 그 후에 그를 데려갈까 봐 걱정하십니다. 시뇨르 루도비코는 레오나르도가 행동하는 방식에 신중하게 관심을 기울이는 것으로 보이고, 그분의 의심은 근거가 없거나 비합리적인 것은 아닙니다. 그분은 레오나르도가 초조하고 불안하게 행동하는 것이 원인原因이라고 주장하시고 저도 이런 모습을 목격했습니다. 그렇다 해도 저는 루도비코가 저에게 전적으로 정직하지 않으셨고 레오나르도를 독시督視하에 두고 싶어 하시는 거라고 생각합니다. 레오나르도에게 돈이 없다는 것을 솔직히 믿을 수가 없고, 그 반대라고 생각합니다. 왜 그런지를 말씀드리겠습니다.

햇살이 하늘에 퍼질 때까지는 아직 한참 남았으나 지아코모 트로티는 그날 밤 잠을 자지 않았다. 일부는 추위 때문이고, 일부는 예순 살이 된 이래 잠을 잘 수가 없기 때문이고, 또 일부는 긴장했기 때문이었다. 뭔가를 깨달은 것 같아서 긴장이 됐다. 아주 중요한 것. 그는 이것을 알아냈고, 확신했다. 그리고 이제는 어떻게 행동하는 게 가장 좋은지 알 수가 없었다.

*

훌륭한 갑옷 장인 안토니오 미사글리아의 집에 바로 그 레오나르도와 동반同伴한 동안 갑옷 장인이 레오나르도에게 납으로 돈을 지불하는 것에 대해서 농담을 했습니다. 그의 말을 원문元文대로 옮기면, "납으로 지불하지 않는다는 약속만 하게."였습니다. 레오나르도는 갑자기 화로처럼 벌게졌고 미사글리아는 즉시 주제를 바꾸었습니다. 저는 미사글리아가 레오나르도를 오랫동안 알았고 그들이 서로 아주 친밀하다는 결론을 내렸습니다.

공작님께서도 잘 아시듯이 모든 사람이 레오나르도가 예술과 과학의 잘 알
려진 분야와 그렇지 않은 분야 모두에 능수능란하다는 것을 알고, 금속을 융합
하고 가공하는 기술이 탁월하다는 것도 압니다.

그리고 모두가 실제로 그걸 알았다. 그는 하루 온종일 레오나르도와 보
내며 금속에 대해서 이야기했고, 레오나르도가 훌륭한 전문가임은 분명
했다. 하지만 레오나르도가 절대로 몸에서 떼어놓지 않고 항상 잘 갖고
있는지 조급하게 확인하는 공책은 아무도 모르는 비밀이었다. 그는 옷매
무새를 다듬는 것부터 배를 두드리는 것까지, 공책이 여전히 잘 있는지
확인하기 위해 온갖 변명거리를 찾아냈다.

그리고 또 다른 비밀은 그가 루도비코를 위해서 무얼 하는지였다. 그게
뭔지는 모르겠지만, 뭐가 됐든 간에 밝은 대낮에 할 수 있는 일은 아닌 게
분명했다.

그날, 일 모로와 관례적인 저녁 만남을 갖는 동안 그는 태연하게 그것
을 물어보려고 했다.

"아, 메세르 레오나르도는 굉장히 정신을 딴 데 팔고 다니는 사람이더
군요. 어떻게 길거리를 안전하게 걸어 다닐 수 있는지 의문입니다."

트로티가 별거 아닌 듯이 말을 던졌다.

"난 늘 그에게 길을 인도해줄 사람을 붙이려고 한다네. 안 그러면 메세
르 레오나르도는 자기 부엌과 침실 사이에서도 길을 잃을 거야."

일 모로가 미소를 지으며 고개를 흔들고 대답했다.

"밤에 나갈 때도 사람을 붙이십니까?"

"메세르 레오나르도가 밤에 나갈 것 같지는 않은데."

루도비코의 동공이 수축되었다.

"아니, 그 자신을 위해서라도 그러지 않길 바라네."

루도비코 일 모로는 거짓말에 능숙했고, 아주 자연스럽게 했다. 하지만 지아코모 트로티는 늙은 여우였다. 레오나르도와 루도비코, 그 두 사람은 함께 뭔가를 꾸미고 있었다. 아무도, 트로티조차도 어떤 일인지 짐작하지 못하는 것을.

메디올라눔에서는 레오나르도의 지식에 대해서 굉장히 호들갑을 떨고 루도비코가 그를 얼마나 높이 평가하는지 이야기합니다. 레오나르도가 어떤 일도 끝내려고 하지 않고, 비제바노의 재설계와 몇 개의 아름다운 벽화를 제외 制外 하면 벌써 수년 동안 스포르차 가문에 딱히 유용한 일을 하지 않았음에도 불구 不拘 하고 말입니다.

메세르 레오나르도는 훌륭하신 루도비코께서 그에게 거의 돈을 지불하지 않으신다고 굉장히 불평을 하고, 그 이유는 루도비코가 칭찬만큼이나 돈에도 인색하기 때문이 아니라 국고가 비었기 때문임이 분명합니다. 앞서 말한 레오나르도에 따르면, 막시밀리안 황제 폐하께서 요구하신 지참금이 굉장히 많아 공작령의 모든 돈을 다 긁었다고 합니다.

어쨌든 바로 금일 今日 에 스탄자 후작님과 이야기를 나누었고, 후작님은 대단한 경멸을 보이며 프랑스 국왕 폐하를 위해 3만 골드 두카트의 신용장을 내주라는 명령을 받았다고 말씀하셨습니다.

지금부터 그가 쓸 내용은 굉장히 중요한 것이었다.

이 내용은 명확하면서도 균형 잡혀 있어야 했다. 트로티가 에르콜레 공작의 귀에 속삭일 가설은 대단히 기묘하기 때문이었다. 하지만 그날 알게 된 것들을 바탕으로 할 때 불가능하지는 않았다. 오히려 그 반대였다. 동시에 미쳤다고 여겨지지 않으려면 가능한 모든 주의를 미리 기울일 필요가 있었다. 그리고 이런 면에서 그가 지아코모 트로티라는 사실, 그리고 수년 동안 에스테 가문을 모시면서 쌓은 평판이 상당한 이득이 될 것이다.

몇 달 전에 트로티는 익명의 제노바인 항해사가 4척의 캐러벨선을 몰고 그의 동료 안니발레 제나로가 쓴 것처럼, 세계가 둥글어서 빙 돌게 되어 있기 때문에 쭉 가다가 올리브색 피부에 반쯤 벗은 사람들이 사는 커다란 섬을 발견했다는 소식을 가져왔다. 페라라의 많은 사람이 웃음을 터뜨렸지만, 결국에는 트로티가 한 말이 전적으로 사실이라는 게 분명하게 밝혀졌다.

트로티는 펜을 다시 들고 종잇조각에 자신이 쓰려는 문장의 초안을 두 번이나 작성해보았으나, 그 시절에 종잇값이 엄청나게 비쌈에도 불구하고 결국 구겨서 촛불에 태워버렸다. 그런 다음 자신이 써야 하는 말을 결정하고 다시 펜을 들어 계속해서 편지를 썼다.

레오나르도가 납을 순수한 금으로 바꾸는 방법을 찾아냈거나 혹은 찾으려할 수도 있다고 저는 생각합니다, 공작님. 그리고 이것은 그를 그렇게 높이 평가하는 충분하고도 그럴듯한 이유가 될 것입니다.

지아코모 트로티는 루도비코와의 대화를 다시 떠올려보고, 레오나르도가 5데니어를 나이팅게일 두 마리를 풀어주는 데 허비했다고 말했을 때의 그의 반응을 떠올렸다. 격노하는 대신, 돈이 없다고 불평하는 사람이 그렇게 멍청하게 돈을 날렸다는 사실에 놀람을 표하는 대신에 루도비코는 웃음을 터뜨렸다. 그는 웃었고, 더더욱 아연한 말을 했다.

"아, 또 그런 짓을 했나? 이 이야기를 하는 사람이 자네가 처음이 아니야. 친애하는 트로티, 그게 레오나르도의 방식이라네."

"친애하는 트로티, 그게 레오나르도의 방식이라네." 그게 설명인 셈이었다. 그렇겠지. 납을 금으로 바꿀 가능성, 그게 설명이 될 것이다. 많은 것에 대해서.

레오나르도가 돈이 부족한 것을 걱정하지 않는 이유. 루도비코가 3만 두카트의 대출을 눈도 깜짝하지 않고 받아들이고, 조카딸을 막시밀리안과 결혼시키며 40만 두카트에 달하는 지참금을 주겠다고 약속하는 등 말도 안 되는 돈을 침착하게 쓰고 있는 이유.

트로티는 한숨을 내쉬고 펜을 놓았다.

은행은 언제나 통치자들에게 돈을 빌려준다. 통치자들은 통치를 하고, 그 덕에 돈으로든 세금 수익 같은 혜택으로든 대출금을 돌려받을 수 있기 때문이다. 그래서 약 150년 전에 피렌체의 은행가들이 모직에 대한 세금 수익을 보증 삼아 기꺼이 영국 국왕 에드워드 3세에게 돈을 대주었던 것이다. 다만 에드워드 왕이 새로운 탄력을 가한 전쟁은 백년전쟁이었고, 이 전쟁이 최소한 120년 동안 지속되는 바람에 그 결과로 무엇보다도 모직 시장이 무너지고 말았다.

트로티는 자신의 책장을 바라보다가 피렌체 역사를 공부할 때 보았던 빌라니의 〈연대기〉를 응시했다. 가끔 역사는 반복된다는 사실이 떠올랐다. 피렌체의 은행가들이 왕이 그들에게 빚진 40만 플로린 중 1페니도 볼 수 없을 거라는 걸 깨달은 것도 그런 식이었다. 남쪽의 나폴리에서는 다른 사람이 좀 더 빨리 그것을 깨달았다. 앙주의 왕 로버트는 피렌체의 바르디와 페루치 은행에 투자한 시민들과 자신의 저축액을 잃을까 봐 걱정되어 즉시 귀족과 고위 성직자들을 보내 그들의 예금을 빼왔다.

그 결과는? 대위기였다. 더는 피렌체로 통화가 흘러들지 않았다. 상인들과 장인들, 농민들은 물건을 살 수도, 팔 수도 없었다. 이 어둡고 오싹한 위기는 인구가 9만에서 4만 5,000명으로 줄어든 100년 후에야 겨우 회복된다. 물론 그 사이에 전염병이 돌았던 탓도 있지만, 전염병은 가난하고, 굶주리고, 몸도 마음도 지친 피렌체인들을 덮쳤다.

그러나 다른 것도 있었다. 지분의 유통성이다. 이전까지 양도가 가능하지 않았던 공공의 빚 지분을 유통할 수 있게 되었다. 사람들은 상대가 그 것을 상환할 수 있는 입장이기를 바라며 더 적은 금액에 자신의 빚을 남에게 팔았다. 상대가 더 크고, 험악하고, 더 오만하기 때문이었다.

은행가가 아닌 정치인이지만 다른 나라를 상대로 은행가 노릇을 하는 루도비코 일 모로처럼 말이다. 그는 은행에 자신의 빚을 갖고 있지만, 여기저기 사방에 돈을 빌려주었다.

일 모로는 은행가이자 정부였다. 자신이 갖고 싶은 그림을 그려달라고 자기 자신에게 돈을 내는 고객처럼. 트로티는 그게 올바르지 않다고 여겼다.

자신과 비슷한 동맹자를 옆에 끼고 전쟁을 일으키는 것은 한동안은 안심되는 일이다. 하지만 이것은 미래에 위험할 수 있다. 인생의 말기에 있는 대사는 미래를 상상할 만한 의무도, 희망도 없지만, 훌륭한 통치자라면 당연히 미래에 대한 걱정을 해야 하는 법이다.

지아코모 트로티는 자신의 의무를 다했고 자신이 써야 한다고 생각하는 내용을 썼다. 이제는 다른 사람이 걱정할 차례다. 힘이 있고, 그것을 지킬 가능성과 욕망을 가진 사람. 페라라 공작 에르콜레 같은 사람.

항상 나리의 자비에 의탁하며.

메디올라노, 1493년 10월 20일

나리의 하인 지아코모 트로티

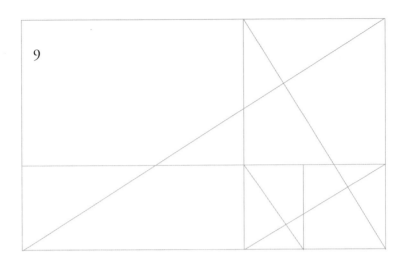

9

"메세르 레오나르도가 오셨습니다, 백작 부인."

"아, 메세르 레오나르도, 잘 왔네. 그대가 우리를 보러 와주기를 바라고 있었어."

"죄송합니다, 절 용서하십시오. 굉장히 불편한 문제로 인해 예상보다 오래 성에 붙들려 있었습니다. 각하를 잘 아시듯이 반쯤 일을 하다 마는 걸 좋아하지 않으시죠."

베르가미니 백작 부인 체칠리아 갈레라니는 레오나르도 다 빈치의 팔꿈치를 잡고 그를 응접실로 이끌었다.

"들어오게, 들어와. 한 시간 정도 있다가 음악회를 시작할 거지만 그전에 프랑스 국왕 폐하의 사절들이 도착해야 해. 공연에 꼭 참석하고 싶다고 하시더라고. 그 사이에 잠깐 이야기를 좀 나누지. 오늘 오후에 오신 나의 손님들을 알고 있겠지? 예수의 가난한 자들 수도회의 수도원장 디오다토 다 시에나 신부님……."

"영광입니다."

레오나르도는 나이 든 예수회 수사에게 살짝 고개를 끄덕이며 말했다. 회색 수염에 상냥한 표정을 한 남자였다.

"같은 수도회의 지오아키노 다 브레노 수사님."

"영광입니다."

예술가·공학자·건축가·천재가 숱이 줄어가는 검은 머리에 비열한 얼굴의 좀 더 젊은 수도사에게 고개를 끄덕이며 말했다.

"그리고 메세르 조스캥 데 프레."

"오, 이런 영광이 있나."

레오나르도는 훨씬 더 솔직한 미소를 지으며 양팔을 벌리고 남자에게 다가가 애정 어린 포옹을 했다.

"메세르 조스캥, 만나게 되어서 정말로 영광입니다. 메세르의 음악을 듣는 건 영혼에 순수한 안식을 주지요. 메세르께서는 누구보다도 훌륭하게 인간의 마음과 정신의 심금을 건드립니다."

조스캥 데 프레는 이런 칭찬에 익숙하고 자신이 그럴 만한 자격이 있다는 걸 아는 사람처럼 짧게 미소를 지었다. 그는 갈레아초 산세베리노와 약간 닮은 구석이 있는 튼튼한 금발의 남자였다. 하지만 하얗고 가늘고 펜과 오선지에 익숙한 손은 음악의 오선보다 보병들의 열에 더 익숙한 루도비코 일 모로 공작의 사위의 것과 전혀 달랐다.

"자, 레오나르도, 앉게. 뭐지, 테르실라?"

"백작 부인, 혹시 실내 놀이를 하실 거라면 저도 끼어도 될까요? 지루한 날이라서 백작 부인께서 허락해주신다면, 그리고 제가 너무 폐가 되지 않는다면……."

실내 놀이는 카사 갈레라니의 진정한 매력 중 하나였다. 단어 게임, 제스처 놀이, 그림 글자 맞추기, 수수께끼, 그중에서도 가장 인기가 좋은 것은 거의 언제나 레오나르도의 것이었다. "나무가 자신을 죽이게 될 자손을 낳는다. 이것은 무엇일까?" 같은 수수께끼였고, 거의 언제나 체칠리아가 가장 먼저 풀곤 했다.

"물론이지, 테르실라, 그렇게 하렴. 하지만 오늘은 단어 게임이나 제스처 게임은 하지 않을 거야. 교회에서 오신 두 분을 모시고 하기에는 부적절한 행동이거든. 마스터 조스캥이 다음 번 음악을 어떻게 작곡할 생각인지 우리에게 이야기해줄 거야. 여기서 우리와 함께 있고 싶다면, 그리고 신사분들께서 괜찮으시다면……."

"물론 저희는 마다미젤라 테르실라가 함께 계시는 것을 대단히 환영합니다."

여성이 함께 있는 것을 즐기기로 이미 잘 알려진 디오다토 신부가 말했다.

"불행히 저는 곧 가봐야 합니다만, 마스터 조스캥이 설명하는 것을 들으면 좋겠군요."

"굉장히 간단합니다."

작곡가가 뚜렷한 프랑스 억양으로 말했다.

"백작 부인께서 지난 몇 주 동안 저에게 알려주신 단어 게임에서 영감을 받아 사람의 이름에서 음을 따서 멜로디를 작곡할 수도 있겠다는 결론을 내렸지요. 지금 떠오르는 예로는 에스테 가문의 에르콜레 님입니다. 라틴어로는 헤르쿨레스 둑스 페라리아에Hercules Dux Ferrariae이죠. 음절을 나누고 그 음절에 들어간 모음이 지닌 음을 따져보면, 음악적으로 헤르 - 쿨 - 레스 둑스 페 - 라 - 리 - 아에는 레 - 유트ut* - 레 - 유트 - 레 - 파 - 미 - 레라고 쓸 수 있습니다. 멜로디는 곡을 헌정하게 될 사람의 이름을 담게 됩니다."

"그렇게 감추어진 칭송을 알아챌 수 있는 사람이 있을까요?"

"사실 곡을 감상하기 위해서 그걸 알아챌 필요는 없습니다. 하지만 네, 정교한 귀를 가진 사람이라면 그걸 알아챌 수도 있겠지요."

조스캥이 대답했다.

"왜 에르콜레 데스테 님을 떠올린 겁니까? 당신은 밀라노에 있지 않습니까. 밀라노의 군주께도 똑같이 할 수는 없나요?"

"똑같은 결과가 나오지는 않지요. 루도비쿠스는 유트-솔-미-유트가 됩니다."

조스캥이 아름다운 테너 목소리로 노래를 했다.

---

* 오늘날의 도

"들리시나요? 텐션이 없지요. 결과물에 어떤 포부가 없고 거의 진술 같아요."

"진짜 밀라노의 군주로 그렇게 해보지 그러십니까."

지오아키노 수사가 엄격하게 말했다.

모든 사람이 잠깐 동안 숨을 멈췄다.

잠깐 떠올려보자면, 루도비코 일 모로는 사실 밀라노의 군주가 아니었다. 진짜 공작은 새로운 튜닉에 어울리지 않는다며 사슬갑옷을 걸쳐 입지 않아 살해된 (밀라노에서 사람들은 그 옛날인 15세기 말에도 패션이라는 이름으로 정신 나간 행동을 하곤 했다.) 그의 형 갈레아초 마리아의 당시 일곱 살이었던 아들이자 그의 사랑하는 조카인 어설픈 지안 갈레아초였다. 공작령은 루도비코의 굉장히 간섭 많고 자만심 넘치는 형수인 사보이의 보나의 무능한 손에 넘어갔고, 형수는 남편이 죽은 후 어린 아들 대신 자신이 통치할 수 있다고 확신했다. 루도비코는 보나에게 그녀의 고문 치코 시모네타의 말을 듣는 대신 자신을 믿으라고 설득하기 위해서 굉장히 노력했다. 이 설득 과정은 길고 힘겨웠고, 어느 시점에 묻지도 않았는데 말하는 걸 확실하게 막기 위해 시모네타의 목을 자르고, 보나는 성에서 가장 외딴 곳에 있는 가장 먼 탑의 꼭대기 방에 가둬야 했다. 하지만 결국 일 모로의 주장이 승리했고 밀라노는 안정을 되찾았다.

지안 갈레아초라는 불안이 아직 남아 있지만, 솔직히 말해서 그는 통치에는 눈곱만큼도 관심이 없었다. 삼촌이 관대하게 제공해주는 와인과 종마만 있으면 그는 인생이 즐거웠다. 어쨌든 간에 그는 일 모로가 좋아하는 대화 주제는 아니었다.

갈레라니 백작 부인의 집에서 지안 갈레아초 이야기를 하는 건 사제들 앞에서 단어 게임을 하는 것보다 훨씬 더 부적절한 행동이었다.

"무슨 뜻인가요, 지오아키노 형제님?"

테르실라는 그 시절의 가장 영향력 있는 설교자가 자신의 주인의 집에서 소란을 일으키려고 한다는 생각에 충격을 받은 것처럼 물었다.

"돈을 뜻하는 겁니다, 마다미젤라 테르실라. 부정한 돈, 금, 목적이 된 수단, 모두가 뒹굴고 싶어 하는 악마의 배설물. 진짜 밀라노의 군주는 일 모로가 아니라 돈입니다."

지오아키노 수사가 대답했다.

"솔−도, 솔−도."

잠시 후 레오나르도가 진지한 어조로 말했다.

"아니, 그건 옳은 소리가 아니에요. 5도 내려가잖아요. 그건 시작이 아니라 끝을 암시하죠. 그건 계단 꼭대기에서 고양이에 걸려 넘어지는 것만큼 흉측해요."

두 번째로 침묵이 흘렀다. 그러다 테르실라가 말이 우는 것과 비슷한 소리로 웃기 시작했다. 극장 안에 퍼지는 박수처럼 그녀의 웃음이 너무나 솔직해서 응접실 안을 전염시켰다.

체칠리아도 대화의 방향을 돌리기 위해 끼어들지 않아도 되는 것에 안도하며 우아하고 숙녀다운 방식으로 웃었다.

디오다토 신부는 어떤 것에 대해 다른 사람들은 다 놀린다 해도 자신만은 그래서는 안 되는 것처럼 입을 가리고 얼굴을 붉히며 웃었다.

조스캥 데 프레는 눈을 가늘게 뜨고 입을 벌리고 웃으며 역시나 웃고 있는 레오나르도의 등을 두드렸다.

지오아키노 수사만이 웃지 않았다.

"자, 지오아키노 형제님, 음정은 그 비율을 통해 사람에게 느낌을 주죠. 소리를 만드는 줄이나 관의 길이에 달려 있는 겁니다. 거기서 화음이 나오는 거고요. 느낌을 주는 건 실제 소리가 아니라 그 관계, 그리고 그 관계의 일치성입니다."

"그 말이 옳다면, 메세르 레오나르도, 모든 것 중 가장 숭고한 소리는 우리 하느님의 이름에 해당하는 것 아니겠습니까. 데우스. 데 ― 우스. 레 ― 유 트."

디오다토 신부가 말했고, 그 옆에서 지오아키노 수사가 으르렁거리기 직전의 개 같은 표정을 지었다.

"우리 하느님의 이름이 전 세계 모든 언어에서 똑같다면 저도 그 가설에 동의할 겁니다. 하지만 하느님께서 인간에게 모습을 드러내셨던 셈족의 언어에는 사실 모음이 없지요."

"그건 단어와 음악이 서로 거리가 멀다는 뜻이지요."

지오아키노 수사가 예리한 어조로 말했다.

"그리고 우리에게 언어의 힘과 창조된 모든 것에 이름을 붙일 의무를 주시어 동물과 우리를 갈라놓으신 하느님께서는 우리에게 음악을 만들라고 말하신 바가 없습니다. 인간은 신께서 언어를 주셨기 때문에 창조의 주인이 되었지, 리라를 연주할 수 있기 때문이 아닙니다. 심지어 개조차 하프시코드 위를 걸으면 소리를 낼 수 있습니다."

"그렇게 보자면 사람의 후두로도 소리를 낼 수 있지요."

"그건 단어가 아니라 소리입니다."

"혹은 우리가 이해하지 못하는 단어일 수도 있지요. 아뇨, 지오아키노 형제님, 언어의 힘이 우리가 세계를 지배하게 해주었다는 데는 동의합니다만, 그게 주님의 선물이라든지 그게 우리를 동물과 나누는 것이라는 데는 동의하지 않습니다. 만약 그렇다면 왜 주님께서 우리에게 거짓말을 할 수 있게 해주셨겠습니까?"

레오나르도는 단순한 진실을 말하는 사람처럼 양손을 벌리고 말을 이었다.

"동물은 거짓말을 하지 않습니다. 사람이 하지요. 그것이 우리 언어의 진정한 힘이고 우리를 짐승과 진정으로 가르는 겁니다. 우리는 거짓말을 할 수 있습니다. 아니, 존재하지 않는 일에 대해서 이야기할 수 있지요. 그리고 존재하지 않는 것들에 대해 말할 수 있고요. 저는 다리가 8개인 개나 머리가 2개인 사람을 그릴 수 있습니다만, 그걸 하기 위해서 그런 것을 보거나 그런 게 존재한다는 걸 알아야 할 필요는 없습니다."

지오아키노 수사가 이 화가가 미니스커트를 입은 예수를 그리겠다는 말이라도 한다는 듯 쳐다보는 동안 레오나르도는 검지를 들어 올리고 말을 이었다.

"위대한 철학자인 독일인 쿠사의 니콜라스는 이런 능력이 인간을 신과 비슷하게 만드는 것이라 했습니다. 전에 존재하지 않았던 것을 발명하고 거기에 의미를 부여하는 능력요. 모든 인간은 머릿속으로 존재하지 않는 물체에 형상을 부여할 수 있고, 다른 사람들에게 그런 물체가 존재하거나 존재하게 될 거라고 설득할 수 있습니다. 용이나 유니콘을 생각해보세요."

레오나르도가 말하는 동안 지오아키노 수사는 평소보다 더욱 흉측해진 얼굴로 자리에서 일어섰다.

"그러니까 레오나르도, 당신은 신께서 우리에게 거짓말할 능력을 주셨다고 하는 겁니까? 하느님께서 그의 창조물에 내린 가장 큰 선물이 거짓말이라고? 그건 신성모독이오, 메세르 레오나르도. 당장 그 말을 취소하시오."

"저는 그럴 생각이 없습니다, 지오아키노 형제님. 뭔가를 말하고 그다음에 취소하라고요? 그건 구멍을 판 다음 도로 채우는 것과 같은 행동입니다. 제가 해야 하는 그 모든 일을 할 시간도 부족한데 그런 식으로 시간을 낭비하는 건 죄이지요. 안 그렇습니까?"

지오아키노 수사는 자신의 상급 신부에게로 돌아섰다. 그의 귀에서(그리고 귀 털에서) 혐오감이 쏟아져 나왔다.

"죄송합니다, 신부님. 하지만 저는 야비한 신성모독자와 같은 방에 머물고 싶은 마음이 없습니다."

무거운 침묵이 흐르고 있을 때 문가에 하인이 나타났다.

"백작 부인!"

"뭐지, 코르소?"

"공작의 교회 음악가들과 프랑스 대사님들이 여기 오셨습니다. 코뮌 공작님과 시뇨르 페롱 드 바쉬, 그리고 제가 성함을 모르는 두 신사분이십니다."

"고맙네, 코르소. 음악 살롱으로 안내하게."

"레오나르도, 레오나르도, 언제쯤 입 다무는 법을 배울 건가?"

체칠리아 갈레라니는 무릎 위에 자수 천을 올려놓은 채 레오나르도를 쳐다보며 고개를 흔들었다. 레오나르도는 그녀의 맞은편, 평소의 그 나무와 캔버스 천으로 만든 작은 의자에 앉아 깍지 낀 손을 딱 붙인 무릎 위에 올리고 있었다. 그들 옆에는 테르실라만 있었다. 두 사제는 말없이 떠났다. 지오아키노 수사는 턱을 들어 올리고, 디오다토 신부는 여주인에게 사과를 하고서. 그동안 조스캥 데 프레는 살롱으로 가서 다급함과 공손함이 똑같이 섞인 태도로 음악가들과 프랑스 사절들을 맞이했다.

"대단히 깊이 사과드립니다. 백작 부인. 그런 지적 담론이 신에 대한 모독으로 여겨질 거라고는 생각조차 못했습니다. 몇 달 동안이나 백작 부인의 응접실을 드나들면서 저는 항상 철학에 대해 이야기할 때면 부인의 손님들의 솔직함과 침착함에 감탄하곤 했습니다. 디오다토 신부님도 이 모임의 신입은 아닐 거라고 생각했습니다."

"실제로 그렇다네. 이번이 처음이 아니고, 항상 지성적인 분임을 보여 주었지. 성 로마 교회의 확고한 수호자지만, 그렇다고 편견에 사로잡히지도 않았어. 어쩌면 내 잘못일지도 모르지만, 도시의 모든 사람이 이야기하는 지오아키노 수사를 빨리 만나보고 싶었다네. 그리고 나만 그랬던 게 아니야, 안 그러니 테르실라?"

"그렇습니다, 백작 부인. 브롤레토에서 사람들이 하는 이야기는 전부 그분의 설교에 대해입니다. 하지만 그분이 그럴 줄은……. 그렇게……."

"압니다, 알아요."

레오나르도가 손바닥을 위로 뒤집으면서 말했다.

"사악한 자를 향한 공격을 들으면 우리의 정의감은 언제나 충족되죠. 그 사악한 자가 다른 사람일 경우에는요. 하지만 그분은 복음서에서 우화를 읽을 줄 모르고, 자신의 눈에 있는 들보로 인해 저의 추론의 티끌만 보려 하는 그런 종류의 기독교도이시더군요. 밀라노 성벽 안에 다른 걸 만들어내지 않아도 이미 사악함이 넘쳐나는 걸 모르는 것처럼요."

"신의 분노로 벌을 받은 그 불쌍한 남자 이야기인가요?"

"신의 분노는 그 일과 아무 상관도 없습니다, 친애하는 테르실라. 그 남자는 인간의 손에 의해 질식해서 죽었고, 그 이유도 그리 고귀한 것이 못 될 겁니다. 그 행위의 원인을 찾아내지 못하면 상황은 저까지 파멸시킬 걸로 보이더군요."

테르실라는 얼굴을 새빨갛게 붉혔고 체칠리아는 몸을 떨었다. 역사 소설에서 여성의 반응을 설명할 때 항상 사용되는 동사 때문이었다. 특히 르네상스 시대에 그렇게 고정되었다.

"정말인가?"

"그렇습니다, 백작 부인. 목숨을 잃은 남자는 제 수수한 작업실의 제자였습니다."

"자네 제자라고?"

"예전에 그랬지요. 그자의 이름은 람발도 치티입니다."

"람발도 치티라. 나는 모르겠군. 그자의 이름을 나에게 말한 적이 있나?"

"이름은 언급하지 않았습니다, 백작 부인."

"이제 알겠군. 자네를 대신해 가짜 동전을 지불한 그 악당이로군. 그렇지?"

"바로 그자입니다, 백작 부인. 이미 말씀드렸다시피 그자가 그 사악한 짓을 계속했고, 그의 소지품에서 발견된 신용장을 위조했다고 믿을 만한 이유가 있습니다. 그래서 오늘 저녁 식사 후에 훌륭하신 베르곤치오 보타 님과 함께 각하의 앞에 있었던 겁니다."

"훌륭하시다고요, 메세르 레오나르도?"

테르실라의 눈이 가늘어졌다.

"죄송하지만 그런 단어를 무거운 세금으로 공예가들의 주머니에서 동전 한 잎까지 박박 긁어가는 것이 직업인 그 개떼 같은 약탈자 중 한 명에게 사용하는 건……."

"테르실라!"

"죄송합니다, 백작 부인. 하지만 그게 이 도시에서 그들을 부르는 이름인걸요. 개떼 같은 약탈자들요. 그들이 온전한 사람들이라면 경호원과 함께 다닐 필요도 없겠지요."

"자리를 좀 비켜주겠니, 테르실라."

"분부대로 하겠습니다, 백작 부인."

테르실라는 눈을 번쩍이고 가슴을 들먹이면서 일어나 치마를 그러쥐고 방을 나가며 등 뒤로 조용히 문을 닫았다. 체칠리아가 손님 쪽으로 살짝 몸을 기울였다.

"내 시녀의 대담함을 용서하게, 메세르 레오나르도. 저 애는 착한 아이인데 가족이 안 좋은 경험을 했지. 홍수가 난 해에 작물을 망쳐서 지참금이 허공으로 날아갔어. 내가 우리 작은 황제라고 부르는 어린 체자레를 보살피라고 저 애를 들였지."

"알겠습니다. 그런데 어떻게 그 임무를 면해주신 건가요?"

"내가 그런 걸 어떻게 알았지?"

"부인의 체자레는 이제 막 두 살이 되지 않았습니까. 그 나이의 아이에게는 하루 온종일 유모가 필요한데 벌써 몇 달째 저는 마다미젤라 테르실라가 아이가 아니라 부인을 챙기고 있는 걸 봐왔습니다."

사실 그랬다. 체칠리아와 루도비코의 혼외 자식인 체자레 스포르차는 5월에 겨우 두 살이 되었다. 조숙한 아이라서 여섯 살이 되면 제 아버지가 밀라노 대주교로 임명할 거라는 얘기도 있을 정도지만, 4년 이른 현재 어린 체자레는 먹고 싸는 것 말고는 별다른 일을 하지 않았고, 그의 안위를 책임지는 사람이라면 새벽기도 시간부터 저녁기도 시간까지 임무를 해야 했다.

"그대 말이 옳아."

체칠리아가 살짝 얼굴을 붉히며 말했다.

"그대도 보았듯이 테르실라는 (남자와 약간 새롱거리는 면이 있지만) 착한 아이지. 그러나 성벽 바깥에 사는 가족 출신이라 좀 거칠게 자랐어. 그대도 들었겠지만 종종 음란하고 가끔은 경솔한 태도로 말을 하지. 내 어린 아들이 방금 들은 것 같은 저속한 말을 들으며 자라는 건 바라지 않아. 그런 면에서 다시 한번 그대의 용서를 구하지."

"왜 정직함이 용서를 구할 일인지 전 잘 모르겠습니다. 밀라노의 모든 사람이 공작령이 과도하게 세금을 올리고 있다는 걸 알고, 소금에 관한 새로운 의무는……."

체칠리아는 한숨을 쉬었다. 고등학교 때 사귄 애인이 배가 나오고 반쯤 머리가 벗겨진 모습으로 아내와 걸어가는 걸 보았을 때 여자가 내쉴 듯한 한숨이었다.

"내가 루도비코 일 모로 나리에 대해서 나쁜 말을 하는 건 절대로 듣지 못할 거야, 메세르 레오나르도. 그대 이야기로 부디 돌아가도록 하지."

"죄송합니다, 백작 부인. 그러려던 건……. 어쨌든 문제는 위조된 편지의 은행가가 피렌체에 있는 제 친구였고……."

"였다? 죽었나?"

"네, 백작 부인, 지난여름에 죽었습니다. 치티가 그의 서명과 글씨를 위조하기 위해서는 여기 밀라노에 있는 누군가에게 견본, 표본으로 사용된 신용장이 있어야 했습니다. 보타와 저는 여기 밀라노에서 그가 거래한다

고 저에게 알려주었던 사람들의 목록을 만들려고 했습니다. 부인께서도
아마 일부는 아실 겁니다. 모직 제조업자나 소모업자입니다. 지오반니 바
라치오와 클레멘테 불치오처럼."

"바라치오는 내가 잘 알지. 그 사람에게서 담요와 망토를 사거든."

"아니면 보석 상인인 칸디도 베르토네나 비단과 실크를 만드는 바늘과
도구를 파는 포르타 티치네세의 코스탄테 같은 사람입니다. 어쨌든 저희
는 이 사람들 중에서 이 편지들 중 하나를 잘못 놔두었거나 도둑맞은 사
람을 찾으려고 하는 중입니다. 바로 오늘 사법대장이 이 사람들을 불러서
신용 거래 계좌에 대해서 묻고 내일은 아체리토 포르티나리의 은행에 가
서 장부를 살펴보고 맞춰볼 겁니다."

"그대는 어쩌고?"

"지금 저는 부인과 함께 가서 좋은 음악을 들으며 그 문제에서 정신을
돌려보려고 노력할 생각입니다."

"소용없어. 정신을 저기다 팔지 않을 거야."

"저자가 정신을 저기 팔지 않으면 우린 다른 방법을 찾아야 해. 그동안
저자를 잘 감시해."

호비노가 말했다.

음악실은 공작의 교회 소속 가수들이 만들어내는 자신만만하고 강력한 화음으로 가득했다. 각각의 가수가 더하고 빼는 높고 낮은 음파들이 조스캥의 자신만만한 지휘 덕분에 밀려오고 흘러나가며 낭랑한 아름다움의 거대한 바다를 이루었다.

그가 가수들을 이끌며 공기를 자유자재로 압축하고 움직이는 듯한 느낌을 주는 동안 그의 뒤로 20명이 넘는 사람이 앉아서 몰입하고 있었으나 몇 명은 별로 주의를 기울이지 않았다. 관심이 덜한 사람 중 한 명이 레오나르도였다. 그는 명백하게 이 콘서트에 몸만 앉아 있는 것 같았고, 주인에게서 적절한 거리를 두고 있는 코뮌 공작의 두 부하는 목표물에 대해 낮은 목소리로 의논하고 있었다.

"난 여전히 옛날 방식으로 해야 한다고 생각해."

마테네가 말했으나 그의 말투에도 의심이 어려 있었다.

"어두운 뒷골목에서, 퍽!"

"잘 들어, 이 머리에 똥만 든 놈아. 네 다리 사이에 달린 걸 후려치는 수가 있어. 코뮌 님 말씀 들었잖아. 어떤 식으로든 저자를 다치게 하면 안 돼."

호비노는 여전히 반만 입을 열고 중얼거렸다.

"코뮌 님이야 좋을 대로 말씀하시겠지. 그분이 우리 입장이신 걸 보고 싶구만. 대신에 그분은 저기 아름다운 두 여자 사이에 계시잖아. 오른쪽 여자 보여?"

호비노는 주인 쪽을 힐끗 보고서 그의 옆에 앉아 있는 테르실라의 조그만 발이 느릿하게 왼쪽에서 오른쪽으로 흔들리는 것을 보았다.

"그래, 보여."

"눈으로 내 옷을 벗기더라니까."

"잊어버려. 우린 일 생각을 해야 해."

"나도 생각하고 있어. 그리고 저 여자도 생각하고 있고. 이건 도대체 얼마나 더 걸리는 거야?"

마테네의 말을 입증하는 것처럼 젊은 여자가 몸을 돌려 젊은 프랑스 남자에게 아주 이탈리아적인 시선을 던졌다. 그것은 단어로 표현할 필요도 없는 의미를 전달했다. 꽤 시간이 흐른 다음 여자는 다시 가수들 쪽으로 몸을 돌렸다.

"내가 뭐랬어? 저거 봤어?"

호비노는 몸을 돌려 자신의 보조를 쳐다보았다. 키가 크고 건장하고 넓은 어깨에 좁은 엉덩이, 아직까지 입 안에 전부 있는 치아가 조롱조의 미소 덕분에 전부 드러났다. 전체적으로 잘생긴 청년이었다.

호비노는 잠깐 동안 그를 쳐다보다 천천히 방 안을 둘러보았다. 일그러진 미소가 천천히 그의 얼굴에 퍼졌다.

바로 그때 음악이 끝나고 박수 소리가 음악가들을 가득 뒤덮었다. 조스캥은 적지만 방 안 가득 찬 청중을 향해서 절을 했다.

모두가 박수를 치는 동안 호비노는 코묀 공작에게 가서 그의 귀에 입을 대고 뭔가를 속삭였다. 거의 즉시 공작은 그의 역겨운 부하를 쳐다보고 미소를 지으며 천천히 고개를 끄덕였다. 그런 다음 입술을 테르실라의 귓가에 대고 뭐라고 속삭였다. 시녀는 마테네 쪽으로 살짝 시선을 던지고는 얼굴을 붉히며 자신의 부채로 가렸지만, 미소를 감추지는 못했다. 코뮌 공작 역시 더욱 확신이 담긴 태도로 고개를 끄덕였다. 마치 두 번째 부하의 잘생긴 외모가 자랑스러운 듯한 태도였다.

호비노는 양손을 비비며 동료에게로 돌아왔다.

"뭐야? 공작님이 뭐라고 하셨어?"

"말해주지."

"싫어."

"그게 유일한 방법이야."

"목에 칼이 들어와도 안 돼."

"공작님도 동의하셨어. 그게 훌륭한 아이디어라고 생각하셔."

"그거 참 잘됐네! 다른 사람의 목숨이 달렸을 때 영웅 노릇하는 건 쉬운 일이지. 안 돼, 안 돼, 절대 안 돼."

"잘 들어, 이건 공작님의 명령이야. 공작님이 네가 공책을 갖고 돌아오면 시녀는 네 것이 될 거라고 나한테 약속하셨다고."

"내가 공책 없이 돌아오면?"

"그러면 메세르 레오나르도가 너를 두 번 조진다는 뜻이지. 세 번째는 공작님이 직접 하실 거고."

호비노는 공범을 팔꿈치로 쿡 찌르고 와인이 가득 담긴 잔을 건넸다.

"얼른. 소란 떨지 마. 레오나르도는 혼자야. 네 매력을 이용해서 집으로 돌아가는 길에 동반자가 필요하지 않느냐고 물어봐."

마테네는 주위를 둘러보았다. 몇 미터 떨어진 곳에서 코뮌 공작이 그와 시선을 마주한 채 눈썹을 치켜 올린 다음 혼자 있는 레오나르도 쪽으로 눈길을 돌렸다. 그는 기둥에 등을 대고 다른 할 일이 있는 사람처럼 생각 에 잠긴 얼굴이었다.

마테네는 열의 없이 잔을 입술로 들어 올려 두 모금에 다 마신 다음 쳐 다보지도 않고 동료에게 돌려주었다.

"돌아와서 널 죽여버릴 줄 알아."

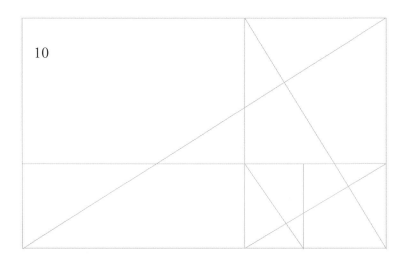

10

"정말로 이 모든 걸 잃을 위험을 무릅쓰실 겁니까?"

"물론 그렇습니다, 메세르 레오나르도. 정확히 언제 그런 일이 일어날지는 모르지만, 우리는 신의 손안에 있습니다. 그리고 각하의 손안에요."

디오다토 신부가 눈길을 내리깐 채 대답했다.

레오나르도는 여전히 커다란 식당에서 프레스코화를 쳐다보면서 천천히 고개를 끄덕였다. 분명히 해두자면 그것은 딱히 특별한 그림은 아니었다. 유료 관객보다 학위 논문에 더 적절할, 오늘날 우리가 "15세기 말 롬바르드 화풍"이라고 부를 만한 것이었다. 베르나르디노 부티노네와 베르나르도 제날레, 그리고 레오나르도가 슬쩍 보기만 해도 알아볼 수 있지만 두 번 볼 마음 없는 겉만 그럴싸한 기술로 만든 기묘한 벽감과 꾸밈.

하지만 디오다토 신부가 걱정하고 있다는 사실은 명백했다. 그가 직접 의뢰했던 프레스코화를 잃는다는 생각보다는 그림을 포함한 것들을 잃는다는 생각, 다시 말해서 건물을 잃는다는 생각 때문이었다.

디오다토 신부가 말을 이었다.

"각하의 새로운 법은 아주 명백합니다. 상업 시설이나 제조 시설을 확장하려는 사람은 자신의 건물 바로 옆 건물을 수용해야 합니다. 이미 다른 상업이나 제조 시설의 일부가 아니라면 말이죠."

"하지만 제가 착각한 게 아니라면 이미 상업 시설에 있지 않습니까."

레오나르도의 눈은 여전히 프레스코화 위를 떠돌고 있었다. 최근의 프레스코화.

레오나르도는 프레스코 기법을 좋아하지 않았다. 너무 빠르고, 너무 단호했다. 다시 생각하고, 고치고, 그림자와 농담을 더해줄 시간적 여유가 없다.

"아, 아주 작은 곳이죠. 우리는 소규모 공예가들입니다. 알다시피 브랜디와 그림의 안료를 생산하죠. 다행히 우리의 동료인 엘리지오 다 바라미스타 형제가 세속적 삶을 살던 시절에 복식 부기를 해서 돈 낭비를 피하기 위해 소모되는 모든 물품을 신중하게 감독하고 있죠. 그리고 엘리지오 형제는 우리 형제들 중 그 누구보다도 자신의 일에 아주 신중하고 꼼꼼합니다. 하지만 우리 형제회는 성 로마 교회에서 이루어지는 상업에 관한 모든 것을 반대하기 위해 만들어졌습니다. 우리는 상인으로서는 너무 규모가 작고, 종교적 형제회로서는 중요성이 아주 떨어집니다."

레오나르도는 여전히 주위를 바라보며 멍하니 고개를 끄덕였다.

성 제롬을 모시는 예수의 가난한 자들 수도원은 나빌리오를 따라 포르타 베르첼리나에 있었다. 오늘날 그곳을 찾아보고 싶다면, 코르소 마젠타를 따라 쭉 가다가 비아 카르두치(한때는 산 지롤라모라고 불렸던)와 교차되는 곳에서 그 길로 들어서서 비아 멜레리오와 비아 마라디 사이의 블록까지 간 다음 땅을 파야 한다. 왜냐하면 현재는 수도원이 남아 있지 않기 때문이다.

"결정은 일 모로의 동생이신 아스카니오 추기경에게 달려 있습니다. 그분이 우리 바람에 반대하시면 우리 수도원은 신발 제조자 작업실의 일부가 될 거고, 우리에게는 산 프란체스코 그란데보다 이쪽을 더 좋아하는 소수의 영혼들에게 지나치게 큰 교회만 남게 될 겁니다."

"수도원에 지금 수사가 몇 명이나 있습니까?"

"40여 명입니다. 많지는 않지만, 그렇게 적지도 않지요. 하지만 우리 얘기로 돌아가 봅시다. 메세르 레오나르도. 무슨 일로 여기까지 방문한 겁니까?"

레오나르도는 분홍색 머리 장식을 만지작거렸다. 장식은 그의 연어색 옷과 완벽하게 어울렸고 식당의 색에 비하면 엄청나게 튀었다.

"지난번에 제가 신부님과 지오아키노 수사님을 모욕했다면 사과드리기 위해서 왔습니다. 이단에 가까운 말을 하려던 의도는 아니었다는 걸 알아주시면 좋겠군요."

디오다토 신부가 어깨를 으쓱였다.

226

"사과할 거 없습니다, 레오나르도. 오히려 내가 더 미안합니다. 두 배로 미안하군요. 첫 번째는 지오아키노 수사의 반응이 성급하고 편향되었고, 두 번째는 내가 메세르의 말에 굉장히 관심이 있었기 때문이죠. 지오아키노 수사는 합리적인 것과 도발적인 것을 구분하지 못합니다. 그에게는 농담이나 음영이라는 게 없고 모든 게 검정 아니면 하양이죠. 메세르의 그림과 달리 말입니다. 나는 늘 메세르가 수십 가지 색깔 층 속에서 얼굴이 나타나게 하는 방식에 깜짝 놀라곤 하죠."

레오나르도는 눈을 가늘게 뜨고 고개를 들어 올렸다. 계속해서 칭찬을 받는 것, 특히 돈 대신 칭찬을 받는 건 피곤한 일이지만, 예술가 본인이 자신의 진정하고 순수한 특이성이라 여기는 바로 그것의 가치를 알아준다고 느끼게 만드는 것보다 더 큰 찬사는 없었다.

"신부님, 훌륭한 화가에게는 그릴 것이 두 가지 있죠. 인간과 인간 정신의 개념입니다. 우리는 사람을 볼 때 코와 입, 치열을 보는 게 아닙니다. 상냥한지 사악한지 같은 의도, 그가 집중하는 물체 혹은 그가 자신의 안위를 생각할 때 느끼는 평정을 보죠. 우리는 이것을 사람의 행동과 움직임에서 볼 수 있습니다. 이게 인지 가능하든 아니든 간에요. 그림은 움직이지 않지만, 저는 그걸 보는 사람이 그 움직임, 그 의도를 읽도록 만들어야 합니다."

레오나르도가 미소를 지으며 말을 이었다.

"그 모든 걸 명백하고 바꿀 수 없는 선으로만 그리는 건 엄청난 실수일 겁니다. 한 가지 물체와 다른 것 사이의 경계, 얼굴과 그 뒤 벽 사이의 경계 같은 건 제가 움직이거나 둘 중 한 가지가 움직이면 달라집니다. 그 경계라는 건 존재하지 않으니까요. 그건 저의 눈과 제 지성에만 있을 뿐입니다."

"아, 내가 아주 흥미로워하는 주제로군요."

디오다토 신부가 잠깐 침묵하다가 말했다.

"메세르는 인간의 힘이 언어에 있다고 주장했지요. 존재하지 않는 것을 설명할 수 있게 만들어주니까."

"모든 언어는 거기에서 힘을 얻습니다. 가나의 혼인 잔치를 대표할 만한 장면을 구성하는 게 저에게 얼마나 힘든 일일지 상상해보십시오."

레오나르도가 주위를 둘러싼 프레스코화 장면을 가리켰다. 그게 바로 그 주제였기 때문이다.

"수십 명의 손님, 탁자, 음식을 가져와야 하고, 그리고 마지막으로 물을 와인으로 바꾸어야 할 겁니다. 그건 저한테는 너무 과한 일이고, 브라만테라고 해도 할 수 있을지 의문입니다. 하지만 붓과 거품 낸 달걀 조금, 그리고 신부님의 훌륭한 안료 몇 가지만 있으면, 짜잔."

레오나르도는 손바닥을 펼쳐 제날레가 그린 벽화를 가리켰다.

"완성되었죠. 이건 작은 공적이 아닙니다. 안 그런가요?"

"자, 신사분들, 우리 임무가 거의 끝났군. 더 이상 밀라노에 머물 이유가 없어. 공식적인 이유는 없다는 뜻이지. 내 말 알아들었나, 호비노?"

코뮌 공작이 팔꿈치를 탁자에 올린 채 손가락 끝을 서로 두드렸다. 호비노는 탁자 근처에서 초조하게 이쪽저쪽으로 걷고 있었다.

"완벽하게 알아들었습니다, 공작님. 말씀드렸다시피 마테네가 어젯밤에 숙소로 돌아오지 않았고, 그건 좋은 징조입니다."

"길거리에서 살해되었을 수도 있지. 신의 분노로 벌을 받았을 수도 있고. 요즘 죄를 저지른 상태로 밀라노를 걸어 다니는 건 위험한 모양이더군."

페롱 드 바쉬가 고개를 들고 말했다.

"그런 경우라면 이 성은 수십 년 전에 불타 없어졌어야지요. 저희도 같이 말입니다. 죄송합니다. 노크 소리가 들린 것 같아서요."

세 남자가 조용해졌다. 몇 초 후 정말로 문을 빠르게, 거의 은밀하게 두드리는 소리가 들렸다. 호비노가 그쪽으로 다가가서 물었다.

"누구십니까?"

"나야, 나라고."

마테네의 목소리가 들렸다.

"알겠습니다, 신부님. 신부님께서는 수도원장이시지요."

"그렇지요, 메세르 레오나르도. 지오아키노 수사의 행동으로 메세르가 마음 상했을 건 압니다만, 그를 두려워할 필요는 전혀 없다고 내가 보증 하지요."

"그럼 주교님께 편지를 써서 저를 이단이라고 비난하지 않을 거라는 뜻인가요?"

"그건 내가 막을 수가 없군요. 내가 할 수 있는 건 그 편지가 배달되지 않게 하는 겁니다."

디오다토 신부가 레오나르도를 온화하게 바라보았다.

"내가 읽지 않은 편지가 여기서 나가는 경우는 없습니다, 메세르 레오 나르도. 그리고 어떤 것도 똑같은 과정을 거치지 않고 나의 동료 형제들 의 손에 들어가지 못하고요. 글로 쓰고 나면 그건 멀리까지 갈 수 있고, 오래도록 남아서 피해를 입힐 수 있죠. 내 힘은 다른 모든 힘처럼 내 신도 들보다 더 많은 것을 아는 데서 나옵니다."

레오나르도와 디오다토 신부는 회랑을 따라 걸었고 이미 두어 차례 완 전히 원을 그리고 돌아왔다. 식당에 도착하자 수도원장이 멈춰 서서 다시 레오나르도를 쳐다보고 신발처럼 딱딱한 목소리로 말했다.

"지오아키노 수사가 틀린 것이 또 있습니다. 레오나르도, 나의 형제회가 과도한 돈과 상업, 성직자들에 의해 신의 말씀이 계속 상업화되는 것을 반대해 만들어진 것은 사실입니다. 그게 우리가 예수의 가난한 자들이라고 불리는 이유죠."

레오나르도는 고개를 끄덕였다. 그는 야코부스 다 바라지네의 〈금빛 전설〉에서 성자들의 삶에 관해 읽고 나서 완전히 달라져 모든 것을 버리고 가난한 삶을 살기 시작한 시에나의 상인 콜롬비니의 이야기를 잘 알고 있었다. 형제회의 수사들이 전부 시에나인이나 토스카나인인 것처럼 그도 시에나인이었다. 지오아키노 수사를 제외하면 레오나르도는 롬바르드인 예수회 수사를 한 명도 알지 못했다.

"돈은 꺼려야만 하지만, 밀라노의 진정한 주인은 돈이 아니에요. 돈은 힘을 얻는 도구로 쓰이지 그 자체로, 목적으로서 여겨지는 건 아니죠. 조카딸의 지참금을 사용해서 공작으로 인정받으려 하는 일 모로부터 전임자에게서 그 자리를 사서 가진 도시의 가장 급 낮은 서기에 이르기까지, 그들이 숭배하는 끔찍한 것은 돈이 아니라 힘이죠."

수도원장은 여전히 말을 하면서 식당 문을 지났고 레오나르도는 그를 따라갔다.

"하지만 이 힘은 수명이 짧고 유한해요. 하느님만이 인간에게 진정한 힘을 갖고 계십니다. 인간은, 모든 인간은, 세상에서 어떤 지위에 있든 하느님을 조롱하고 자신이 갖지 못한 권리를, 오로지 신에게만 속한 권리를 자기 것이라고 생각하는 거예요."

"신부님도 똑같이 하고 계시지 않습니까."

레오나르도가 낮은 목소리로 말했다.

"맞아요. 나도 똑같이 하고 있지요."

수도원장이 주위를 둘러보며 말했다.

"하지만 나는 그 사실을 인지하고 있어요. 나의 유한한 본질을, 그래서 우리의 힘이 그저 환상일 뿐이라는 걸 잘 알죠. 우리는 잠깐 존재하는 거예요. 몸통에서 가장 멀리 있는 가지 끝의 이파리죠."

"그렇죠, 신부님. 지난 며칠 동안 저도 거기에 대해서 굉장히 많은 생각을 했습니다."

디오다토 신부는 수사라기보다는 고해 신부 같은 분위기로 그를 쳐다보았다.

"성 한가운데에 살해된 채 남겨진 그 불쌍한 사람 이야기를 들은 모양이군요. 신께서 그의 영혼에 자비를 베푸시기를."

"그자의 이름은 치티입니다. 람발도 치티요. 제가 몇 달 전에 내쫓아야만 했던 제 제자였죠."

여전히 프레스코화를 보면서 레오나르도가 앞으로 몇 걸음 걸어가서 말했다.

"어쩌면 신부님도 그를 아실 테지요."

"아니, 그런 것 같지는 않은데. 왜 묻지요?"

레오나르도는 의심을 떨치려는 것처럼 고개를 흔들었다.

"여기서 멀지 않은 산 비토레에 있는 방에서 산다는 느낌을 받았거든요. 하지만 그는 미사에 참석할 타입은 아닐 테지요."

"내가 들은 바에 따르면, 레오나르도 그대도 별로 참석하지 않는 모양이던데요."

"아뇨, 별로 못 잤습니다."

마테네가 입을 열었다. 그의 눈 아래에는 거의 쉬지 못한 것처럼 짙고 어두운 그림자가 있었다.

"아주 늦어서 넓은 길까지도 이미 어두웠습니다. 걸어가면서 이야기를 해보려고 했지만 그는 다른 생각에 빠져 제 초대를 그저 예의상 받아들일 뿐이었습니다."

그의 맞은편 자리에는 코뮌 공작과 페롱 드 바쉬가 앉아 있었다. 호비노는 느리지만 초조한 걸음으로 탁자 주위를 걸어 다녔다.

"마침내 그의 집에 도착했고, 저는 그에게 무슨 작업을 하고 있는지 보고 싶은데 함께 올라가도 되겠느냐고 물었습니다. 제가 그의 작품과 그림의 숭배자라고 말했죠. 그는 자신이 굉장히 피곤해서 잠자리에 들고 싶다고 하더군요. 그래서 저는 용기를 내서 말했습니다. '마스터, 제 몸을 드리고 싶어서 온 겁니다. 저를 원하시는 대로 하십시오.'"

"그가 뭐라고 하던가?"

"저를 쳐다보더군요. 그리고 미소를 지었습니다."

그때 마테네는 의아해지기 시작했다. 레오나르도의 미소는 실제로 굉장히 상냥했다. 음란하지도 않고, 조롱조도 아니고, 관능적이지도 않았다. 그저 아주아주 상냥하고 행복해 보였다. 마치 이런 행운이 떨어진 게 놀랍다는 것처럼. 너무나 상냥하고 사랑스러워서 어쩌면……. 아니, 그런 생각은 절대로 안 할 거야. 난 여자를 좋아해. 난 여기 임무 때문에 온 거라고.

"그다음엔?"

"그는 처음으로 저를 보는 것처럼 쳐다보더군요. 머리부터 발끝까지요. 그런 다음 문을 열고, 제 손을 잡고서 안으로 데려갔습니다. 도대체 왜 웃는 거야, 이 부스럼쟁이 놈아?"

"아냐, 아냐. 계속하라고."

호비노가 말했다.

마테네는 깊게 숨을 들이쉬고 마치 혐오스러운 것을 닦으려는 것처럼 양손을 바지에 앞뒤로 문질렀다.

"그는 저를 방으로 데려갔습니다. 그의 침실인 것 같았죠. 침대가 있고, 사방에 종이들이 널려 있었습니다. 그가 제 어깨에 손을 올리고 천천히 제 튜닉을 풀었습니다. 그리고 여전히 미소를 띤 채 제 가슴을 손으로 쓰다듬었죠. 몇 초 만에 저는 벌거벗었습니다."

"벌거벗고 뭘 해야 할지 몰랐겠지."

공작도 미소를 억누르지 못하고 말했다.

"그렇습니다. 벌거벗고 뭘 해야 할지 몰랐죠. 움직였다가는 그를 껴안

거나 한 대 칠 것 같았습니다. 그래서 그가 먼저 시작하도록 놔뒀고, 그
는……."

"그래서? 그는 뭘 했지?"

마테네는 탁자에 양손을 올리고 말할 수 없는 죄를 고백하려는 것처럼
탁자를 꽉 잡았다.

"제 초상화를 그렸습니다."

완벽한 비율이야, 완벽한 비율. 7분의 1, 5분의 1. 하지만 중심은 똑같
지 않지, 그게 비밀이야. 중심은 똑같지 않아. 사각형과 원은 같은 중심을
가져서는 안 돼. 그러면 잘못되지. 이걸 프란체스코 디 조르지오에게 당
장 편지로 보내야겠어.

레오나르도는 책상 위의 종이를 보았다. 팔을 벌리고 다리는 꼭 붙이
고 사각형 안에 서 있는 남자. 팔을 넓게 펴고 다리를 벌린 똑같은 남자
가 원 안에서 첫 번째 남자에게 겹쳐져 있었다. 완벽하게. 이거야, 인간
의 완벽함.

이것이 인간을 인간으로 만드는 것이다. 비율. 어깨부터 척골까지의
거리와 척골부터 손목까지의 거리는 똑같다. 그러면 팔을 구부릴 수 있
고 손은 사각이나 도달 불가능한 부분 없이 반지름 범위 내에서 뭐든 잡

을 수 있다. 팔뚝이 그 위쪽보다 조금만 더 길거나 짧았다면 사각이 생겼을 것이다. 비율, 비율이다. 인간의 비율은 완벽하고, 이것이 우리를 개나 말과 갈라놓는다. 그리고 이 완벽함이 없다면 우린 구분되지 않을 것이다. 물건을 주울 수도 없을 것이다. 심지어 일어서지도 못할 것이다. 몸에서 가장 중요하고 가장 무거운 우리 머리를 땅에서 이렇게 먼 곳에서 들고 다니지 못할 것이다. 우리는 이렇게 하는 유일한 생물이다. 이것은 그저 비율의 문제다. 파리는 못 한다. 코끼리도 못 한다……

"레오나르도!"

"위층에 있어요, 카테리나."

"내려와서 나 좀 도와주겠니? 달걀을 모아야 하는데 나 혼자야!"

"가요, 가요."

나를 단 한 번도 가만 내버려두지 않는다니까.

"단 한 번도!"

철썩.

"단 한 번도 말이야!"

다시 철썩.

"한 번도, 단 한 번도, 시킨 일을 해내지를 못 해!"

코뮌 공작은 격분한 채 거기 서 있었다. 그의 앞에서는 마테네와 호비노가 공작의 분노를 고스란히 받으며 꼼짝 않고 서 있었다. 그는 3부 코치처럼 소리를 지르며 감탄부호 대신 탁자를 무시무시하게 쾅쾅 내리치며 자신의 말을 강조했다.

옆에서 탁자 앞에 앉아 있는, 아니 거의 엎어져 있는 페롱 드 바쉬는 웃고 있었다. 그 역시 탁자를 주먹으로 두드리며 눈에 눈물이 고인 채 웃어댔다.

"그리고 자네, 드 바쉬, 그만 좀 웃지 못하겠나!"

"어쩔 수가 없습니다. 어떻게 그렇게 멍청할 수가……."

철썩. 이번에는 탁자가 아니라 페롱 드 바쉬의 목 뒤쪽이었다. 덕분에 그는 탁자에 잇몸을 부딪쳤다.

"됐어, 제기랄! 웃는 건 이제 됐다고! 질질 끄는 것도 이제 됐어! 내일, 늦어도 모레면 우린 떠나야 해. 우리 방문을 더 연장할 이유가 없어. 의심을 살 거야. 그러니까 오늘밤에 그 공책을 가져와. 뭘 하든 간에 그 공책을 나한테 가져오라고!"

"뭐든지요?"

"뭐든지."

"그럼……."

코뮌 공작이 예의상으로든 심미적으로든 경계를 넘어섰다고 여길 정도의 거리까지 호비노의 얼굴에 자신의 얼굴을 바싹 들이댔다.

"잘 들어, 이 돌대가리야. 내 말 잘 새겨들으라고. 나한테 공책을 못 가

237

져오면 네놈의 머리를 잘라버릴 거야. 공책을 가져와. 그리고 레오나르도에게 해를 입히면 네놈에게 똑같이 해주겠어. 내 말 알아들었어?"

호비노는 천천히 마테네를 돌아보았다.

이번에는 진짜로 네놈 문제라고. 마테네의 눈은 그렇게 말하고 있었다.

"레오나르도."

"흠?"

"레오나르도, 그거 사실이니?"

레오나르도는 부엌의 탁자 앞에 앉아 종이 한 장을 펼쳐놓고 있었다. 어머니의 목소리를 두 번째로 듣고 몸을 돌린 그는 본능적으로 오른손으로 종이를 덮었다. 그런 다음 손을 들어 올리고 다시 종이를 응시하며 어머니를 쳐다보지 않고 대답했다.

"네, 카테리나."

"뭔지 아직 묻지도 않았다!"

레오나르도는 다시 몸을 돌려 어머니를 쳐다보며 왼손을 종이 위에 올리고 구겼다. 소리는 탁자 앞에서 불이 탁탁 타는 소리와 함께 시간을 측정하는 것 같았다.

"뭔가 걱정되시는 거겠죠, 카테리나. 저를 걱정하시잖아요. 그리고 저

도 걱정하고 있으니까, 네, 사실이라고 대답하는 겁니다. 걱정할 만한 이
유가 있어요."

"오, 축복받은 성모 마리아님이시여!"

카테리나는 십자를 그으면서 말했다.

"정말로 성직자님께 그런 멍청한 얘기를 해야만 했니?"

"멍청한 얘기요? 성직자요? 무슨 말씀인지 모르겠는데요, 어머니."

"오늘 지오아키노 수사님이 설교를 하며 어제 귀족 부인의 집에 손님
으로 가서 음악을 듣는데, 자기가 엄청난 천재라고 생각하지만 그저 멍청
이일 뿐인 어떤 사람이 신께서 인간에게 연설의 힘을 주신 건 그저 거짓
말을 할 수 있게 해주기 위해서이고, 신께서 주신 최고의 선물이 거짓말
이라고 했다고 하시더구나."

"저기, 카테리나."

"어제 넌 베르가미니 백작 부인의 집에 음악을 들으러 갔지. 네가 갈레
라니라고 부르고, 일 모로가 총애하는……."

"부인은 일 모로가 총애하는……."

"그리고 그런 말도 안 되는 신성모독의 말을 한 게 너라고 난 확신한다.
내가 틀렸니, 레오나르도?"

레오나르도는 구긴 종이를 손에 쥔 채 책상 앞에서 천천히 일어났다.

"틀리셨습니다, 어머니. 그가 틀렸듯이 어머니가 틀리셨어요."

레오나르도는 손가락 사이에서 구긴 종이 뭉치를 불에 던졌다.

"지오아키노 다 브레노 수사는 신께 너무나 크게 깨달음을 얻어 가끔

눈이 멀고 실수를 저지릅니다. 저는 비유적으로 말했을 뿐인데 그는 제 말을 문자 그대로 받아들이더군요."

"계속 그러럼, 레오나르도, 그렇게 잘나게 살아. 그러는 동안 걱정하는 것도 당연하지. 그분은 너를 고발할 수 있고 교회와 네 사이에 문제를 일으킬 수 있어."

"물론 그럴 수 있지요. 사실 이미 그랬을 거고요."

"그럼 어떻게 변명할 생각이니?"

"저요? 전 아무것도 할 필요가 없습니다. 어머니. 지오아키노 수사는 원하는 대로 떠들 수 있겠지만, 저희는 사람을 장작처럼 태우는 피렌체나 로마에 있는 게 아닙니다. 여기는 루도비코 일 모로의 영토인 밀라노예요."

"그럼 왜 걱정하는 거니?"

레오나르도는 불을 멍하니 쳐다보았다.

"그게 이유예요. 어머니. 정확히는 우리가 루도비코 일 모로의 영토에 있기 때문이죠."

"난 이해가 안 되는구나, 레오나르도."

레오나드로는 카테리나에게 다가가서 그녀의 어깨에 손을 올리고 살짝 쥐었다.

"이해 못 하시는 거 알아요. 그게 더 나아요. 제 말 믿으세요."

카테리나는 잠깐 동안 레오나르도가 나간 문을 쳐다보았다. 그러다 그녀의 눈이 벽난로로 다시 돌아갔다. 아들이 불을 향해 던졌지만 살짝 빗나간 구겨진 종이를 불길이 핥고 있었다.

왜 저 종이를 구긴 걸까? 뭔가 부적절한 것을 썼기 때문이겠지. 그에게 문제가 될 수 있는 것. 태양이 움직이지 않는다고 썼던 그때처럼. 살라이와 마르코 도지오노가 오랫동안 그걸 갖고 그를 놀리고 혹시라도 지구가 움직이는 거냐고 물었고, 레오나르도는 웃으며 고개만 흔들었다고 그녀에게 말해준 건 살라이였다.

카테리나는 무의식적으로 벽난로로 다가가 재빠른 동작으로 종이 뭉치를 들어 올렸다. 그녀는 탁자로 돌아와 그것을 펼쳐놓았다.

그림이었다. 쥐와 고양이, 코끼리. 그리고 글자가 몇 줄 쓰여 있었지만 그녀로서는 뚫을 수 없는 비밀이었다. 카테리나는 글씨가 거꾸로는 고사하고 바로 쓰여 있어도 읽지 못했다.

"안녕하세요, 카테리나. 오늘 저녁 식사는 뭔가요? 또 순무는 아니라고 해주세요."

살라이가 유쾌하게 걸어 들어왔다.

"우리 지아코모, 내 아들의 글씨를 읽을 수 있니?"

"물론이죠, 카테리나."

"여기 뭐라고 쓰여 있는지 말해주겠니?"

살라이는 종이 위로 몸을 구부리고 인상을 찌푸렸다. 그런 다음 이야기하기 시작했다.

2를 2개 가지면 4가 되지.

3을 3개 가지면 9가 되지.

4를 4개 가지면 16이 되지.

그리고 49를 7로 나누면 7이 되지.

이건 조개껍데기와 마찬가지로 갑옷에도 적용되지. 뼈와 대포에도 적용되니까.

카테리나는 약간 불안한 눈으로 살라이를 보았다. 그러다 다시 종이를, 너무나 진짜 같아서 가만히 있는 게 거의 부자연스러워 보이는 쥐와 코끼리 그림을 보았다.

"날 놀리는 거니, 어린 지아코모?"

"전혀요, 마돈나 카테리나. 아니에요. 정확히 제가 읽은 그대로 쓰여 있어요."

"도대체 그게 무슨 뜻이니?"

"제가 어떻게 알겠어요?"

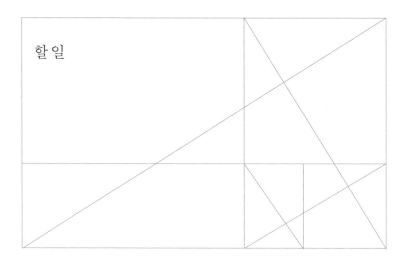

할 일

은행가 아체리토와 가짜 신용장을 받은 적이 있는지, 어떻게 알아보는지 이야기하기.

갈레아초 대장과 어떻게 카스텔로 스포르체스코의 피아잘레 델레 아르미 안에 시체를 버릴 수 있고 어떻게 아무도 그걸 못 봤는지 이야기하기.

갑옷 장인 마스터 안토니오와 갑옷 안에 있는 남자를 질식시키는 데 얼마나 큰 힘이 필요한지 다시 이야기해보기. 이번에는 혼자 갈 것.

이 세 가지를 이해하면 이 사건이 어떻게 일어난 건지 알 수 있을 것이다. 허공에 있는 가지에서 나무가 자라는 게 아니라 나무 몸통에서 가지가 나오듯이 결과는 원인을 따라오는 거니까. 더 많은 사실을 알수록 이 일이 발생한 원인을 찾기가 쉬워질 것이다. 모든 사실은 같은 몸통으로 합쳐지고 그 전부를 보는 건 한 번이면 되니까. 하지만 빽빽한 숲속에 나무가 숨겨져 있다면 그걸 찾기 위해서 더 많은 가지를 찾아낼수록 좋을 것이다.

내 임무를 쓰고 있고, 나는 내 임무를 알지만 다른 사람들은 모른다. 화가의 임무는 그림을 그리는 거고, 갑옷 장인의 임무는 갑옷을 만드는 거고, 고객의 임무는 작품이 완벽하게 완성되면 돈을 지불하는 것이다. 그리고 화가의 임무는 살아가고 먹고 제자들에게 적당한 삶을 마련해주는 것이다. 먹지 않으면 살아갈 수 없고, 살지 못하면 그림을 그릴 수 없으니까. 세상에 온갖 지역이 있는데 왜 내가 여기 밀라노에 있는 건지 나 자신에게 묻곤 하지만.

그리고 말은 잠깐 그냥 놔둘 것.

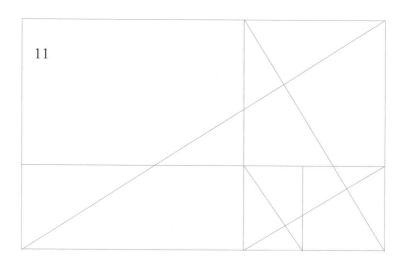

11

　자, 모든 강줄기는 물을 본류로 실어가고, 나무의 모든 가지는 몸통과 연결되어 있다. 나무가 자라나며 가지를 치는 것을 보고 몸통의 지름과 갈라진 두 가지의 지름을 측정하면, 그 합계가 몸통의 지름과 똑같다는 것을 알게 될 것이다. 어떤 높이에서든 그 높이의 가지들을 전부 모아 묶음으로 만들면 몸통만큼 두꺼울 것이다.

　두 가지가 한 곳에서 만나면, 이 지점은 가지보다 아랫부분이 더 두꺼울 것이다. 몸통에서 자라난 가지가 몸통 자체보다 두꺼운 경우는 절대로 찾아볼 수 없다. 그건 사람도 마찬가지다. 손가락을 전부 합치면 손바닥만큼의 너비일 거고, 다리를 모으면 골반만 한 너비일 거고, 팔을 머리 옆으로 들어 올리면 두 팔과 머리를 다 합쳐서 가슴만 한 너비일 것이다.

레오나르도의 옆에 앉은 남자가 의아한 표정으로 그를 보았고, 그제야 레오나르도는 자신이 올림픽 다이빙대에 서 있는 다이빙 선수처럼 머리 옆으로 팔을 들어 올리고 손을 맞대고 있다는 것을 깨달았다. 근엄하게, 관절의 통증을 확인하는 척하면서 레오나르도는 팔을 내리고 한숨을 쉬었다.

　그는 거의 30분째 기다리고 있었다. 그 30분 동안, 장식이 새겨진 대리석 문이 있는 포르타 코마시나의 방에서 그의 뇌는 평소처럼 다른 방향으로 움직였다. 그리고 평소처럼 계속해서 주된 문제에서 벗어났고, 레오나르도는 의무적으로 그것을 '중대한 문제'로 되돌렸다. 그때 그는 알아차렸다. 가끔 그의 정신이 아주 강력하고 유망한 생각에 사로잡히기 때문에 자신이 공상하고 있다는 걸 깨닫는 데도 엄청난 노력이 들었다. 하지만 그렇다고 해도 사실 이 가지에 대한 생각이 떠오른 데는 이유가 있었다. 2개의 가지가 한 점에서 만나면 그 점은 두 가지의 총합보다 더 두꺼워야 한다. 그리고 그렇기 때문에 두 가지 각각을 하나씩 비교한 것보다 더 두꺼울 것이다. 그리고 이 점을 고려하면 분명히……

　"메세르 레오나르도 다 빈치?"

　"네."

　레오나르도가 자리에서 일어섰다.

"이쪽입니다. 메세르 아체리토께서 만나주실 겁니다."

"아, 레오나르도, 참으로 반갑군요. 들어와요, 들어와. 기다리게 해서 미안하지만, 굉장히 바쁜 아침 시간이라서. 아니 아주 바쁜 이틀이었지요. 사실 좀 미안하지만 그리 많은 시간을 내드릴 수가 없군요."

"마음 졸이실 거 없습니다, 메세르 아체리토. 저는 거절당한 일을 고집하는 데는 익숙하지 않으니까요. 돈을 요청하러 온 게 아닙니다. 제가 물어본 동전이 훨씬 더 귀중합니다."

이 말에 메세르 아체리토는 초조함과 짜증이 섞인 표정으로 몸을 살짝 떨었다.

"제가 말하고 싶은 것은 경화가 아니라 연화 쪽입니다."

레오나르도는 대화 상대의 명백하게 불편한 분위기를 대단히 즐기면서 미소를 지었다.

"메세르는 마법사지만, 교회와 교회 재판소를 화나게 만드는 종류의 마법사는 아니지요. 메세르 아체리토께선 종이를 동전으로 바꾸시고 그 반대의 일도 하시지요. 그래서 이것만 좀 물으러 온 겁니다. 몇 가지 답을 원해서요."

"제가 대답해드릴 수 있으면 기꺼이 해드리지요. 하지만 신용 문제에

247

서는 침묵이 금이라는 걸 염두에 두시길 바랍니다."

아체리토가 굉장히 곤란한 얼굴로 대답했다.

"저도 잘 압니다. 금은 금이고, 종이는 종이지요. 실제로 그럴 능력이 없는 사람이 종이를 금으로 바꾸는 것이 교회를 자극하지는 않아도 루도비코 일 모로 각하를 화나게 만들 겁니다."

아체리토의 얼굴이 약간 창백해졌다. 가짜 동전의 출처를 알면서 유통한 사람과 위조범에 대한 처벌은 사형이었다. 아체리토가 침을 삼키고 말했다.

"좋습니다. 저에게 구체적이고 간결한 질문을 하시면 저도 간결하고 구체적인 답을 해드리지요."

"이런, 이런, 낙관론자시군요, 메세르 아체리토. 종종 질문이 더 구체적일수록 대답하기가 더 어렵고 모호한 법이지요. 하지만 주제에서 벗어나지 말죠. 첫 번째 질문은 이겁니다. 가짜 신용장을 다뤄보신 적 있습니까?"

아체리토 포르티나리는 잠깐 동안 숨을 멈춘 것 같았다. 그의 시선이 대답을 찾기라도 하는 것처럼 책상 위를 훑었다.

"왜 물으시죠?"

"살해되어 피아찰레 다르미에 남겨진 불쌍한 자 람발도 치티의 집에서 벤치오 세리스토리가 서명한 신용장을 발견했기 때문이지요. 가짜 신용장을요."

"가짜라는 걸 어떻게 아십니까?"

"서명한 날짜가 6월 24일로 되어 있었습니다."

아체리토 포르티나리는 잠깐 동안 침묵을 지키다 요란하고 거의 히스테릭한 웃음을 터뜨렸다. 그가 진정하는 데는 몇 초가 걸렸다.

"6월 24일? 상상해봐요! 성 요한 축제일에 일을 하는 벤치오를! 어떤 위조범이 멍청하게 그런 머저리 같은 실수를 저지른답니까?"

"치티 본인인 것 같습니다, 메세르 아체리토."

아체리토의 얼굴이 어두워졌다.

"하지만 이 치티라는 자는 메세르의 제자 중 한 명이 아닙니까?"

"그랬습니다. 완전히 악당이라는 걸 알고 오래전에 제가 쫓아냈죠. 그런데 죄송하지만, 아체리토, 제 질문에 아직 대답하지 않으셨습니다."

아체리토 포르티나리는 얼굴 앞에서 손가락을 깍지 낀 다음 배 위로 손을 내리고 의자에 몸을 기댔다.

"내가 위조 신용장을 다뤄본 적이 있느냐고 물으셨습니까? 네, 그럴 겁니다. 사실 거의 확신합니다."

"가짜라고 생각되는 걸 받으면 어떻게 하시죠?"

"돈을 줍니다."

"돈을 준다고요?"

"물론이지요. 메세르가 말씀하신 것처럼 확실하게 가짜가 아닌 한은요. 아니면 금액이 과도한 경우라든지요. 그런 경우에는 예컨대 지점이 메세르 어쩌고에게 2만 두카트의 신용거래를 허가한다고 개인 편지로 앞서서 알려줍니다. 그러면 저에게 그 돈을 모을 수 있는 충분한 시간이 생기지요."

249

"그게 진짜인지 가짜인지 확인하는 조사를 하는 편이 더 낫지 않습니까?"

"사람들이 신용 체계에 대해 신뢰를 잃게 하지 않는 편이 저에게는 더 낫습니다. 자, 메세르 레오나르도, 제가 가짜라고 생각하는 모든 신용장에 관해서 쓸데없는 질문을 하기 시작하면 사람들은 우리 은행을 이용하지 않고 다른 곳으로 갈 겁니다. 신용장은 여행자들, 오래 머물 시간이 없는 이방인들이 사용합니다. 그들에게 일주일 동안 밀라노에 머물라고 하면 그 사람들은 저에게 지옥에나 가라고 할 겁니다."

"소유자 이외의 사람이 그걸 현금화할 수도 있습니까?"

"소유자가 인가한 사람만 가능합니다. 그게 새로운 서비스이고, 저희 은행이 제일 처음 그 서비스를 제공했죠."

아체리토는 미소를 지었지만 곧 그의 얼굴이 다시 어두워졌다.

"사실은 그게 오늘 아침 제 문제입니다. 제 고객 중 한 명이 사망했고, 시체가 채 식기도 전에 저는 후계자들에게 둘러싸여 그의 계좌에 돈이 있는지, 있다면 얼마나 있느냐는 질문 세례를 받았지요. 그들 중 누가 저에게 그걸 물을 자격이 있는지를 알아봐야 합니다. 그 불쌍한 사람은 살해되었고, 이 사람들은 돌을 들고 제 문 앞에서 돈을 내놓으라고 외치고 있지요. 그러니까 실례해도 된다면 저는……."

"물론입니다, 메세르 아체리토, 물론이지요. 살해되었다고 하셨습니까?"

"여관을 나오던 중에 칼을 맞았습니다. 해명되지 않았고요."

"도박 문제가 있었던 건 아닙니까? 여자를 둘러싼 논쟁이라든지요."

"그럴 리가요. 그는 나이 많고 점잖은 사람이었습니다. 항상 일을 올바르게 하는 타입이었죠. 불쌍한 시뇨르 바라치오."

"바라치오? 지오반니 바라치오는 아니겠지요?"

"네, 그 사람입니다. 모직 상인요. 그 사람을 아십니까?"

"그래, 그 사람을 알지."

체칠리아 갈레라니가 믿을 수 없다는 눈으로 레오나르도를 보면서 말했다.

"어제 오후에 우리가 그 사람 이야기를 했지 않나. 그런데 그 사람이 죽었다는 건가?"

"살해되었습니다, 백작 부인. 여관 밖에서 칼을 맞았습니다."

"끔찍한 일이군. 아, 성모 마리아님, 그 남자는 정말……."

"점잖았습니까?"

"맞아, 메세르 레오나르도. 좋은 사람이었어. 관대하고, 성실했지. 누군가가 그를 찔러 죽일 정도로 다툼을 벌였다는 걸 믿을 수가 없군. 이 얘기를 하려고 이렇게 급하게 여기까지 온 건가?"

"네, 백작 부인. 지오반니 바라치오의 이름이 어제 나왔지 않습니까. 그

가 신용장이 위조된 제 친구 은행가와 거래했다는 사실을 제가 알고 있어
서……. 뭔가요?"

레오나르도가 깜짝 놀란 것은 당연했다. 체칠리아가 갑자기 오른손으
로 예기치 않게, 부적절하게, 하지만 그렇게 불쾌하지는 않은 방식으로
그의 팔을 꽉 쥐었기 때문이다.

"신용장? 내 말 좀 들어보게, 메세르 레오나르도. 지난여름, 8월 중순
에 몇 가지 물건을 주문하느라 지오반니 바라치오를 만났지. 우리는 평소
처럼 잠깐 이야기를 했고, 그가 나에게 혹시라도 신용장을 쓴 적이 있느
냐고 묻더군. 나는 그럴 필요도, 기회도 없었지만 혹시라도 내가 도울 일
이 있다면 얼마든지 그러겠다고 말했지. 그랬더니 나에게 발행한 사람이
죽어도 신용장이 여전히 유효하느냐고 물어보았어."

레오나르도는 아무 말도 하지 않았다. 그에게 할 말이 없는 것은 아니
었다. 그저 체칠리아를 구태여 유도할 필요가 없을 뿐이었다.

"난 이런 걸 이해하지 못하지만, 그를 도와줄 만한 사람을 여럿 안다고
대답했다네. 그중 한 명의 이름을 알려주었지. 그대와 나 둘 다 아는 사람이
야. 그리고 이제 그대는 나에게 메세르 바라치오가 살해되었다고 하는군."

"죄송합니다만, 백작 부인, 부인께서 누구를 언급하시는 건지 알 것 같
지만 그래도 제 의심을 확인하고 싶습니다."

"그러니까 이름을 생각하고 있는 건가?"

"아주 구체적인 이름입니다, 백작 부인. 제가 말할까요, 부인이 하시겠
습니까?"

체칠리아가 얼굴을 붉히며 시선을 돌렸다. 부끄러움의 망토가 그들 주위를 마스터 안토니오 미사글리아의 갑옷처럼 분명하고 무겁게, 그러나 더욱 벗겨내기 어렵게 내려앉았다.

"우리가 사랑에 빠진 두 사람 같군, 메세르 레오나르도."

그 순간까지 자신의 옷과 똑같은 색이었던 레오나르도의 얼굴빛이 모자와 구분할 수 없을 정도로 변했다.

"용서해주십시오, 백작 부인. 부인을 불편하게 만들려는 생각은 없었습니다. 가끔 저는 제가 누구이고 누구를 상대하는지 잊곤 합니다. 제가 이름을 말하는 편이 낫겠습니다."

"포르타 코마시나의 은행장인 아체리토 포르티나리 님이십니다."

"들어오게, 들어와, 메세르 포르티나리. 어떻게 지내고 있나?"

루도비코가 앉은 채로 말했다.

아체리토 포르티나리는 주위를 둘러보았다. 그는 이 방에서 불편함을 느낀 적이 한 번도 없었다. 오히려 그 반대였다. 여기는 권력이 발휘되는 장소 중 하나였다. 하지만 오늘, 루도비코와 의회 의원들, 심지어는 벽을 장식한 셰브런 무늬까지도 짜증과 의심이 섞인 표정으로 그를 보는 것 같았다.

"잘 지냅니다, 각하. 아주 잘 지내지요."

"사업은 어떤가? 원래의 자네 본사로 돌아간 게 자네의 의욕과 자네 고객들 모두에게 유익한 결과였길 바라네."

"사실 그게 제가 각하께 이야기하러 온 내용입니다. 오늘 두 가지 일이 생겼습니다. 별개의 일이지만 어쩌면 아주 다른 일이 아닐 수도 있습니다."

"설명해보게, 포르티나리."

"음, 오늘 신용장으로 많은 돈의 요청을 받았습니다."

"잘된 일이로군, 안 그런가? 그게 어쨌든 자네 일의 특성 아닌가."

"네, 좋은 거죠. 한 가지를 빼면요. 이 편지에는 이상한 점이 있습니다."

"어떻게 이상하지?"

"음, 전부 다 같은 은행가의 서명이 들어 있었습니다. 피렌체의 은행가 벤치오 세리스토리죠."

"벤치오 세리스토리라."

루도비코는 아내가 굉장히 좋아하지만 그는 굉장히 싫어해서 그녀의 기분을 맞출 때만 먹는 아니스 열매 사탕이라도 되는 것처럼 그 이름을 입 안에서 굴렸다.

"그거 참 기묘한 우연이로군."

"네, 그렇습니다. 같은 은행가의 편지 두 통이 같은 날 오는 경우는 가끔 있습니다. 거기엔 그럴 만한 이유가 있죠. 사람들은 마르세유, 콘스탄츠, 브뤼헤 같은 곳에서 안전을 위해 함께 여행하고, 동시에 도착합니다."

"하지만 지금은 두 통이 넘는 편지잖나. 내가 제대로 이해했다면 말이야."

"네, 각하. 그리고 전부 다 한여름에 죽은 은행가의 서명이 있지요. 피렌체는 여기서 아주 멀기 때문에 저희 기록을 확인하기가 쉽지 않습니다. 특히 이 편지들에 서명한 은행가가 몇 달 전에 죽었다면요."

"그가 죽었나?"

루도비코는 놀라는 척하며 물었다.

"네, 죽었습니다. 제 말뜻을 아시겠습니까?"

"자네는 그 편지들이 위조일까 봐 걱정하는 거로군."

"걱정하는 것 이상입니다. 각하. 게다가 지금은 이런 다급한 문제를 다루기에는 최악의 시기입니다. 저는 약속어음과 대출 더미에 목까지 잠겨 있습니다. 거기다가……."

"거기다가?"

"오늘 제3시과쯤 저의 친구인 메세르 레오나르도 다 빈치가 저를 보러 왔습니다. 저희는 피렌체 시절부터, 제가 젊은이고 그가 소년일 때부터 서로 알고 지냈고 그가 밀라노로 온 뒤에는 제가 그의 첫 번째 동료 중 한 명이 되었습니다."

"자네와 레오나르도가 상당히 잘 아는 모양이군."

루도비코가 퉁명스럽게 말했지만, 사실 그는 아체리토가 좀 과장한다는 느낌을 살짝 받았다. 그가 보기에 두 사람은 그렇게 친밀해 보이지 않았다. 과거에는 그랬을지 몰라도 지금은 아니었다.

"어쨌든 오늘 레오나르도가 저를 보러 와서 제가 은행 일을 하던 중에 위조 신용장을 다뤄본 적이 있느냐고 묻더군요. 그는 그의 전 제자였던 람발도 치티라는 자가 위조 신용장을 만들었을까 봐 걱정한다고 했습니다. 레오나르도는 그의 부당한 행동을 겪은 후 그를 쫓아냈다고 했습니다. 제가 제대로 이해했다면, 이 치티라는 자가 각하의 피아찰레 델레 아르미에서 사망한 채 발견된 바로 그 사람이지요."

루도비코는 아체리토 포르티나리를 위아래로, 머리부터 발끝까지 훑어보았다. 그날 이전까지 그는 메디치 은행의 밀라노 지점 관리자를 두꺼비 같다고 생각했다. 하지만 두꺼비는 대체로 비늘이 없는 법이다.

"피아찰레는 내 것이 아니라 성에 속한 거고, 성은 밀라노 공작령의 것이지. 그 나머지에 관해서는 자네 말이 사실이라는 걸 부인하지 않겠네."

루도비코가 주위를 둘러보며 말했다.

"이것이 제가 하려던 말의 전부입니다, 각하. 오늘 제 은행에서 너무 많은 우연한 일이 일어났고, 그에 대해 각하께 보고 드리는 것이 제 의무라고 생각했습니다."

"고맙네, 메세르 포르티나리."

루도비코가 신호를 보내자 문가의 하인이 손가락 관절로 문을 두드렸다. 문이 바깥쪽에서 열리고 성 관리인이 들어왔다.

"관리인, 다음 번 청원자를 불러들이는 걸 좀 연기하게. 잘 가게, 메세르 포르티나리."

"신께서 각하를 지켜주시길."

아체리토 포르티나리가 빠져나갈 동안 루도비코는 얼굴 앞에서 양손을 겹치고 문지르기 시작했다.

레오나르도는 피렌체인이었다. 벤치오 세리스토리도 피렌체인이고, 메디치 은행도 피렌체 것이었다. 피렌체 은행가에게서 누가 신용장을 얻을 만한 능력을 갖고 있었을까? 피렌체와 계속 접촉하는 사람이겠지. 레오나르도처럼. 하지만······.

하지만 정말 레오나르도일까? 우리가 같은 남자를 말하는 건가? 루도비코가 그에 관해 이렇게 엄청나게 틀렸을 수도 있을까?

루도비코는 눈을 들어 갈레아초 산세베리노의 시선을 마주 보았다. 가능성이 있습니다, 갈레아초의 눈은 그렇게 말했다. 저는 믿지 않습니다만, 가능성은 있습니다.

"대장, 가서 메세르 레오나르도를 데려오겠나?"

그리고 좀 더 크게 말했다.

"관리인, 오늘의 알현을 중단하게."

"겨우 2명 남았습니다만, 각하."

"그들에게 내일 다시 오라고 해. 방금 나간 사람들의 이야기 때문에 추가 알현은 좀 미뤄야겠어."

"그들도 중요한 일이라고 합니다, 각하."

"관련자에게는 모든 일이 중요하지. 심지어는 이웃 굴뚝에서 연기가 나오는 것까지도."

루도비코는 일어서서 다리 주위의 옷을 잡고 돌아섰다.

"그들에게 내일 다시 오든지 지옥으로 꺼지라고 해."

"저에게 직접 말씀해보시지 그러십니까."

정중하지만 단호한 목소리가 들렸다. 여자 목소리였다.

루도비코는 다시 돌아서서는 자신의 고위 관리들 중 몇 명이 얼굴을 붉히고 있는 것을 발견했다.

문가에는 체칠리아 갈레라니가 위엄 있고 오만하게 서 있었다. 그리고 그녀의 옆에는 레오나르도 다 빈치가 있었다.

"백작 부인, 친애하는 체칠리아. 왜 청원자로 나를 보러 온 거지?"

"오늘은 제가 청원자이기 때문입니다, 각하."

체칠리아는 달아오른 뺨과 가늘어진 눈을 하고서 대답했다.

"오늘 저는 밀라노인으로서, 밀라노의 군주와 이 도시에서 권력을 가진 사람들의 백성으로서 각하 앞에 왔습니다. 메세르 레오나르도와 저는 각하께 전해드릴 굉장히 중요한 소식이 있습니다. 정의가 이루어지고 이도시가 무너지지 않도록 만들기 위해서요."

"정말인가?"

루도비코는 별거 아닌 것처럼 말하려고 했으나 실패했다. 모든 단어는 말하는 사람이 누구냐에 따라 더 무겁거나 가벼울 수 있고, 그에게 말하는 사람이 레오나르도와 체칠리아 갈레라니라는 사실은 그가 무심하게 반응할 수 없도록 만들었다. 지금 그의 앞에 서 있는 두 사람은 그의 성에 있는 나머지 사람들, 지금 함께 있는 사람들까지 포함해서 모두를 다 합친 것보다 머리가 좋았다.

"각하께서 직접 판단하십시오."

"좋네."

루도비코가 의원들을 돌아보았다.

"그런 경우라면 내가 직접 판단해야 하니 모두 자리를 비켜달라고 요청하고 싶군."

"알겠네."

루도비코는 손을 마주 대고 손가락 관절을 입술에 댄 채 눈을 감고 말했다. 사람들 앞에서는 절대로 하지 않는 일이었다.

"그래서 루도비코, 아니, 각하."

체칠리아는 그를 이름으로 부른 것이 창피한 것처럼 말했다.

"제가 옳은가요? 이게 대단히 중요한 문제가 맞나요, 아닌가요?"

"그래, 체칠리아."

루도비코는 눈을 뜨고서 그제야, 1초쯤 늦게 레오나르도 역시 방 안에 있다는 걸 깨달은 것 같았다.

"그렇소, 백작 부인. 중요한 일이군. 사실 전에도 중요했고, 이제는 더 더욱 그렇군. 하지만 확인부터 해야겠어. 부인이 한 말이 타당하고, 나에 게 전달했고, 일관적이라는 사실에 만족하시게. 이제는 내가 그게 사실인 지를 봐야겠어."

"하지만 각하!"

"부인과의 이야기는 끝났네. 그리고 바로 오늘 아체리토 포르티나리와 도 이야기를 나눴지. 그대들의 보고를 비교해보고 사실인지 확인해야 해. 그동안 부인과 레오나르도는 성에 머무르도록. 자네는 여전히 나에게 의 무가 있고, 여기 머물면 다른 데 신경 쓸 일도 없겠지."

레오나르도는 약간 분한 태도로 고개를 숙였다. 첫 번째 부분은 사실이 고, 두 번째는 애매했다. 이런 식으로 루도비코는 레오나르도가 돌아다니 며 다른 사람과 합의를 하거나 무언가가 없어지게 만들지 못하게 하려는 거였다. 그가 여전히 레오나르도를 의심하고 있다는 건 명백했다.

"좋아. 내가 이야기를 해봐야 할 사람이 한 명 더 있고, 그다음에 확실 한 결정을 내리지."

루도비코는 문으로 향했다.

그래, 이게 올바른 결정이야, 레오나르도는 생각했다. 이 문제에 관해 서 실제로 취조를 해봐야 할 사람이 한 명 더 있었다.

"관리인!"

루도비코가 문을 두드리며 불렀다.

　무거운 문이 열리고 누렇고 병약해 보이는 베르나르디노 다 코르테의 얼굴이 나타났다.

　"마지스트로 암브로지오 다 로사테를 부르게. 그에게 별과 상의해보라고 시킬 일이 있어."

　하지만 레오나르도가 생각한 인물은 그가 아니었다.

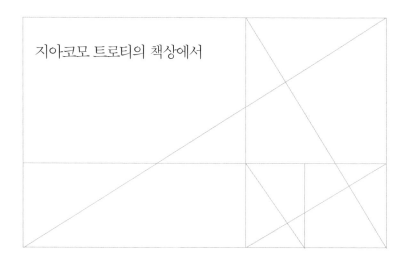

지아코모 트로티의 책상에서

페라라 공작 에르콜레 데스테님께, 지급으로! 지급!! 지급!!!

지극히 위대하시고 대단히 존경하옵는 공작님께,

진행 상황을 각하께 알려드리고 조언을 얻기 위해서 오늘과 어젯밤에 있었던 사건 소식을 전해드립니다.

어젯밤에 메세르 레오나르도 다 빈치가 카스텔로 스포르체스코에서 마이노 지구 끝에 있는 새로운 브롤레토의 옆쪽으로 나오다가 공격을 당했습니다. 얼굴을 가린 두 남자가 그를 막아서서 그를 폭행하려고 했습니다.

전술한 레오나르도가 도망치려고 애를 쓰고 있는데 젊은 남자가 악마처럼 고함을 지르며 다가와서는 그의 검의 평평한 부분과 날카로운 부분을 동시^{同時}

에 휘둘렀습니다. 또한 쿠사니 지구에서 두 남자가 왔고, 검과 망치로 무장한 두 남자가 또 다른 지구, 특정特定하자면 니로네 지구에서 왔고, 네 남자 모두 고함을 지르고 욕을 하고 험한 말을 사용하며 대단히 시끄럽고 요란하게 싸움에 끼었습니다. 지오반니 델 마이노 집에서는 또 뭐가 나왔는지 딱히 말씀드리지 않겠습니다.

델 마이노 일가 사람들도 혼란에 끼어들어 모두가 이쪽저쪽으로 얻어맞는 이 난장판 싸움을 말리려고 했고, 메세르 레오나르도는 라오콘과 그 아들들을 연상시키는 이 드잡이질에서 빠져나오려고 굉장히 애를 썼습니다.

진정하라는 말을 들은 후 소리를 지르던 젊은 남자는 살라이라고도 하는 지아코모 카프로티로 레오나르도의 제자임이 레오나르도 본인을 통해 밝혀졌습니다. 무장한 남자 둘은 자신들이 공작의 성 관리인인 훌륭하신 베르나르디노 다 코르테를 모시는 그라치아노와 오톨리노라고 했고, 관리인께서 확인해주셨습니다. 다른 두 사람은 프랑스인인 가스파르 호비노와 조프루아 마테네로 코뮌 공작의 수행원들로 밝혀졌습니다. 마지막으로, 그리고 이것이 제가 이렇게 다급하게 편지를 보내는 궁극적인 이유입니다만, 남은 두 남자는 위대하신 페라라 공작 각하의 사절인 베니에로 델 발초와 코리올라노 페라리라고 말했습니다.

무장한 남자 세 쌍은 서로 욕을 하고 전술한 메세르 레오나르도에 대한 공격을 서로의 탓으로 돌렸고, 전술한 살라이는 비단非但 강하고도 격한 단어로 자신의 주인이자 스승이 프랑스인들에게 공격을 받았다고 주장했고, 어떻게 그들을 알아보았느냐고 묻자 그들의 끔찍한 악취 때문이라고 대답했습니다. 이로 인해서 다시 드잡이질이 벌어졌고, 이는 즉시 현장에 도착한 위대하신 루도비코 각하의 9명의 경비 덕분에 진압되었습니다. 이 남자들 모두 지금 카스텔로 스포르체스코의 감옥에 갇혀 있고, 레오나르도와 살라이만이 전술한 레오나르도의 집에 있습니다.

루도비코 각하께서 오늘 아침 이른 시간에 저를 부르셔서, 말다툼을 끝내기 위해 공작님의 사절이라고 주장하는 두 남자의 재판에 위대하신 각하께서 궁정에 와 달라고 요청했습니다. 그래서 제가 이 편지를 쓰고 있고, 위대하신 공작님의 조언을 바라는 바입니다.

다시 간단하게 말하자면, 공작님께서는 저에게 말하지 않고 밀라노에 병사들을 보내셨고, 이제 평소처럼 공작님을 이 난장판에서 빼내는 것이 저에게 달렸습니다. 그러니까 밀라노로 서둘러 오시는 게 좋겠습니다, 친애하는 페라라 공작 에르콜레 님.

나리의 자비를 언제나 바라며,
메디올라노, 1493년 10월 23일
나리의 하인 지아코모 트로티

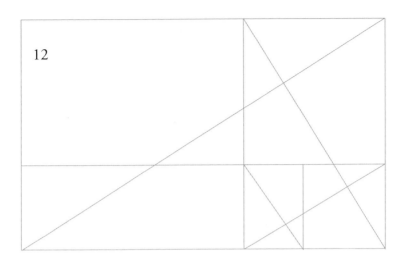

12

"위대하신 페라라 공작 에르콜레 님의 대사인 시뇨르 지아코모 트로티 님이십니다."

"들여보내게."

루도비코는 별로 격식을 차리지 않고 말했다. 그리고 지체 없이 지아코 모 트로티가 모자를 손에 들고 머릿속에는 그리 명확하지 않은 계획만 가 진 채로 들어왔다. 루도비코는 셰브런 방 한가운데 있는 등받이가 높은 의자에 앉아 침착하게 그를 기다렸다.

레오나르도가 그림에 대해 말할 때 종종 이야기하듯이 예술가는 사람 의 몸의 자세와 움직임을 통해서 그의 외모와 정신적 의도를 묘사해야 한 다. 이 경우 루도비코를 그리면서 그의 의도를 완전히 결부시키기 위해서는 그가 앉아 있는 방식에 주의를 기울여야 할 것이다.

그의 몸은 의자 등받이에 완전히 기대고 있고, 턱은 높게 들어 올렸으며, 이는 꾹 다물었고, 손은 손바닥을 아래로 한 채 편안하게 팔걸이에 얹고 있었다. 여기는 내 영역이야, 루도비코는 그렇게 말하는 거였다. 의자와 방, 우리 주위의 도시 전체가. 나는 여기의 군주고, 이건 논의의 여지가 없지. 이제 우리는 이야기를 하고 자기 입장을 설명할 거고, 이건 쉬운일이 아니겠지만 이 사실을 이야기하는 동안에도 잊지 말게. 안 그러면? 안 그러면 같은 건 없어. 나는 안 그러면 같은 선택지는 아예 생각조차 하지 않을 거니까. 여기서는 내가 주도권을 가진 사람이야. 그걸 잊지 마. 그걸로 얘기는 끝이야.

"각하께 저의 존경을 표합니다."

지아코모 트로티가 안으로 들어서면서 말했다.

"안타깝군."

루도비코가 말했다.

"뭐라고 하셨습니까?"

"안타깝다고."

루도비코는 일어날 기미를 전혀 보이지 않은 채 말했다.

"나는 그대가, 내 장인어른 에르콜레가 내가 다스리고 이끄는 도시에 내 허락도 구하지 않고 훈련도 제대로 되지 않은 병사들을 보낸 것에 대해서 사과부터 할 거라고 생각했네."

지아코모 트로티는 등 뒤에서 양손을 문질렀다. 이것은 딱히 기분 좋은 상황이 아니었다. 이쪽에는 에르콜레, 저쪽에는 루도비코가 있고 그 사이에는 보고를 하라는 구체적인 명령이 있었다. 여기에 있기 위해서는 일종의 접착제가 되어야 했다. 유동체가 되어 그를 조이는 바이스의 양쪽 모두에 달라붙어 바싹 말라서 그의 자리에 단단히 남은 채 양쪽 모두에게 이것 외에는 불가능하다는 사실을 억지로 깨닫게 만들어야 했다.

"각하께서 전적으로 옳으십니다. 가족관계 내에서, 특히 개개인이 높은 자리에 있을 때는 상호 간의 신뢰가 대단히 중요하지요. 저희 훌륭하신 공작님의 행동을 정당화하자면, 저는 그분의 의도가 선량했고 훌륭하신 루도비코 님과 똑같은 조치를 취하셨다고밖에 말씀드릴 수가 없습니다."

"이해가 안 되는군. 내가 어떤 조치를 취했다는 거지?"

"저희 공작님과 마찬가지로 메세르 레오나르도 다 빈치를 보호하기 위해 두 사람을 붙이셨지요."

"착각한 걸세, 메세르 지아코모. 두 경비는 성에서 보초 임무를 서다가 마이노 지구에서 들려오는 고함과 소란 소리를 듣고 끼어들었던 거야."

"그런 경우라면, 주제넘지만 전쟁이 시작되면 이 병사들을 전투에 내보내 사절이나 통신병으로 임명하시는 것이 어떨지요. 이들이 성 깊은 곳에서 그곳까지 에르콜레 님의 병사들보다 먼저 도착한 것으로 보아 대단히 빨리 달리는 것이 분명하니까요."

"무슨 뜻이지?"

지아코모 트로티는 깊게 숨을 들이켰다. 권력자에게 그가 합리적 의심의 범위를 넘어설 만큼 확실히 틀렸다는 걸 보여주는 것은 전혀 유용하지도 않고 절대로 쉬운 일도 아니었다.

"저희 공작님께서 보낸 자들은 메세르 레오나르도의 안전을 지키라는 명령을 받았던 것 같고, 그래서 은밀하게, 그의 몇 걸음 뒤에서 눈에 띄지 않으려고 노력하며 따라다닌 것 같습니다. 그럼에도 불구하고 각하의 병사들은 페라라에서 온 자들보다 공격이 벌어진 곳에 먼저 도착했지요."

"받았던 것 같다?"

트로티는 고개를 들었다. 텍사스 홀덤 포커 선수들이 이 장면을 보았다면 흔히 말하듯이 올인할 순간이라고 생각했을 것이다. 미국이 겨우 1년 전에 발견되었고, 그사이 콘키스타도르(16세기 스페인 정복자들)들은 카드게임을 만드는 것보다 원주민을 없애는 것 같은 다른 일들에 더 전념하고 있었으니 불가능한 일이겠지만 말이다.

"각하, 에르콜레 님께서는 제가 각하께서 작업 중이신 비밀 작전에 관해 말씀드린 이래로 메세르 레오나르도를 보호할 생각이셨음이 분명합니다."

"비밀 작전?"

"원하는 대로 부르십시오. 레오나르도가 밤에, 매일 밤 자기 집을 나와 몰래 성으로 오는 이유 말입니다. 그가 대단히 위험한 상황이라서 살라이라는 젊은 청년이 무장하고 그를 따라다니는 이유요. 대단히 위험해 각하께서 그를 보호 아래 두실 정도이고, 심지어는 제 편지로 인해 에르콜레 님까지도 그를 보호 아래 두기로 하신 이유요."

루도비코가 돌 같은 얼굴로 트로티를 쳐다보았다.

"나에게는 메세르 레오나르도를 계속 감시할 이유가 있고, 그대도 보앗듯이 꽤 합당한 이유지. 메세르 레오나르도는 어젯밤에 공격을 당했고, 그가 나를 위해 하고 있는 일은 그와 나의 일일 뿐 공격과는 아무 상관도 없어."

"그걸 어떻게 아십니까?"

"그건 성 바깥 사람들에게는 전혀 중요하지 않은 문제니까."

트로티는 자신을 억제하려고 노력했으나 바보 취급을 당하는 게 마음에 들지 않았다.

"죄송합니다만, 각하, 사실 그건 굉장히 중요한 문제입니다. 그걸 비밀로 하고 싶으신 마음은 알겠습니다만, 그리 오래 비밀로 유지되지 못할 겁니다. 사람들이 곧 깨달을 겁니다. 깨닫고 그에 따라 행동하겠지요. 각하께서도 이해하시겠지만 저는 그런 일을 제 주인님께 비밀로 할 수 없습니다. 페라라에서, 그리고 유럽의 나머지 지역에서도 어마어마한 반응이 일어날 겁니다."

루도비코는 트로티가 마치 바보로 변한 것 같다는 눈으로 그를 쳐다보았다.

"페라라에서는 물론 그렇겠지, 대사. 하지만 유럽의 나머지 지역과는 무슨 상관이 있는지 모르겠군."

"그러면 레오나르도 다 빈치가 비금속을 금으로 바꾸는 방법을 발견했다는 걸 부인하려고 하시는 겁니까?"

루도비코는 잠시 침묵했다. 그의 얼굴이 자줏빛으로 변하더니 금세 웃음을 터뜨렸다. 누가 얼음 위에서 미끄러져 넘어지거나, 차 두 대가 들어

갈 만큼 넓은 자리에 오래된 고물차를 주차하려고 스물여섯 번쯤 뺐다 넣었다 하는 사람을 보는 소년 같은 요란한 웃음이었다.

바리 공작이자 밀라노의 군주는 너무나 격렬하게 웃어 눈물까지 흘리기 시작했다. 그리고 그동안 트로티는 꼼짝도 하지 않고 말없이 서 있었다. 그는 약간 충격을 받은 상태였다.

"미안하군, 메세르 지아코모. 하지만 최근은, 지금도 여전히 꽤나 힘든 나날이었고, 내가 시위를 당긴 활처럼 엄청나게 팽팽하게 긴장되어 있었던 모양이야. 그런데 자네가 화살을 쏘았지."

루도비코는 깊게 숨을 들이키고 눈물을 닦은 다음 다시 진지해졌다.

"아니야, 대사, 그대가 옳아. 그대에게 설명하는 게 맞겠지. 레오나르도가 나를 위해서 일하는 건 맞아. 비밀을 지킬 수 있겠나?"

"저는 대사입니다, 각하. 비밀을 지키는 것이 제 임무입니다."

"이건 그리 쉽지 않을 수도 있지만, 비밀을 꼭 지켜야만 해. 그러니까 말이야, 내가 그대에게 말한 적이 있다시피 나는 임신한 여자에게는 매력을 느끼지 못해."

"'나는 임신한 여자가 역겨워.'라고 각하께서 저에게 말씀하셨죠."

"아, 그래."

루도비코는 음모를 꾸미는 분위기로 트로티를 쳐다보았다.

"그래서 나의 근사하고 사랑스러운 아내, 자네 주인의 딸이 임신을 하자 난 그 사람의 시녀 중 한 명에게 눈을 돌려 즐거움을 찾았지. 남자는 해소할 게 있지 않은가, 안 그래?"

"압니다."

트로티가 대답했다. 그는 일흔 살이고 그에게는 사실 안다기보다 희미하게 기억하는 것에 더 가깝긴 했다.

"그러면 혹시 이 레이디가 누군지 여쭤봐도……"

"루크레치아. 루크레치아 크리벨리야."

"약간 음탕하게 생긴 검은머리의 젊은 레이디 말입니까?"

일 모로가 미소를 지었다. 손에 닿지 않는 포도지, 안 그런가, 이 늙은 여우?

"약간 음탕한 건 그대로구만, 대사. 나는 루크레치아가 굉장히 매력적이라고 생각해. 그리고 메세르 레오나르도도 나에게 동의해서 그녀의 초상화를 그리는 데도 동의했지."

"아."

"바로 그거야. 그래서 레오나르도가 밤에 성으로 오는 거라네. 루크레치아가 내 아내와 대화할 수도 있는 낮에 포즈를 취해달라고 할 수는 없는 거 아니겠나. 안 그래?"

루도비코는 등받이가 높은 의자에서 일어나 190센티미터의 커다란 몸을 트로티 앞에 드러냈다. 두 사람 중 누가 군주인지를 다시 한번 명백하게 보여주려는 의도였다.

"그대의 신중한 태도를 기대해도 되겠나, 대사?"

"웃기지 마, 이 더러운 변태 같으니!"

루도비코는 놀라서 얼어붙었다.

트로티가 이런 말을 했기 때문은 당연히 아니었다. 그가 한 말이 아니었으니까. 그는 절대, 절대로 그런 행동을 하지 않을 것이다. 아니, 루도비코는 바깥에서 누군가가 바람을 막기 위해 창문을 막아둔 천에 화로를 던져 천이 금속성 소리를 내며 찢어진 것처럼 갑작스럽게 요란한 소리가 나고 환한 빛이 들어오며 이런 목소리가 들려서 당황한 거였다.

실제로 일어난 일도 바로 그거였다. 이제 불투명한 방어막이 없어진 환한 창틀 앞에 오만하고 대단히 열 받은 얼굴로 서 있는 사람은 베아트리체 데스테였다.

"내 소중한 아내여!"

"소중한 아내 좋아하시네! 당신이 대사에게 우리 아버지를 지휘관으로 임명했다고 말할 거라고 생각해 여기 숨어서 듣고 있었는데, 바람 피우는 걸 알게 되다니! 게다가 당신은 우리 아버지의 대사에게 그 얘기를 했어, 이 더러운 개……."

"자, 베아트리체, 많은 사람 앞에서 이런 소란을 피우는 건 적절하지 않다고 생각해."

루도비코는 새를 쫓다가 탁자에서 떨어지고도 아무 일 없었다는 듯이 우아하고 진중한 분위기를 다 동원해 벌떡 일어나는 고양이처럼 군주다

272

운 무심한 태도를 보이려고 노력했다. 불행히도 귀족이라는 사실과 가정 교육 덕분에 본인이 미친 듯이 소리를 지르지 않을 수는 있다 해도 어쨌든 다른 사람의 입도 막을 수는 없었다.

"아, 그러셔? 내가 사람들 앞에서 소리를 지르는 건 적절한 일이 아니지만 당신은 아주 즐겁게 하녀랑 놀아나고 그걸 지붕 꼭대기에서 소리치겠다고? 내가 목소리를 높이는 건 창피한 일이지만 당신이 부엌 하녀를 임신시키는 건 괜찮다 이거야? 그게 도대체 무슨 빌어먹을 도덕성인데?"

"자, 베아트리체, 당신은 바리 공작 부인이니 그렇게……."

베아트리체는 목소리를 더욱 높여서 남편에게 답했다.

"들을 만큼 들었어. 우리 언니는 그리 고귀하지 못해서 메세르 레오나르도 다 빈치가 초상화를 그리지 못한다는 거야? 에르콜레 데스테의 딸 이사벨라는 그렇게 흥미로운 주제가 아닌 반면 당신의 싸구려 창녀를 보니 붓을 놀리고 싶어졌대? 그런 거야?"

베아트리체가 깊고 단호하게 숨을 들이켰다.

"나는 당장 페라라로 돌아갈 거야."

"제가 공작 부인께 조언을 해드려도 된다면, 지금 상황에 페라라로 돌아가시는 건 그리 적절한 일이 아닐 것 같습니다."

트로티가 매끄러운 어조로 말했다.

베아트리체가 처음 본 것처럼 트로티 쪽으로 몸을 돌렸다.

"이번만큼은, 메세르 지아코모, 내가 당신에게 어디로 꺼질지 조언을 해주겠어."

273

"감사합니다. 공작 부인. 하지만 저는 그냥 여기 머물겠습니다."

베아트리체는 치마와 천을 휘날리며 몸을 돌리고 방을 나가버렸다.

루도비코는 아내가 천천히 걸어가다가 몇 초 후에 귀중한 물건이 바닥에 부서져 있는 것을 보는 사람처럼 양손에 얼굴을 묻는 것을 몇 초 동안 바라보았다. 그러다 천천히 창문에서 얼굴을 돌리고 등받이가 높은 의자로 돌아왔다. 차분하고 무심한 태도였지만 그의 시선은 아래로 내리깔린 상태였다.

"이런. 제3시과에 나의 가장 중요한 공학자이자 화가가 공격을 당했다는 얘기로 하루가 시작되어서는 외교적 오해로 이어졌다가 장인어른의 대사 앞에서 아내에게 모욕을 당하는 걸로 진행되는군. 이제 원래 하던 얘기로 돌아가 보도록 하지."

"최악은 끝났을 겁니다, 각하."

"내 경험상 첫 번째 독일인 용병이 전염병으로 죽으면 전염병이 돌고 있는 거야. 나에게 조언해줄 사람이 필요해. 생각해보니 마지스트로 암브로지오가 오늘은 성공으로 가득한 날이 될 거라고 예지했던 것 같은데."

"오늘은 아직 끝나지 않았습니다, 각하."

트로티가 아는 척하는 태도로 말했다.

"맞는 말일세, 메세르 지아코모. 그래, 뭔가?"

"코민 공작님과 시뇨르 페롱 드 바쉬입니다."

베르나르디노 다 코르테가 떨리는 목소리로 말했다.

"그들이 각하를 뵙기를 요청합니다."

"지금은 그럴 시간이 없어."

루도비코가 퉁명스럽게 말했다.

"제가 주제넘게 나서도 된다면, 각하, 그들을 보시는 것이 좋을 것 같습니다."

성 관리인은 불안하면서도 명백하게 혐오스러운 표정으로 왼쪽을 힐끗 보면서 말했다.

"좋아, 들여보내게."

코뮌 공작의 모습이 문가에 나타났다. 그가 문지방에서 머뭇거렸다.

"공작, 반갑네. 들어오시게. 할 이야기가 있으니까."

"저도 드릴 말씀이 있습니다, 각하."

공작이 문 뒤에 있는 뭔가를 향해 왼손을 뻗으며 말했다.

"이것에 대해서 이야기를 좀 하고 싶습니다."

공작은 문제의 물체를 손에 잡고서 그것을 바닥에서 질질 끌며 안으로 들어왔다. 베르나르디노 다 코르테는 겁이 나기보다는 확실하게 혐오스러운 표정으로 그 장면을 쳐다보았다.

지아코모 트로티가 옳았다. 오늘은 아직 끝나지 않았다.

독자들이 나를 용서해주기를 바라지만, 기록자의 의무는 그 장면이 약간 역겨울 뿐만 아니라 굉장히 믿을 수 없다고 해도 구체적으로 적는 것이다.

코뮌 공작이 질질 끌고 들어오는 물체는 실은 똥으로 뒤덮인 난쟁이였다.

"이걸 저에게 설명 좀 해주시죠."

코뮌 공작이 문자 그대로 난쟁이를 일 모로 쪽으로 질질 끌고 와서는 말했다. 난쟁이가 바닥에서 미끄러지며 끌린 흔적을 남겨놓았다.

루도비코는 눈으로 난쟁이를 좇았다. 이것은 아무 난쟁이가 아니라 우리가 잘 알고 있는 인물, 첫날밤에 샤를 8세의 대사들 앞에서 공연을 한 친애하는 카트로초였다.

루도비코가 갈레아초 산세베리노에게 물었던 것처럼 프랑스어를 할 수 있는 난쟁이. 두 가지 특징 모두 대사들의 방에 있는 탁자, 'HERCULES DUX FERRARIAE ETCETERA ETCETERA (페라라 공작 에르콜레 어쩌고 저쩌고)'라고 새겨져 있는 탁자를 받치는 널찍하고 바닥이 네모난 받침대 안에 들어가 아무 방해 없이 두 프랑스인 특사와 그 부하들의 이야기를 듣기 위한 필수적인 조건이었다. 이것은 루도비코가 보통 다양한 이탈리아 도시에서 오는 외교 사절들에게 하는 일이었다. 난쟁이를 나무 안의 빈 공간에 들여보내 사적인 대화 혹은 사적이라고 생각한 대화를 몰래 듣고 그에게 알리면 어떤 방식으로 보상을 해주는 거였다.

어제, 도청과 같은 이 방법으로 프랑스인들의 대화를 들은 루도비코는 그를 주방으로 보내고 요리사들에게 원하는 걸 뭐든 해주라는 명령을 내렸다. 우리의 카트로초는 시럽에 절인 말린 자두, 말린 무화과, 대추야자,

다른 별미들로 배를 꽉 채웠고 음식들이 대장 속에서 싸움을 벌일 지경이었다. 그 결과 탁자 다리 안에 다시 자리를 잡은 오늘 아침에 뱃속이 약간 불편한 것을 느꼈고, 그게 점점 참을 수 없는 통증으로 변해 처음에는 별문제 없던 더부룩함이 순수한 재앙으로 변하고 말았다.

뚜렷한 냄새에 경계심을 느낀 두 대사는 서로를 의심하며 마주 보았다. 하지만 둘 다 원인이 아니라는 것을 확신한 다음에는 경고 신호의 출처를 찾는 것이 별로 어렵지 않았다. 나무의 결합 부분에 칼을 밀어 넣어 비명을 듣고서는 사람이 있다는 걸 확인한 다음 두 남자는 불쌍한 카트로초를 다리 안에서 끌어낼 수 있었으나 길고 지저분한 싸움을 거쳐야만 했다.

"즉시 설명해드리도록 하지, 공작."

루도비코는 바닥에 꼼짝도 않고 누워서 떨고 있는 카트로초를 가리키며 말했다.

"내가 두 사람을 믿지 못한다는 게 확실하지 않나?"

루도비코가 의자에서 일어나 다시금 커다란 몸을 쭉 폈다.

"난 그대들을 믿지 못하고, 그게 옳은 행동이었어. 누군가가 나를 모시고 있는 공학자인 레오나르도 다 빈치의 개인 기록을 훔치려고 했던 걸 보면 말이지."

"아무도 그런 행동을 하려고 한 적 없습니다. 난쟁이가 오해한 겁니다."

페롱 드 바쉬가 과장된 어조로 말했다.

"그러면 말해보게. 그대들의 두 수행원은 어디에 있지?"

한 명은 진짜 프랑스인이고 한 명은 마음으로 프랑스인인 두 사람이 서로를 쳐다보았다. 둘 중 누가 말을 해야 하는지 명백하지 않다는 건 절대로 좋은 징조가 아니라고 트로티는 생각했다.

"누구 말입니까? 호비노와 마테네요? 아직 돌아오지 않았습니다. 어젯밤에 술을 퍼마신 모양입니다. 사실 그들이 어떤 문제에 휘말리지 않았기를 바라고 있습니다."

코뮌 공작이 말했다.

"괜찮다네. 지하의 따뜻하고 편안한 감방에 안전하게 있지."

페롱 드 바쉬와 코뮌이 루도비코의 얼굴을 똑바로 쳐다보았다.

"체포되었네. 어젯밤에 내 도시에서, 내 성에서 얼마 떨어지지 않은 곳에서 레오나르도를 공격하고 그가 가진 뭔가를 빼앗으려고 했거든. 아마도 그의 공책이겠지. 레오나르도의 개인 경호원과 내가 특별히 임명한 경비 둘이 끼어들지 않았다면……."

일 모로가 차분하게 말을 이었다. 트로티는 웃음을 감추기 위해 살짝 헛기침을 했다.

"레오나르도는 공격자들의 희생양이 되었을 거야."

이제 두 프랑스인은 서로의 눈길을 피했다. 몇 초 동안 침묵이, 무거운 침묵이 흘렀다. 냄새 나는 침묵이기도 했다. 카트로초가 여전히 그 자리에 있었으니까.

"각하, 이해하시겠지만 제 특사와 상의를 해봐야 합니다."

코뮌 공작은 최대한 귀족답고 정중한 태도로 말했다.

"나도 전적으로 동의하네. 이 성의 성벽 바깥에서 하는 것이 우리 모두에게 좋을 것 같다는 생각이 드는군."

일 모로가 엄숙하게 말했다.

"성벽 바로 앞에서라니, 상상이 되세요, 카테리나? 하지만 그들은 선생님을 건드릴 시간조차 없었죠, 그 악당 놈들. 제가 겨우 열 걸음 떨어져 있었고, 바로 거기로 갔거든요. 둘이었지만 그런 건 예상을 못 했던 모양이에요. 저는 첫 번째 놈을 칼 손잡이로 바로 여기를 후려쳤죠."

살라이는 우선 가공의 무기를 손에 든 것 같은 자세를 취한 후 목덜미를 가리키며 말했다.

"하지만 두 번째 놈이 손잡이를 잡고 저한테서 칼을 빼앗았어요. 그놈은 저보다 크고 강했지만, 전 제 성姓인 염소처럼 그놈을 머리로 들이쳤죠. 배를 똑바로……."

"들이받았겠지. 그 사람 배를 들이받았다고 하는 거야."

카테리나는 젖은 천을 레오나르도의 머리에서 들어 올리고 차가운 물에 적신 다른 천으로 바꾸면서 말했다.

레오나르도는 침대에 말없이 누워 눈을 감고 있었다. 그냥 흘러가는 편안한 날은 절대 아니었다. 그리고 이제 그는 집, 자신의 침대에 누워 있었고 그가 바라는 유일한 것은 평화와 고요였다.

"똑같은 거예요. 중요한 건 그놈이 배를 맞았다는 거죠. 뱃속에 있는 걸 아마 다 토했을 거예요. 어릴 때 먹은 엄마 젖까지 말이죠. 그런 다음에……."

"지아코모, 제발."

레오나르도는 지쳤지만 권위적인 목소리로 말했다.

"나도 어젯밤에 거기 있었다. 네가 놈들을 때렸는지는 모르겠다만, 나도 맞았어. 그 얘기는 더 이상 하지 말자. 제발."

"어쨌든 경비들이 도착했고, 그 소란을 보셨어야 했다니까요! 모두가 서로를 때리고, 소리치고, 고함을 지르고, 아탕숑attansion! 거기 서! 사크헤, 메르데sacre, merde! 하지만 제가 거기 없었더라면……."

"정말이지 네가 거기 없었다면 끔찍한 일이 되었을 거야, 우리 지아코모."

카테리나가 아들의 이마에 한 손을 얹으며 말했다.

"거기가 밝았다면 아마 넌 너무 얻어맞아서 네 어머니한테 맞은 데를 로마 숫자로 세어달라고 부탁해야 했을 거다, 꼬마 지아코모. 너는 어린 애고 그 사람들은 병사였어."

자니노가 말했다.

자니노 다 페라라는 레오나르도의 사고 소식을 듣고 스튜디오 겸 작업장을 나와 스승님의 상태를 확인하기 위해서 달려온 그의 수많은 제자 중 한 명이었다.

"그리고 성에서 그로케 늦게 돌아오지 않았으믄 아무도 선생님을 공격하지 않았을 겁미다."

레오나르도의 집에 마지막으로 도착한 독일인 줄리오가 말했다.

스승님으로 모시고 배우러 왔다며 어느 날 갑자기 거장의 집에 나타난 덩치 크고 수염이 난 남자에게 레오나르도는 뭘 할 줄 아느냐고 물었다. 남자는 시커메진 손으로 허공을 두드리는 시늉을 하며 저는 불로 쇠를 다룹미다, 라고 대답했다. 그리고 레오나르도에게는 대장장이나 금속을 다루는 법을 조금이라도 아는 사람이 공기가 필요한 것처럼 당장 필요했다. 그래서 좋아, 그럼 오게, 없어서는 안 되는 사람은 없지만 모든 사람이 유용하지, 독일인 줄리오, 라고 말했다.

"선생님께서는 노는 게 아니라 일하고 계셨어."

자니노가 무례한 태도로 말했다. 그는 투박한 수염 난 남자가 도착한 순간부터 그를 좋아하지 않았다. 게다가 레오나르도는 이미 작업실에 금속 전문가를 데리고 있었다. 그리고 마스터 안토니오도 있고, 필요하면 산갈로도 있다. 스승님께 이 야만인이 대체 왜 필요하단 말인가?

"일은 낮에 하고, 밤은 잠임미다."

줄리오가 말했다. 그가 말하는 내용에서도 게르만인의 특징이 배어나왔다.

"잠자는 시간인 거지, 사실."

살라이는 다른 사람의 말을 정정해줄 수 있다는 것을 기뻐하며 말했다.

"그리고 어쨌든 선생님은 원하는 시간에 주무시고 일하시니까. 마음 내키면 한 시간 자고 네 시간 일하기도 하시는걸."

"선생님이 침대에 드시는 때를 너보다 더 잘 아는 사람도 없겠지, 안 그래, 꼬마 지아코모?"

"잘 들어, 이 병신 같은 금속 전문가야. 내 칼의 쇠가 얼마나 단단한지 보고 싶다면 계속 그따위로 떠들어."

"됐어!"

레오나르도가 벌떡 일어나는 바람에 젖은 천이 창밖으로 날아가 버렸다. 하도 기묘한 광경이라서 다른 때였다면 우스꽝스러웠을 테지만 지금은 웃을 만한 상황이 절대 아니었다.

"됐다고, 이런 제기랄!"

레오나르도가 침대에서 나오며 말했고 방 안의 다른 모든 사람은 즉시 조용해졌다.

모두가 레오나르도가 상냥한 성격이라는 걸 알았다. 그리고 모든 상냥한 성격의 사람들이 그렇듯이 그는 거의 화를 내지 않았다. 하지만 한번 화를 내면 무시무시했다.

아래층에서 누군가가 문을 두드렸고 카테리나가 그 기회를 틈타 누군지 보러 갔다. 그동안 레오나르도는 빠르게 말을 쏟아내기 시작했다.

"나는 비난받고, 창피당하고, 공격을 받았는데, 이제는 내 집에서조차 쉬지도 못해! 여기서 나가!"

"죄송합니다, 선생님. 혹시⋯⋯."

"나가! 이런 맙소사, 나가라고!"

그때 아래층에서 카테리나의 목소리가 울렸다.

"레오나르도, 방문객이 왔구나."

"저요?"

레오나르도는 이제 통제 불능 상태로 외치며 문으로 향했다.

"이번에는 누가 내 모가지를 조르러 온 겁니까?"

그는 더 이상 참지 않겠다는 험악한 표정으로 나무 난간에 몸을 기대고 아래를 보았다. 그리고 아마도 평생 처음으로 루도비코 일 모로를 위에서 내려다보는 경험을 하게 되었다.

"각하께서 용서해주셨으면 합니다. 그렇게 상스럽게 각하 앞에서 말하려던 건 절대 아니었습니다."

루도비코가 등으로 침실 문을 닫았다. 그의 머리가 사실상 천장에 닿을 정도였다. 그는 주위를 둘러본 뒤 방 안의 유일한 의자를 잡고 앉았다.

"형태를 보지 말고 내용을 보자고, 레오나르도. 부탁할 게 있어서 여기 왔네."

침대에 도로 앉은 레오나르도는 아무 말도 하지 않았다.

"이건 자네의 후원자가 아니라 밀라노 공작령의 섭정으로서 하는 부탁이야. 동의해도 되고 거절해도 되네."

레오나르도는 미소를 지었지만 호흡은 배에서 가슴까지 올라와 걸렸다. 이것은 앞으로 벌어질 일에 대한 암시나 애정 표현이 아니라 돼지 목의 진주에 더 가까웠다.

"하지만 자네가 거절한다면 자네에 대한 나의 믿음이 부적절한 것이었다고 생각할 이유를 주는 거야. 어젯밤에 자네는 프랑스 대사의 부하들에게 공격을 받았지. 왜 그들이 자네에게 강도질을 하려고 했는지 아나?"

"네, 각하. 알 것 같습니다. 그들은 제 공책을 원했습니다."

"자네 공책을 원했다고?"

"네, 각하. 지난 며칠 사이에 그들은 꽤 서툰 시도를 이미 한 번 했고, 지금 와서 생각해보니 두 번째도 했던 것 같습니다."

"왜 그들이 이 공책을 원하지? 이 망할 공책이 뭐 그리 중요해서? 거기에 뭐가 쓰여 있나?"

"저 말고 다른 사람에게는 전혀 중요치 않은 것들입니다."

"그러면 왜 다른 사람들이 그걸 갖고 싶어 하나?"

"각하께서는 저에게 너무 많은 것을 물으십니다. 저도 다른 사람들이 무슨 생각을 하는지는 알 수가 없습니다."

"그렇지, 레오나르도. 그 경우라면 내가 말해주겠네. 오를레앙 공작 루이의 말 때문에 프랑스 대사들은 자네가 공책 안에 숨겨둔 게 비밀 무기 도안이라고 생각하더군. 도시 경계를 지키기 위한 싸움이 가능한 자동 기계라고."

레오나르도는 미소를 지으며 고개를 흔들었다.

"페라라 대사인 지아코모 트로티는 비금속을 금으로 바꾸는 비밀이 담겨 있고, 그래서 공작령이 이렇게 부유한 거라고 생각해."

이번에는 레오나르도가 커다랗게 웃고 말했다.

"각하, 비금속을 금으로 바꾸는 그런 일에 제 시간을 낭비하는 건 생각조차 해본 적이 없습니다. 저는 오래전에 영구기관과 미다스 왕의 꿈은 동화일 뿐이라는 걸 깨달았고, 그런 데 신경 쓰지 않습니다."

레오나르도는 불편한 마음을 덜기 위해서 침대에 좀 더 편안하게 앉았다.

"하지만 제가 더 걱정하는 부분은 각하께서 어떻게 생각하실까 하는 겁니다. 각하가 보시기에는 제 사적인 공책에 대체 뭐가 있을 것 같으십니까?"

"그래서 내가 여기 온 거야, 레오나르도. 내가 생각한 게 틀렸다면 내 얼굴에 먹칠을 하는 거지만, 만약 그게 사실이라면 자네에게 엄청난 불명예가 되겠지. 자네에게 말을 하고 싶지는 않네만, 공책을 나에게 보여주길 바라네."

"각하께, 오로지 각하께만 보여드리겠습니다. 뭘 찾으려고 하시는지, 혹은 찾지 않길 바라시는지 저에게 말씀해주신다면요."

루도비코는 창문을 바라보다가 나지막한 어조로, 거의 중얼거림에 가깝게 말했다.

"나는 자네나 자네 작업장의 다른 사람들이 위조 신용장을 만들기 위해서 사용한 벤치오 세리스토리나 다른 피렌체 은행가가 서명한 신용장을 찾지 못하기를 바라네."

285

　레오나르도는 잠깐 동안 꼼짝 않고 서 있었다. 그러다가 천천히 튜닉의 가죽 끈을 잡아당겨 버클을 느슨하게 풀었다. 그런 다음 여전히 느린 동작으로 셔츠와 몸 사이로 손을 넣어 종이가 가득 끼워져 있는 작고 두툼한 공책을 꺼냈다. 몇몇 종이는 다른 것보다 더 노랬다.

　"원하시는 대로 보여드리지요, 각하."

　루도비코는 손을 내밀고 공책을 받았다.

　하지만 그가 공책을 펴기 전에 레오나르도가 다시 말했다.

　"각하께서는 저의 후원자가 아니라 밀라노의 군주로서 공책을 요구하셨습니다. 각하께서는 중요한 구분을 하셨고, 각하께서 읽으시기 전에 저도 나름의 구분을 말씀드리려고 합니다."

　레오나르도는 루도비코의 손에 있는 공책을 섬세하고 신중한 손길로 건드렸다. 어머니가 나이 많은 미혼의 이모가 안고 있는 갓 태어난 아기 주위로 담요를 고쳐 덮어주는 것 같은 손길이었다.

　"각하께서는 밀라노의 군주로서 저를 환영해주셨습니다. 후원자로서 제 소개장을 읽으시고 저를 믿어주셨습니다. 제가 각하께 쓴 글을 읽으신 다음 저를 믿어주셨죠. 그러나 이제 각하께서는 저 자신을 위해 쓴 것을 읽기 전에 저를 불신하고 계십니다."

　레오나르도는 침대를 손으로 밀고 일 모로 앞에서 일어섰다.

　"시민으로서 저는 각하께서 공정하게 정의를 집행하시고 모든 사람이 동등한 장점과 단점을 갖고 있음을 인지하신다고 확실하게 믿습니다. 화가서로, 루도비코 님, 저는 각하께서 제가 자유인이라는 것을, 저의 후원자가 제 능력을 인지할 뿐만 아니라 진정으로 제 작품의 진가를 알아보는 경우에만 그분을 위해 일한다는 것을 이해하실 거라고 믿습니다."

그리고 신중하게 루도비코의 손에 있는 공책 표지를 들어 올리고서 공책을 폈다.

안에는 기묘한 것이 있었다.

편지였다. 신용장이 아니라 진짜 편지였다. 앞부분에 날짜가 있고 끝에는 서명이 있는 편지. 레오나르도의 편지들이 그렇듯이 그림으로 가득한 편지였다.

"하지만 이건 오른쪽에서 왼쪽으로 쓰여 있잖나."

"그게 제가 항상 글을 쓰는 방식입니다."

"그럼 이건 자네 편지인가? 편지의 초안?"

"읽으실 동안 설명해드리죠, 각하. 여기, 이 거울을 보십시오. 빛이 필요하시다면 제가 즉시 가져오겠습니다."

"위층에 얼마나 있었나요?"

"거의 두 시간입니다."

카테리나는 그날 아침 2리터 가량의 침을 삼켰다. 밀라노의 군주가 그녀의 집에 오는 건 매일 있는 일이 아니었다. 하지만 밀라노의 군주가 그녀의 아들을 찾으러 왔다는 것, 그리고 그녀의 아들을 데려갈 수 있다는 것, 4명의 무장 경비가 그녀의 부엌에서 바로 그런 이유로 기다리고 있을지도 모른다는 사실은 그녀에게 전혀 안심이 되지 않는 부분들이었다.

마침내 문이 열렸다.

루도비코 일 모로가 먼저 나왔다. 그의 얼굴 표정은 대단히 무시무시했다. 그는 확실하게 실망한 것 같았고, 실망을 넘어서서 화가 난 얼굴이었다.

그의 뒤로 레오나르도가 나왔다. 걱정스럽고 회한에 찬 얼굴이었고, 회한보다는 걱정이 더 커 보였다.

루도비코가 천천히 계단을 내려왔다. 그는 레오나르도가 1층까지 내려오기를 기다린 다음 말했다.

"자네는 나를 실망시켰어, 레오나르도. 다시 한번 나를 실망시켰지. 그걸 알고 있나?"

"압니다, 각하."

"좋아. 그럼 가지. 이 문제를 빨리 매듭짓고 싶군."

그러고는 경비들에게 신호를 보내자 경비들이 레오나르도 주위로 다가섰다.

"무슨 일인가요, 각하?"

"자네의 아들은 나와 함께 가야 하네, 마돈나 카테리나."

"그럼 체포하시는 건가요?"

루도비코가 몸을 돌렸다. 그날 처음으로 그의 얼굴에 미소가 떠올랐다.

"전혀 아니야, 마돈나 카테리나. 자네 아들이 증인으로 필요해. 그는 법

적 문제에서 나에게 아주 중요하다네. 오늘 저녁 혹은 그보다 빨리 집으
로 돌아오게 될 거야."

12하고 하나 더

주인어른은 미신을 대단히 숭배한다

셰브런 방은 절대로 사람을 반기거나 환영하는 곳이 아니고, 이것은 고의적인 거였다. 방은 음울하고, 어둡고, 춥고, 위압적이어서 청원을 하거나 정의를 구하러 오는 어떤 사람이든 잡담을 하며 시간을 낭비하지 않고. 루도비코 일 모로가 의장으로 있는 비밀 의회 앞에 불려오는 어떤 사람이든 겁을 먹고서 훌륭하게 자백을 하곤 했다. 르네상스 시대에 자백은 어떤 법정에서든 선호하는 종류의 증거였다. 이 방으로 오는 이유가 뭐든 간에 방에 들어오는 것은 그리 즐거운 일이 아니었다.

현재 여기에 온 사람들의 입장에서 상황을 더욱 악화시키는 것은 불려온 이유가 명백하지 않다는 거였다. 사실 많은 사람이 오늘 여러 가지 이유로 의회에 불려왔다. 메디치 은행의 밀라노 지점 지점장인 아체리토 포르티나리는 청원자로서 그가 가짜라고 여기는 여러 장의 신용장 전달자들을 의회에 데리고 왔다.

클레멘테 불치오, 칸디도 베르토네, 리체토 나니피에리, 아데마로 코스탄테는 이 편지의 전달자들로 아체리토가 피고로 의회에 데려온 사람들이지만, 자신들이야말로 정의가 이루어지기를 바라는 기소자들이라고 주장하며 포르티나리가 각각이 제출한 편지에 약정된 금액을 지불하는 걸 거절했다고 말했다. 이것은 총 5,000두카트로 절대 소액은 아니었다.

디오다토 다 시에나 신부와 그의 동료 수사 엘리지오 다 바라미스타도 불려왔다. 사실 베르곤치오 보타의 조언으로 소환된 것은 후자 쪽이었다. 그는 약속어음과 신용장의 전문가로 밀라노로 오는 길에 종교에 투신하게 된 전직 은행원이었기 때문이다. 드문 경우는 아니지만 대형 금융업계를 그만두기 위해 밀라노로 오는 경우는 독특했다. 디오다토 신부는 동료 수사를 혼자 크고 넓은 세상에 보내 자신이 없는 상황에서 이야기를 시키는 건 옳지 않은 것 같아 동료로 같이 온 것뿐이었다.

그리고 마지막으로 의원들이 있었다. 평소처럼 6명이 아니라 7명이었다. 그들 사이에 레오나르도 다 빈치가 앉아 있었기 때문이다. 그는 그 방에서 가장 어울리지 않아 보이는 사람이었다.

"자, 메세르 아체리토, 이 사람들이 가져온 신용장이 가짜이고 그럴 만한 이유가 있다고 주장했지."

루도비코가 왼쪽으로 몸을 돌렸다.

"반면 자네들은 이 편지들이 기록된 날짜에 벤치오 세리스토리가 직접 서명한 진짜라고 주장하고 있고. 그렇게 주장한 것이 맞나?"

"맞습니다."

천연두로 완전히 얽은 얼굴을 한 작은 빨간 머리 남자 불치오가 말했다.

"맞습니다."

강한 시에나 억양을 가진 키가 크고 근육질의 젊은 남자 베르토네도 똑같이 말했다.

"맞습니다. 신께서 저의 증인이십니다."

베틀 앞에서 너무 많은 시간을 보내 몸이 좀 굽은 땅딸막한 나니피에리 역시 합창에 합류했다.

"맞습니다."

비쩍 마른 마흔 살의 아데마로 코스탄테가 마지막으로 그 말을 반복했다. 그의 주된 단백질 공급원은 그의 오른손 손톱인지 방에 들어온 이래 한시도 씹는 것을 멈추지 않았다.

"엘리지오 수사, 그대의 의견은 어떻소?"

292

엘리지오 수사는 죽은 쥐 같은 색깔의 머리카락 한 줌이 이마에서 튀어나와 끝없이 뒤로 넘어가는 부분을 제외하면 완전히 대머리인 조그만 남자였다. 그는 스스로에게 자신의 의견을 확신한다는 걸 상기시키기라도 하는 것처럼 고개를 몇 번 끄덕인 다음 거미줄처럼 가느다란 목소리로 말했다.

"이 편지들은 대단히 고급스러운 피렌체 종이에 쓰였습니다. 제가 메디치 은행에서 교환을 담당할 때 사용하던 것과 같은 종류입니다."

그가 말을 했고, 방 안의 모든 사람이 바싹 귀를 기울였다.

"편지는 은행의 규칙에 따라 쓰였고 날짜, 총액, 도착지에서 추정 교환액, 목적지의 은행가 특징까지 나와 있습니다. 이게 가짜라고 의심할 이유가 없습니다."

"그러면 저희가 왜 여기 있는 겁니까? 왜 저희 돈을 주시지 않는 겁니까? 누가 이 편지들을 가짜라고 의심했으며 그 이유는 뭡니까?"

"자네 말이 옳아, 메세르 리체토."

루도비코는 순순한 분위기로 말했다.

"갈레아초, 설명을 좀 해주겠나?"

"며칠 전 변사한 남자의 시체가 여기, 성 안뜰에서 발견되었소. 남자의 이름은 람발도 치티이고, 밀라노에서 태어난 화가이자 예술가였소."

"평화롭게 잠들기를. 그런데 그게 저희와 무슨 상관입니까?"

나니피에리가 퉁명스럽게 말했다.

"전술한 람발도 치티의 집에서 사법대장과 내가 직접 가짜 동전을 찍

293

어내는 도구들과 벤치오 세리스토리가 서명한 신용장을 발견했소. 당연히 의심의 여지없이 위조였고."

"죄송합니다, 대장님."

엘리지오 수사가 끼어들었다.

"호기심 때문에라도 어떻게 그렇게 확신하시는지 좀 알고 싶습니다. 신용장이 가짜라는 것을 증명하는 건 쉽지 않습니다. 저는 경험으로 그걸 잘 압니다. 제가 세속의 삶을 살 때 여러 번 의심스러운 편지를 받고도 순금 플로린을 건네야만 했습니다."

"이 편지들은 피렌체에서 벤치오 세리스토리가 쓴 것으로 되어 있었으나 그 날짜가 6월 24일이었소."

"아."

엘리지오 수사는 안도한 얼굴이었다.

"그런 경우라면 의심의 여지가 없군요. 아무도 성 요한 축일에 일하지 않으니까요. 그러니까 위조범은 확실하게 피렌체 출신이 아니군요. 하지만 제가 감히 말씀을 드리자면……."

"말해보게, 엘리지오 수사."

"살해되었다고 말씀하신 이 람발도 치티라는 사람은 위조범이기도 한 것이지요, 맞습니까?"

"우리는 그렇게 믿고 있네. 메세르 레오나르도?"

무릎에 손을 올리고 앉아 있던 레오나르도가 천천히 고개를 끄덕였다.

"저는 2년 전에 람발도 치티를 제 작업실에 데리고 있어 그의 훌륭한 그림 솜씨와 사악한 사기꾼적 본성 양쪽 모두를 개인적으로 겪어보았습니다. 그는 저에게 진짜 돈을 받아서는 제 친구이자 고객에게 가짜 돈을 지불했고, 은폐 장소에서 가짜 편지와 함께 금속을 녹이는 관과 가짜 두카트를 찍어내는 도구도 발견했습니다. 여기에는 의심의 여지가 없습니다."

"고맙네, 메세르 레오나르도."

불치오가 반항적인 어조로 말했다.

"좋아요. 아주 좋습니다, 각하. 치티가 위조범이란 말이지요. 하지만 그건 제가 가진 편지와는 아무 상관도 없습니다. 이 편지는 6월 16일자로 되어 있으니까요. 그날 벤치오 세리스토리는 여전히 살아서 글을 쓸 수 있었다고 제가 확실하게 보증합니다."

"맞아, 메세르 클레멘테. 6월 16일에 벤치오 세리스토리는 실제로 아직 살아 있었지. 메세르 벤치오가 7월 초에 사망했기 때문에 이런 세부사항은 적절해."

"그러면 어째서 저희 편지의 진위 여부에 대한 의심이 남아 있는 겁니까?"

"그러면 자네는 자네들의 편지가 진짜라는 것을 보장할 수 있나?"

"제 것에 대해서는 보장합니다. 제가 직접 편지 쓰는 것을 봤으니까요. 다른 사람들은 모르겠지만 저는 의심할 이유를 전혀 모르겠군요."

불치오가 투덜거렸다.

"그런가? 자네들의 편지가 진짜라고? 좋아, 여러분, 우리의 아름다운 도시는 신용 체제를 기반으로 세워졌고, 편지가 진짜라면 내가 직접 메세르 아체리토에게 그대들에게 현금으로 지불하라고 명령하지. 메세르 포르티나리가 그 돈을 지불하려 하지 않으면 내가 그를 감옥에 넣을 뿐만 아니라 내가 직접 지불하겠어. 메세르 포르티나리, 이 편지들에 대한 돈을 지불할 건가?"

"한 푼도 안 할 겁니다."

"자, 그런 경우라면, 여러분, 자네들이 동의한다면 이 상황은 나의 책임이 되겠군. 메세르 아체리토, 이리 오게."

아체리토 포르티나리는 새하얀 종이에 메모를 쓰기 시작한 일 모로의 앞에 섰다. 루도비코는 뭔가를 다 쓰고 난 다음 종이를 포르티나리 쪽으로 돌리고 진지하게 말했다.

"오늘 여기 자리한 사람들에 관한 자네의 빚을 여기 서술한 조건에 따라서 내가 인계받도록 하겠네."

종이를 본 아체리토는 피가 얼굴로 몰렸다가 다시 빠져나가는 것을 느꼈다.

"하지만 각하께서 이러실 수는……."

"자네 자신을 위해서라도 서명하는 게 좋을 거야, 메세르 아체리토."

네 남자는 아체리토가 말없이 서명을 하는 동안 번뜩이는 눈으로 서로를 쳐다보았다. 아체리토의 손에서 깃털이 떨렸다. 그가 서명을 하자 루도비코가 성 관리인을 불러 종이를 넘겼다. 베르나르디노 다 코르테는 절을 한 다음 서류를 갖고 문을 나가 사라졌다.

"자, 그러면, 각하, 언제 저희 몫을 받을 수 있을까요?"

"몫이라, 메세르 리체토?"

"짤랑이 말입니다요. 돈요. 방금 귀족답게 각하께서 지불하시겠다고 하지 않으셨습니까."

"다 적절한 때에 할 거야, 메세르 리체토."

루도비코가 차분하게 말했다.

"적절한 때에 말이야. 자, 어제 아체리토 포르티나리가 나에게 아주 상세하게 설명을 했고 엘리지오 수사도 확인을 해줬듯이, 은행은 가끔 서류의 진위를 확인하기 위해 돈을 낭비하고 특사의 목숨을 위태롭게 만드느니 가짜 편지에 돈을 지불하는 편이 더 나을 때가 있어."

루도비코가 양손을 넓게 벌렸다.

"하지만 은행이 못 하는 걸 나는 할 용의가 있고 또 해야만 해. 나는 납세자들의 돈인 공작령의 돈을 가짜 신용장에 지불할 수 없어. 조금 전, 자네들도 보았듯이 나는 메세르 베르나르디노에게 아체리토 포르티나리와 연서한 서류를 주었지."

"그의 빚을 각하께서 대신 갚겠다는 서류 말이죠."

클레멘테 불치오가 말했다.

"아니, 메세르 클레멘테. 서류에 쓰여 있는 정확한 내용은 그게 아니야."

클레멘테 불치오는 눈을 내리깔고 있는 포르티나리 쪽으로 몸을 돌렸다가 다시 루도비코를 보았다.

"내가 적은 건 계좌의 등록자를 확인해달라는 요청서지. 밀라노 공작령의 섭정인 루도비코 마리아 스포르차를 대신해서, 그리고 밀라노의 메디치 은행 대표자의 허가와 승인에 따라 피렌체에 있는 메디치 은행의 벤치오 세리스토리의 계좌 명부를 가져오는 데 대한 허가를 받으려면 서명이 필요하거든."

루도비코는 성 관리인이 나간 문을 가리켰다.

"우리가 이야기하는 동안 메세르 베르나르디노는 특사에게 서명한 허가장을 갖고 피렌체로 가라고 지시하는 중이야. 특사는 최대 일주일 안에 돌아올 거야. 그동안 자네들은 나의 손님이 될 거고."

말을 마친 루도비코는 갈레아초 산세베리노에게 신호를 보냈다. 그러자 산세베리노는 경비대장에게 또 다른 신호를 보냈고, 경비들이 루도비코의 의자 옆에서 나와 청원자들 주위에 자리를 잡고 그들을 피고로 바꿔놓았다.

"메세르 레오나르도가 아까 설명했듯이 그는 람발도 치티를 잘 알고, 그 부분에 대해서는 한 점 의심도 없소."

루도비코의 말투는 병사들이 다시 자리로 돌아온 후 약간 바뀌었다.

"하지만 여기 있는 다른 사람들도 그를 알고 그의 기술과 재능을 알게 되었을 만한 기회가 있소. 그렇지 않소, 디오다토 신부님?"

디오다토 신부가 침착한 표정으로 루도비코를 쳐다보았다.

"저 말씀입니까?"

"그렇소, 디오다토 신부님, 신부님 말이오."

"실수하신 것 같군요. 저는 각하께서 말씀하신 사람과 아주 희미하게 조차 아는 바가 없습니다."

"정말이오? 자네도 동의하나, 메세르 레오나르도?"

"동의할 수 없습니다, 각하. 디오다토 신부님께서는 제 앞에서 아니라고 주장하시지만, 신부님께서 람발도 치티를 안다는 확실한 증거, 눈에 보이는 증거가 있습니다."

레오나르도가 차분한 어조로 말했다.

"그래? 그 증거란 건 어디에 있나?"

"신부님의 식당 벽에 있습니다, 훌륭하신 신부님. 그 벽감에 프레스코화를 그린 건 람발도 치티입니다. 그의 솜씨인 걸 알아보았습니다."

레오나르도가 말을 하면서 일어섰다. 루도비코가 종종 그러듯이 큰 키를 드러내기 위해서가 아니라 긴장을 풀기 위해서였다.

"제 스튜디오에는 수십 명의 제자가 있고, 저는 그들 한 명 한 명의 붓질, 붓에 실리는 무게, 특정한 색 배합 취향, 그리고 손에 힘이 들어가고 풀리는 비율을 전부 알아볼 수 있습니다. 특히 람발도 치티처럼 재능 있는 사람들은 더 그렇고요. 왜 신부님께서 그가 신부님을 위해 일했는데 모른다고 주장하시는 건지 궁금하군요."

"이게 각하께서 믿으시는 근거입니까? 우리가 아직 흔적도 보지 못한 거대한 말을 만들 수 있다고 주장하는 화가의 예술적 판단요?"

누군가가 우리에게 구체적인 비난을 할 때 우리가 개인에 대한 모욕으로 맞대응하면, 이것은 대체로 우리에게 반박할 논리가 없다는 뜻이다. 이런 관찰 결과는 몇 세기 후에 아르투르 쇼펜하우어가 철학 이론으로 공식적으로 정립하지만, 루도비코 일 모로는 오래전에 그것을 알아챈 바였다.

"그렇소, 디오다토 신부님. 내가 보기에 그림 문제에 관한 레오나르도의 말은 의문을 제기할 구석이 없거든. 하지만 내 의견을 신부님께 강요할 마음은 없소. 엘리지오 수사, 수사께서 수도원의 재정 기록부를 갖고 계시겠지?"

"네, 각하, 요청하신 대로 가져왔습니다."

루도비코가 손을 내밀었고 엘리지오 수사는 커다란 책을 그에게 건넸다. 루도비코는 그것을 무릎 위에 놓고 신중하게 책장을 연 다음 손가락으로 페이지를 훑기 시작했다.

기록부를 과장되게 여기는 것은 모든 종류의 학교, 어떤 학년에서든 학생들 사이에 어떤 불편한 감정을 일으키는 법이다. 디오다토 신부는 물론 학생이 아니지만, 루도비코의 행동으로 인해 예수회 수사의 얼굴이 창백해지고 하얀 옷 위에 겹치고 있던 손이 가죽 벨트를 꽉 쥐고 있는 모습이 아주 뚜렷하게 드러났다.

"여기 있군, 디오다토 신부님. 올해 7월 20일에 신부님이 엘리지오 수사에게 람발도 치티에게 식당 벽감에 프레스코화를 그린 값으로 총 15두카트를 지불하라고 지시한 건 어떻게 된 건지 설명을 좀 해보시겠소?"

"저는 그의 이름을 기억하지 못했습니다."

디오다토 신부는 최대한 목소리를 차분하게 유지하려고 노력했지만 별로 성공적이지는 않았다.

"그게, 저는 굉장히 많은 사람을 만나니까요."

"알지, 알고말고. 신부님께선 많은 사람을 아시지."

말을 하면서 루도비코는 차분하게 계속 기록부를 넘겼다.

"거기다가 신부님의 수도원은 안료 생산으로 유명하고, 신부님 본인께서도 세련되고 교양 있는 취향을 가지셨지. 신부님 같은 분이라면 당연히 많은 사람을 아셔야겠지. 예를 들자면 지오반니 바라치오라는 사람을 아시나?"

"아뇨. 모르는 것 같습니다만……."

"정말로? 교양 있는 분치고 신부님의 기억력은 참으로 미덥지 못하군."

루도비코가 조금 전에 펼친 기록부의 페이지 뒤쪽에 손가락을 얹었다.

"여기 보니 8월 1일에 '지오. 바라치오, 모직 상인'에게 1,000두카트를 지불하라는 지시를 내린 걸로 나와 있는데. 1,000두카트어치의 모직 옷감을 사셨나, 디오다토 신부님? 아니면 기억을 못 하시나?"

디오다토 신부는 대답하지 않았다. 눈을 내리깔고, 손은 가죽 벨트를 꽉 잡고 떨면서 침묵을 지켰다. 대답할 마음이 없는 게 분명해 보였다.

루도비코는 기록부에서 고개를 들어 엘리지오 수사를 보았다.

"엘리지오 수사, 수사께서 나에게 좀 알려주시겠소?"

엘리지오 수사는 바보가 아니었다. 수도원장의 눈을 보려고 했지만 실패하자 그는 전보다 더 가느다란 목소리로 말했다.

"각하, 저희가 산 것은 모직이 아니었습니다. 메세르 지오반니 바라치오가 저희에게 1,000플로린 가치의 신용장을 가져왔습니다. 그는 그런 문서에 별로 익숙하지 않았고 그것을 발행한 은행가가 죽었다는 이야기를 들은 터였습니다. 그래서 그 죽음으로 서류가 무효화될까 봐 걱정했습니다. 저는 수도원장님께 그런 일은 없다고, 바라치오에게 교환 비율 대신 화폐 비율로 신용장을 사들이면, 즉 1,000플로린어치를 1,000두카트로 산 후 편지를 메세르 아체리토의 은행으로 보내 교환하면 이득을 볼 수 있다고 설명해드렸습니다. 그래서 제가 바라치오에게 1,000두카트를 지불하고 신용장을 받아 수도원장님께 드렸고, 원장님께서 직접 처리하겠다고 하셨습니다."

"메세르 아체리토는……."

"전혀요! 저는 지오반니 바라치오의 신용장을 교환해준 적 없고, 예수회의 성 제롬 수도원에 있는 디오다토 신부님께 지불한 일도 없습니다."

"확실한가?"

"네, 그렇습니다. 저도 각하께 제 기록부를 보여드리기 위해서 가져왔습니다!"

"자네 말을 믿네, 메세르 아체리토. 조사를 적절하게 하고 무슨 일이 있었는지 일관성을 찾기 위해서 기록부는 가져오게. 하지만 자네 말을 믿어. 내가 자네 말을 믿는 이유는 이 편지를 누가 가져갔든 교환된 적이 없고 디오다토 다 시에나 신부의 손에 그대로 있었을 거라고 전적으로 확신하기 때문이지. 신부는 그걸 람발도 치티에게 줘서 가짜 신용장을 만드는 견본으로 사용했을 거고. 여기 내 앞의 신사분들이 받아서 메세르 포르티나리의 은행에 가서 현금화하려고 했던 그 신용장들 말이지."

루도비코가 천천히, 위풍당당하게 의자에서 일어섰다.

"내가 아까 했던 제안에 대해 다시 한번 말하지. 여러분, 지금 이 순간 내 특사 한 명이 벤치오 세리스토리의 기록을 가지러 피렌체로 가고 있는 중이야. 최대 일주일 안에 그가 그 기록을 갖고 돌아올 거고, 그걸로 메세르 아체리토 포르티나리가 확인하고 조사할 거야. 제일 먼저 고백하는 사람은 모든 설명을 하고 즉시 이 방을 나가도 좋아. 나머지 사람들의 경우, 가짜 돈을 유통시킨 형벌은 손목을 자르는 거지."

방 안의 분위기가 숨 막히게 변했다. 설명할 수 없이 느릿하게 몇 초가 흐른 뒤 리체토 나니피에리가 손을 들어 올렸다.

"각하!"

"뭐지, 메세르 리체토?"

"제가 은행으로 가져간 신용장은 지난 9월 15일에 디오다토 다 시에나 신부님이 저에게 주신 겁니다."

"거기에 얼마를 지불했지?"

"30두카트입니다, 각하."

"합리적인 금액 같군. 디오다토 신부가 그 편지를 주면서 무슨 말을 하던가?"

"10월 말일에, 각하께서 떠나신 이후에 사용하라고 말씀하셨습니다."

"그럼 왜 오늘 사용한 거지?"

"왜냐하면 머저리니까요!"

디오다토 신부가 폭발했다.

"람발도 치티가 죽고 그의 죽음에 관한 조사가 시작되어 저는 누군가가 가짜 편지에 관해 알아낼까 봐 두려웠습니다. 제가 직접 치티의 집으로 가서 그가 어디서 일했는지 찾기 위해 샅샅이 뒤졌지만 아무것도 찾을 수가 없었습니다."

디오다토 신부는 문자 그대로 분노로 부들부들 떨었다. 덩굴처럼 두꺼운 혈관이 그의 목 옆으로 튀어나왔다.

"그러다 백작 부인의 집에서 레오나르도가 가짜로 판명된 편지가 발견되었다고 말하는 걸 들었고, 제 피가 차갑게 식었습니다. 모든 게 엉망진창이 되었죠. 잘 끝낼 방법이 없었습니다. 너무 위험했어요. 하지만 이 천치, 여기 이 천치들이 이윤을 봐야겠다고 생각했어요. 어쨌든 간에 가서 그 더러운 돈을 받아 토스카나에 숨겠다는 거죠. 너희들은 천치야, 전부

다! 천치들!"

디오다토 신부가 깊게 숨을 들이켰다.

"그리고 나서 레오나르도가 수도원으로 저를 찾아왔을 때 저는 그가 프레스코화를 보는 걸 보았습니다. 중간에 그가 저에게 람발도 치티를 아느냐고 물었죠. 그때 전 알았습니다. 그가 안다는 걸요."

방 안의 모든 머리가 이제 양손을 펴고 사과의 어조로 말하는 레오나르도를 쳐다보았다.

"나무의 모든 가지는 몸통과 연결되어 있습니다. 저에게는 2개의 가지가 있었죠, 디오다토 신부님. 한 가지는 체칠리아 베르가미니 백작 부인의 집에 자주 들른 지오반니 바라치오였고, 또 하나는 가짜 편지를 만든 람발도 치티였죠. 두 남자 모두 비명에 갔습니다. 접점이 어디 있을까요? 그들이 공통으로 알고 지낸 사람이 누굴까요? 팔라초 카르마뇰라에 자주 오고, 불운한 지오반니 바라치오가 자신의 경험 부족으로 인해서 큰 금액의 신용장에 문제가 있을지도 모른다고 생각했을 때 백작 부인이 추천한 사람, 그리고 람발도 치티가 프레스코화를 그린 수도원, 성 제롬의 예수의 가난한 자들의 수도원장, 바로 디오다토 신부님이죠. 메세르 아체리토가 저에게 지오반니 바라치오가 살해된 일에 대해 이야기했을 때 저는 왜 신부님이 치티를 안다는 걸 부인했는지 깨달았습니다. 그리고 신부님이 저에게 하신 말을 곱씹어본 다음 일이 어떻게 된 건지 알아냈고요."

"하지만 메세르 레오나르도……."

갈레아초 산세베리노의 목소리에는 주저하는 기색이 있었다. 그의 인생에서 몇 번 없는 일이었다.

"말씀하시지요, 대장님."

"난 일이 어떻게 된 건지 정확하게 알 수가 없군. 왜 디오다토 신부님이 이 편지들을 그렇게 싼 금액에 판 거지?"

"아, 아주 간단합니다. 그게 치티가 자신의 작업에 부른 가격이었을 겁니다. 제가 아는 디오다토 신부님을 기준으로 판단하자면, 그게 기준이었을 겁니다. 안 그렇습니까? 거기서 이윤을 보고 싶었던 건 절대로 아닙니다."

"그럼 뭘 얻을 수 있지? 무슨 위조범이 일을 하고도 이윤을 보려고 하지 않은 건가?"

"아, 우리는 지금 위조범에 관해 이야기하는 게 아닙니다, 대장님. 음모자들에 관해 이야기하는 거죠."

"음모자들?"

"메세르 아체리토, 예전에 저에게 은행은 저글링하는 곡예사 같다고 설명하셨지요. 메세르는 15퍼센트의 이윤으로 돈을 빌려주고, 12퍼센트의 이윤으로 돈을 빌려오고요. 맞습니까?"

"맞습니다."

"메세르의 총 매상은 얼마입니까? 30만 두카트 정도 되죠?"

"그렇습니다."

"자본금은 얼마죠? 현금으로 얼마나 저축을 해두고 있습니까? 5만 두카트 정도요?"

아체리토 포르티나리는 땀이 흘러내리는 이마를 닦았다.

"그렇지는 않습니다. 지금은 3만 두카트 정도입니다. 거의요."

"그런데 메세르의 모든 수탁자, 메세르에게 돈을 빌려주고 그 돈에 이자가 붙어 더 커진 모든 사람이 같은 날 은행으로 와서 돈을 돌려달라고 하면 어떤 일이 벌어질까요?"

레오나르도의 목소리는 상냥하고, 거의 부끄러워하는 것 같았다.

"돈을 줄 수가 없지요. 돈이 없을 테니까요."

"그러니까 파산하는 거죠."

레오나르도가 거의 즉각적으로 말했다.

"네. 하지만 저뿐만이 아닙니다. 제가 말씀드렸듯이 저희 은행은 밀라노에서 가장 중요한 곳입니다, 레오나르도. 루도비코 각하뿐만 아니라 상인들, 소모업자들, 금속 가공업자들, 방직공들, 포도 재배자들까지 고객으로 있습니다. 그들이 필요한 물건을 살 수 없거나 일꾼들에게 돈을 주지 못할 겁니다. 재앙이 되겠죠."

"자, 모든 수탁자가 빨리 은행으로 가서 돈을 찾아야겠다고 생각하게 만들려면 어떤 일이 일어나면 될까요?"

"청구서 처리가 늦어진다는 소문이 돌면 그렇게 되겠죠. 그렇게 되면 모두 저에게 보관해둔 돈이 별로 없다는 걸 알게 될 테니까요."

"그렇게 되면 어떤 일이 벌어질까요?"

"위기가 올 겁니다, 레오나르도. 위기요. 돈이 도는 게 멈추면 모든 게 무너집니다. 거의 확실하게 폭동이 일어날 거고요."

"우리가 정확히 이해했습니까, 디오다토 신부님? 이게 신부님의 의도였나요?"

디오다토 신부는 더 이상 떨지 않았다. 그는 이제 차분하고 거의 포기한 듯한 모습이었다.

"레오나르도, 들었잖습니까. 돈이 없으면 모든 게 무너집니다. 돈이 없으면 모든 게 허물어지죠. 돈은 가치가 없으니까요! 가치는 영구적이고 불변하는 반면 돈은 불확실하고, 변동하고, 돛처럼 부풀었다 꺼지고, 이런 돛이 달린 배에 타고 있는 사람은 자신이 어디로 가는지, 어디서 끝나게 될지 전혀 알 수가 없습니다. 바다에 나가서 여행을 하고 제대로 방향을 잡기 위해서는 영원한 존재인 별을 봐야 합니다. 그리고 인생에서 방향을 찾으려면 하느님을 봐야 하고요. 오직 그분 한 분만을 봐야 합니다."

디오다토 신부는 레오나르도가 지금 이 일에 유일하게 책임이 있는 것처럼 그를 쳐다보았다.

"우리는 그분이 모든 것의 척도라고 확신하게 되었습니다. 하지만 무언가를 측정하기 위해서는, 그 가치를 알기 위해서는, 뭔가로 그걸 사야만 합니다. 그걸 측정하기 위해서는 진정한 통화가 필요해요. 그래야 그 가치를 판단할 수 있으니까요. 그리고 그걸 측정할 유일하게 정당한 통화는 바로 신이에요!"

디오다토의 목소리는 여전히 낮았지만 불공정을 고발하는 사람처럼 격렬해졌다.

그리 납득이 가지 않는 얼굴로 레오나르도가 눈썹을 치켜 올렸다.

"디오다토 신부님, 신부님께서는 무언가의 가치를 판단하려면 기준점이 필요하다고, 우리가 가치를 측정하는 것에 대고 잴 만한 자가 필요하다고 말씀하고 계십니다. 하지만 본질적으로 무한한 신을 어떻게 유한한 것의 가치를 재는 데 갖다 댈 수 있을까요? 우리가 길이에 대해서 이야기하고 있다면 무한한 엄지손가락은 무한한 손바닥보다 더 짧지 않을 거고, 무한한 손바닥은 무한한 팔보다 더 짧지 않을 겁니다. 우리가 돈에 관해 이야기하는 거라면 무한한 리라는 무한한 두카트보다 딱히 적지 않을 겁니다. 인간의 지성은 사용하는 척도와 동등하거나 더 작거나 더 큰 것을 통해서만 가치를 판단할 수 있죠. 하지만 신의 무한한 연장의 경우 인간은 자신을 신에 비견해서 측정할 수가 없고, 오로지 항복할 수밖에 없습니다. 반면에 돈의 경우에는 사물을 비교할 수가 있지요. 우리 모두 똑같은 방식으로 그 가치를 따지니까요."

레오나르도는 자신의 옷소매를 조심스럽게 왼손 엄지손가락과 검지로 잡고 들어 올렸다.

"제 옷이 무슨 색깔이지요, 신부님? 분홍색이죠? 우리가 이게 분홍색이라는 걸 어떻게 확신할까요? 우리 모두 이것을 같은 색깔로 보기 때문이고, 이런 색의 물건을 보면 그 색깔을 알아보죠. 다들 분홍색 옷을 보고 분홍색이라고 하지, 분홍색 종이를 보고 초록색이라고 하지 않습니다. 돈도 마찬가지입니다. 돈은 지구상의 모든 사람이 이해하죠. 우리 모두 1두카트는 1두카트의 가치가 있다고 동의합니다. 이게 손바닥 길이처럼 가치를 만드는 겁니다."

디오다토 신부가 분노해서 턱을 들어 올렸다.

"그건 잘못된 가치예요! 안 그러면 살인이나 도둑질 같은 사악한 행동으로 어떻게 돈을 얻을 수 있겠습니까? 돈은 선량한 행동을 하든 나쁜 행동을 하든 보상을 해줍니다. 돈은 목적이 아니라 수단일 뿐이고, 우리가 어디로 가야 하는지를 이해하기 위해 돈을 바라봐서는 안 돼요! 그 진정한 본질을 보여준다면, 그 잘못된 본질을 보여주면 사람들도 이해하겠지요! 진정한 통화, 진정한 가치, 신의 말씀으로 다들 돌아올 겁니다!"

레오나르도는 오로지 레오나르도만이 바라볼 수 있는 눈길로 디오다토 신부를 쳐다보았다. 그의 눈, 그의 목, 그의 손, 그의 옷, 그의 동공이 거의 알아볼 수 없을 정도로 빠르게 홱 움직였다. 몇 초 후 레오나르도가 수사를 음울하게 쳐다보았다.

"엄청난 죽음과 파괴가 일어날 겁니다. 그건 생각해보셨습니까?"

"신께서도 그분의 메시지를 듣도록 하기 위해 소돔과 고모라를 파괴하셨습니다."

"신부님이 신이십니까? 신부님을 보면 다리 둘, 팔 둘, 머리 하나만 보이는데요. 신부님은 저처럼 인간이십니다. 인간처럼 행동하셨고요."

"인간이지만, 신의 말씀에 인도되는 인간이지요."

"인간이고, 그 이상은 아닙니다. 제가 그걸 입증해드리죠."

레오나르도는 몸을 돌리고 손바닥을 위로 올린 다음 피렌체 출신의 동향인을 가리켰다.

"자, 메세르 아체리토, 메세르가 전투에서 이기셨습니다. 편지들은 한점의 의심 없이 자백을 통해 가짜로 판명되었습니다. 그런데 왜 그렇게 낙담하고 계십니까?"

그 자리에 있던 모든 사람, 마법에 걸린 듯이 레오나르도와 디오다토 신부의 대화를 듣던 사람들이 이제 은행가를 쳐다보았다. 그의 얼굴은 새하얗고 이마에는 땀이 맺혀 있었으며 입가에는 2개의 작고 하얀 침이 고여 있었다. 아체리토 포르티나리는 전혀 승리자처럼 보이지 않고, 오히려 치명상을 입은 사람처럼 보였다.

"왜냐하면 전……."

아체리토는 말없고 엄격한 얼굴로 자리에 앉아 있는 일 모로를 쳐다보았다.

"각하, 저는……."

"메세르에게 빚을 진 고객들, 메세르께서 돈을 빌려준 사람들은 밀라노에서 가장 명망 높은 상인들과 사람들이지요. 디오다토 신부님도 그중한 명입니까?"

"그렇습니다, 메세르 레오나르도. 네, 신부님도 그중 한 분입니다."

"돈을 얼마나 빌려주셨습니까?"

"1만 두카트요. 1만 두카트를……."

디오다토 신부에게 사형을 선고하면 영원히 잃게 되는 돈입니다. 아체리토 포르티나리는 밀라노의 군주에게 탄원의 눈으로 쳐다보면서 뒷말을 눈으로 이야기했다.

루도비코는 고개를 흔들어 앞에서 말한 1만 두카트의 운명과 긴밀하게 연결된 디오다토 신부의 운명을 확인해주었다.

"아체리토 포르티나리를 파산하게 만들면 그대의 빚도 사라지게 된다는 사실에 대해 생각하지 않을 수가 없군, 디오다토 신부."

루도비코의 단호하고 차가운 목소리가 공기를 흔드는 것 같았다.

"그대가 그렇게도 경멸한다고 주장한 돈이지만, 1만 두카트를 빌릴 때는 주저하지 않았지. 그대는 신을 척도라고 끌어들였지만, 내 이거 하나 말해두지. 그대는 인간보다도 더 작은 존재야, 디오다토 신부."

그런 다음 시선의 방향은 변하지 않은 채 그의 목소리만 변했다.

"마스터 레오나르도, 나의 경의와 사과를 받아주게."

레오나르도는 루도비코 쪽으로 고개를 들었다. 그의 시선은 피곤하지만 평화로웠다.

"각하의 요청을 들어드릴 수 있어서 기쁩니다. 허락해주신다면 저는 이제 여기를 나가 집으로 돌아가고 싶습니다."

"원하는 대로 하게, 마스터 레오나르도."

"그럼 실례하겠습니다……."

서 있던 사람들 중에서 리체토 나니피에리가 손가락을 들어 올려 주의를 끌려고 했다.

"메세르 리체토, 요청할 게 있나?"

"저기, 제가 고백을 했고, 각하께서는 제가 모든 걸 설명하는 대로 여기서 나가게 해주신다고 약속하셨잖습니까. 메세르 레오나르도가 나가니까 이제 저도 갔으면……."

루도비코는 강조하듯이 자신의 이마를 철썩 쳤다.

"그래, 그렇지, 나도 참 정신이 없군. 대장, 메세르 리체토를 당장 처형인에게 데려가게. 저자의 손을 자르고 내 성에서 즉각 쫓아내버려."

"하지만……, 각하께서 약속을……."

"자네가 자백하면 즉시 풀어주겠다고 했지. 집에 온전하게 돌아갈 거라고 말한 적은 없어."

12하고 하나 반 더

위를 볼 것

산 나자리오 지구를 지나가는 남자 무리는 과장하지 않아도 꽤 흥미로운 사람들이었다. 검과 사슬갑옷을 입은 무장한 남자 4명이 조용히 이야기를 나누는 두 남자를 둘러싸고 있었다. 둘 중 한 명은 키가 크고 검은 옷을 입었고, 다른 한 명은 보통의 키에 금발 머리, 잘 다듬은 수염에 흠잡을 데 없는 분홍색 옷차림이었다.

"어떻게 올바른 사람을 알아낸 건가?"

갈레아초 산세베리노가 주위를 둘러보며 물었다. 다행히 거리는 반쯤 비어 있었다.

성 뒤쪽의 나무다리를 통해 몰래 나온 후 두 남자는 쿠사니 지구를 가로질러 로벨로 지구와 만나는 곳까지 온 다음 산 나자리오 알라 피에트라

산타 지구라는 좁은 길로 접어들었다. 그들이 가려는 곳으로 가기 위해서는 그 이름처럼 훨씬 넓고 불도 훨씬 밝은 솔라타 지구를 가로지르는 편이 더 나았지만 훨씬 더 눈에 잘 띌 거고, 그것은 레오나르도도 갈레아초도 절대 원하지 않는 일이었다.

"우리가 가고 있는 집에서 나눈 대화가 이튿날이나 같은 날 벌어진 일과 구체적인 연관이 있다는 걸 두어 번 눈치챘기 때문이죠, 대장님."

"그렇군. 그러니까 자네가 람발도 치티의 죽음에 관해서 뭔가 말을 할 때마다……."

"그 문제와 관련된 사람들에게 영향을 미치는 또 다른 일이 즉시 일어났습니다. 체칠리아 백작 부인의 집에서 이야기를 할 때마다 매번 그런 일이 생겼죠."

"집 안에서는 안 되네, 백작 부인. 지금 하려는 이야기를 하기 위해 부인의 집으로 들어갈 수는 없어. 아니, 내가 지금 물으려고 하는 걸 묻기 위해서라고 해야겠군."

"제가 아는 한 각하께서 그리 바라시던 게 초대 아니었나요?"

체칠리아 갈레라니는 고개를 숙이고 있었지만 시선은 일 모로 쪽을 향하고 있었다. 한때는 애정 넘치던 눈이 지금은 면밀하게 관찰하는 눈이었다.

"그런 말도 꺼내지 말게. 자, 백작 부인."

"한때는 제 이름을 부르시던 때도 있었는데요, 각하."

"체칠리아, 그건 내가 결혼하지 않았던 때지. 지금은 결혼했고, 내 아내이자 내 아들 에르콜레 마시밀리아노의 어머니는 질투심이 아주 많아."

"저도 그걸 알아차렸죠."

체칠리아는 그렇게 대답하고 바깥쪽 뜰로 시선을 돌렸다. 그녀가 일 모로가 결혼하고 처음 몇 달 동안 살았던 로체타를 보는 건지, 아니면 동쪽 창문을 덮은 새 천을 보는 건지는 분명하지 않았다.

"각하께서는 부인을 그에 마땅하게 존중하셔야 한다고 생각해요. 어쨌든 저희는 미래의 밀라노 공작 부인에 관해 이야기하는 거니까요."

"부인도 남편인 베르가미니 백작에게 똑같은 존중을 보여야겠지. 지금 백작은 어디에 있지?"

"시골에요. 크로체의 산 지오반니에요, 각하."

"다음 몇 달 동안 백작과 함께 지내는 것도 그리 나쁜 생각은 아닌 것 같지 않나?"

"그 사람에게로 가라는 건가요, 그 사람을 집으로 부르라는 건가요?"

"전자야, 백작 부인. 시골 공기를 좀 쐬면 부인과 어린 체사레에게 좋을 것 같군. 그리고 말이야, 백작 부인, 부인에게 말하고 싶은 다른 게 있어. 내가 성에서 이야기를 하자고 요청한 두 번째 이유지."

"제 남편에 관한 건가요?"

"당신의 집안에 관해서, 백작 부인."

"제가 이 집에 있는 동안 두 번이나 피아찰레 델레 아르미에서 일어난 불운한 사건과 치티의 죽음에 대해 우연히 이야기를 했습니다. 첫 번째는 제가 그 불쌍한 친구가 어떻게 죽었는지를 회상하며 신의 번개나 질병으로 죽은 게 아니라고 말했지요. 하지만 두 번째는 백작 부인께 제가 죽은 사람의 이름을 알고 있으며 그가 위조한 가짜 신용장과의 연결 관계를 찾아냈다고 말씀드렸을 때입니다. 기억하신다면, 저는 바로 그날 보타와 함께 성으로 가서 불운한 벤치오 세리스토리와 사업을 함께한다고 알고 있는 몇 사람의 이름을 댔죠."

"나도 기억나는군. 그리고 보타가 나에게 그대가 지오반니 바라치오를 언급했다고 말했지."

"기억력이 대단하시군요, 대장님. 지오반니 바라치오 이야기를 한 다음 갈레라니 백작 부인께서 저에게 당신이 직접 바라치오에게 디오다토 신부님 이야기를 했다고 말씀하셨는데, 바로 그날 밤에 그 불쌍한 바라치오가 살해되었다는 사실이 제 머리에 불현듯 떠올랐습니다. 그가 이야기하는 걸 막기 위해서요. 그는 편지가 전달되는 걸 본 유일한 목격자였습니다. 그때까지 현금화되지 않았던 신용장요. 디오다토 신부님은 바라치오가 방문한 적이 없다고 쉽게 말할 수 있었겠지요."

"그럼 같은 사람이 람발도 치티를 죽였다고 말하는 건가?"

빠른 걸음으로 걷고 있음에도 불구하고 레오나르도는 음울하게 고개를 흔들었다.

"같은 사람은 아니지만, 계획자는 같습니다. 살인범은 둘입니다. 람발도를 죽인 건 디오다토 신부님이 아닙니다."

레오나르도는 걷다 돌에 발이 걸려 잠깐 균형을 잃었지만, 이전의 리듬을 회복하고 계속해서 말했다.

"처음에는 치티에게 갑옷 몸통을 억지로 입힌 다음 그의 영혼이 공기와 함께 밀려나갈 때까지 꽉 조인 거라고 생각했습니다. 하지만 곧 어떤 남자에게 본인이 원치 않는데 갑옷을 억지로 입히는 건 쉬운 일이 아니라는 걸 깨달았지요. 아니, 더 쉬운 방법이 있었습니다. 백작 부인이 많은 것을 아는 남자와 진심 어린 대화를 나눌 때 문 뒤에서 엿듣는 것 같은 쉬운 방법요."

레오나르도는 여전히 빠르게 걸으면서 갈레아초를 쳐다보았다.

"그 남자가 부인의 집에 밀회를 하러 왔다면, 옷상자 안으로 들어가라고 설득하기는 쉬울 겁니다. 다리를 구부리고 태아 같은 자세를 하고요. 그런 다음 상자를 덮고 펜치처럼 그 불쌍한 친구를 짓누를 수 있죠."

"그러려면 엄청난 힘이 필요할 텐데, 메세르 레오나르도. 여자가 그런 일을 할 수 있을지 모르겠군. 그것도 치티처럼 튼튼하고 건강한 남자를 상대로."

갈레아초가 반박했다.

"오, 할 수 있습니다. 필요한 건 레버와 도르래 원리를 이용해서 힘을 몇 배로 증가시키는 장치가 달린 상자뿐입니다. 엄지손가락의 움직임에서 나오는 최소의 힘으로 팔 길이만큼 돌아가며 엄청난 힘을 내는 장치죠."

"이런 기계 상자가 존재한다는 건가, 메세르 레오나르도? 이 사람이 이걸 갖고 있는 게 확실한가?"

"확실합니다, 갈레아초 대장님. 제가 직접 이것을 설계해서 만들었습니다. 그리고 저희가 지금 들어갈 집 안에 있습니다."

갈레아초와 레오나르도는 문 앞에서 멈췄다. 팔라초 카르마놀라, 체칠리아 갈레라니 베르가미니 백작 부인의 집 뒷문이었다. 레오나르도는 같이 온 사람을 위해서 옆으로 비켜섰다.

"대장님께서 노크를 하셔야 할 것 같습니다."

갈레아초가 단호하게 문을 두드렸다. 몇 초 후 예쁜 젊은 여자가 문을 열고 갈레아초를 보고, 레오나르도를 보고, 무장한 네 남자를 보고, 얼굴이 백짓장처럼 창백해졌다.

"백작 부인은 집에 계시지 않습니다, 여러분."

"상관없네, 마다미젤라 테르실라. 우리가 보러 온 건 그대니까."

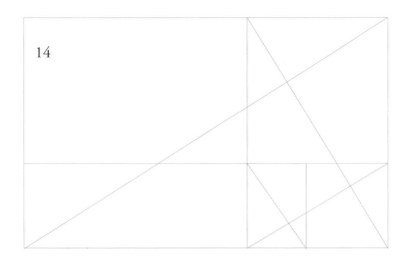

14

체칠리아 갈레라니는 뜰 한가운데에 미동도 하지 않고 서 있었다. 그녀의 주위로는 페라라의 평화부터 프란체스코 스포르차의 결혼에 이르기까지, 밀라노의 최근 역사에서 가장 중요한 일화들이 묘사된 프레스코화가 펼쳐져 있었다.

레오나르도는 그녀 옆에서 두 사람이 어떻게 도시의 역사에 능동적인 역할을 했는지 상세하게 설명을 마친 터였다. 누군가가 그들의 이야기와 논쟁을 듣고 프레스코화를 그릴 가능성은 낮지만 말이다. 우리는 그림을 그리는 사람들이 역사는 전투나 정복으로 이루어져 있다고 여긴다는 걸 잘 안다. 하지만 장군들과 마찬가지로 화가들은 약 450년 후 우리의 캐릭터들이 지금 서 있는 곳과 그리 멀지 않은 곳에서 누군가가 말하듯이 전투는 역사가들에 의해 승리하게 되는 것임을 잊곤 한다.

"테르실라와 디오다토 신부님이 서로에게 애착이 있는 건 알았지만, 그분이 그 애한테 이런 일을 시켰다는 건 정말이지 믿을 수가 없군."

"그럼 알고 계셨습니까?"

"알았지. 그리고 몰랐고."

체칠리아는 무릎 앞에서 한 손을 다른 한 손 위에 겹치고 있었다. 체칠리아 갈레라니 베르가미니 백작 부인은 이제 갓 스무 살이었지만 움직이고 말하는 방식을 보면 이미 한 번의 삶 이상을 산 것 같았다.

"테르실라의 가족은 몇 년 전에 보타 때문에 망가졌지. 넓은 땅을 가졌는데 그 땅에서 그에 걸맞게 수확을 하지 못하는 사람들에게 세금은 굉장히 무거워. 홍수가 나서 작물이 망가지고 종자들은 썩었지. 하지만 보타와 공작령은 여전히 세금을 요구했고 이로 인해서 그 애의 지참금이 날아갔어. 나는 많은 면에서 그 애한테서 나 자신을 보았기 때문에 그 애를 데려왔지. 우리 둘 다 유효기간을 넘긴 상품이었거든."

체칠리아는 자신이 가진 것을 가질 자격이 없는 것처럼, 애초에 원하지도 않았던 것처럼 주위를 둘러보았다.

"나는 열여섯 살에 일 모로를 사랑했고 그 사람에게 사랑받았지. 나에게 지참금이 없어서 결혼 약속이 깨지고 하마터면 수녀원으로 갈 뻔했던 이후에 말이야, 메세르 레오나르도. 여자의 삶은 쉽지 않아. 설령 어리다 해도 말이야. 그러고 나면 우리는 나이 들고 눈에 보이지 않게 되거나 귀찮아지게 되지."

레오나르도는 현관 지붕을 쳐다보며 진지하게 고개를 끄덕였다.

"하지만 일 모로는 부인께 테르실라와 디오다토 신부님의 관계와는 달랐지요. 신부님은 그녀에게 사람을 죽이게 만들었고, 본인은 불쌍한 바라치오를 죽였지요. 자신을 문제에서 빠져나오게 해줄 거라고 생각하고 믿었던 바라치오를요."

"그대에게는 일 모로가 어떤 존재지, 레오나르도? 어떻게 그의 신뢰를 다시 얻을 셈이야?"

레오나르도는 계속해서 그들 주위의 벽에 그려진 밀라노의 역사들을 바라보았다.

"저는 프레스코화를 좋아하지 않습니다."

그가 잠시 후에 말했다.

"실수를 고치고 정정할 여지를 주지 않거든요. 우리는 모두 실수를 저지르는데 말이죠. 저는 절대로 프레스코화를 그릴 수 없습니다. 사실 요청을 받은 적이 있지만 받아들여야 할지를 잘 모르겠더군요."

"그럼 그대도 실수를 저지르나?"

"계속해서요, 백작 부인. 계속해서요. 하지만 저 자신을 제외한 모두에게 그걸 숨깁니다. 일 모로만이 저의 실수 중 하나를 우연히 발견하셨죠."

"어떤 실수지, 레오나르도?"

체칠리아가 약간 놀라서 물었다.

"그분의 관점에서는 가장 심각한 겁니다. 기마상요."

"말 동상?"

"네, 백작 부인. 저는 그걸 주조하는 데 필요한 청동의 양을 잘못 계산했습니다. 제가 계획한 대로라면 말은 서지 못할 겁니다. 그리고 말씀드렸듯이 일 모로는 제 메모를 읽다가 그걸 알게 되셨습니다. 운명의 얄궂음으로 이제 점토 모형이 완성되었는데……."

레오나르도는 한숨을 쉬었다.

"전부 다시 시작하게 되었습니다."

"나한테 뭘 하나 설명해주게."

체칠리아는 주제를 바꾸는 데 달인인 어조로 말했다.

"미안한 말이지만, 테르실라는 내 집에 2년 동안 있었는데 어떻게 그대가 그 애를 의심하게 되었는지 이해가 가지 않아. 왜 그 애라고 생각하게 되었지?"

"백작 부인, 사실 제 처음 생각은 여자일 거라는 것뿐이었습니다. 자, 메세르 갈레아초를 괴롭히던 한 가지 의문은 이거였습니다. 왜 치티의 시체를 피아찰레 델레 아르미 한가운데에 버렸을까? 저를 괴롭히던 의문은 어떻게였죠. 어떻게 아무도 눈치채지 못하게 그런 걸 버릴 수 있었지? 저는 시체를 수레에 실어서 가져왔다면 그럴 수 있었을 거라는 결론을 내렸습니다."

"하지만 루도비코의 경비들이 아무 수레나 성에 들여보내지 않았을……."

체칠리아는 말을 하다가 멈췄다. 그녀도 이해한 것이다.

"그렇지요. 소수죠. 예를 들자면 부인의 수레요. 부인의 것 같은 수레를, 어둠 속에서 보면 약간 부인처럼 보이는 예쁜 여자가 몰고 있으면 못 본 척하게 되기 십상일 겁니다. 갈레라니 백작 부인은 원할 때 언제든 성에 올 수 있고, 각하께서는 늘 그녀를 반기시니 부인이 들어오는 건 못 본 척하는 게 낫겠죠, 안 그렇습니까?"

체칠리아는 천천히 고개를 끄덕였다. 두 사람은 다시 안뜰을 따라 걷기 시작했다.

"그래서 저는 아무 여자나 가능할 리 없고 딱 한 여자여야만 한다는 걸 깨달았습니다."

레오나르도가 왼손 검지로 오른손 손바닥을 찍었다.

"부인의 수레를 쓸 수 있는 테르실라. 제가 직접 설계해서 쉽게 다룰 수 있고 여닫을 때 힘을 증가시킬 수 있는 상자를 가진 테르실라. 제 머릿속의 이미지는 일관적이었고, 돌이 무더기가 아니라 아치문을 형성하듯이 서로 끼워 맞춰졌습니다. 그다음에 저는 어떻게가 제가 생각한 그대로일 거라고 가정하고서 왜를 탐색했지요."

레오나르도가 말을 멈췄다.

"디오다토 신부님의 의도를 이해하기 전까지는, 또는 신부님을 통해서 누군가의 의도를 이해하기 전까지는 왜가 분명치 않았습니다. 경제적 위

324

기, 돈의 위기를 일으키기 위해서. 좀 더 포괄적으로는 위기를 일으켜 밀라노를 망가뜨리기 위해서. 사람들을 두렵게 만드는 건 뭐든 위기를 부추길 수 있습니다. 신의 분노나 전염병이 일어날 가능성, 또는 더 끔찍하게도 저희가 아직 모르는 질병처럼요."

레오나르도는 양팔을 벌리고 말을 이었다.

"그래서 람발도 치티가 성에 남겨졌던 겁니다. 마지스트로 암브로지오의 의학에 대한 불확실한 이해로 인해 명확하지 않은 이유로 죽은 남자의 시체는 두려움을 당연히 더 증가시키겠죠. 그게 이유였던 겁니다. 람발도가 죽은 다음에는……."

"미안하지만, 레오나르도, 이것도 물어봐야겠군. 왜 그를 죽인 거지?"

"음모자들의 안전을 위해 필수적인 일이었습니다, 백작 부인. 람발도 치티는 살해되기 전날 일 모로에게 알현을 청했습니다. 아마도 자백을 해서 자기 목숨을 구하려고 했던 거겠죠. 그는 솜씨 좋은 위조범이지만 세상 돌아가는 방식에 대해서는 멍청하고 잘 속지요. 그가 일 모로와 이야기를 나눴더라면 음모는 실패했을 뿐만 아니라 음모자들은 체포되어 고문당하고 처형되었을 겁니다."

레오나르도는 양팔을 살짝 벌렸다.

"디오다토 신부님은 이걸 알고 계셨죠. 프란치스코 수도회의 총장 프란체스코 산소네 신부님을 통해서였을 겁니다. 예수회와 프란치스코회는 통하는 데가 있고, 둘 다 기독교에서 가난을 지향하기 때문에 그들의 공동체는 최소한 말로는 똑같이 고귀한 방침으로 흘러갑니다."

"그래, 그래, 참으로 근사한 연설이구나."

카테리나는 탁자에 프란치스코 수도사든 평신도든 여느 기독교도들만큼이나 커다란 구운 수탉을 올리면서 말했다.

"루도비코 각하께서 너에게 고마워하시고 경의를 표하시고 너를 사면해주셔서 정말로 기쁘구나. 하지만 돈은 언제쯤 주신다니?"

"이미 주기 시작하셨어요, 카테리나."

살라이가 접시로 손을 내밀다가 손가락 관절 부분을 세게 맞았다.

"아얏!"

"나이 많은 사람부터야, 어린 지아코모. 레오나르도, 조금 잘라줄까?"

"어머니, 화학자라도 되셨어요? 철학자의 돌로 이 수탉을 만드신 건가요? 아니면 호박을 건드려서? 아니면 이게 태어나서 도축된 동물인가요?"

"아, 레오나르도, 정말 고집도 세구나. 뭐라고 했지, 어린 지아코모? 누가 뭘 시작했다고?"

"무원죄 잉태 성모회의 수사들요, 카테리나. 오늘 돈을 지불했어요. 선생님께 1,200리라, 마스터 암브로지오에게 400리라요."

"마스터 암브로지오가 이 일과 무슨 상관이 있니? 방구랑 남서풍도 구분 못 하고 오로지 별만 보는 그 거만한 햄 덩어리 같은 점성술사가? 그 사람이 뭘 했어?"

"마지스트로 암브로지오 바레세 다 로사테 말고요, 카테리나. 나의 소 중한 조수이자 제가 성모회에 그려준 작품에서 천사들을 그렸던 마스터 암브로지오 데 프레디스요."

"아, 그렇구나. 왜냐하면 마지스트로 암브로지오 바라세는 그 불쌍한 치티가 자다 죽었다고 그러잖니. 병뿐만 아니라 병자를 알아볼 수 있는 네가 거기 없었으면, 아들아⋯⋯."

"그래서 음모가 실패한 거겠죠, 카테리나."

자니노 다 페라라가 구운 수탉에서 커다란 조각을 잘라 자기 접시에 올 리고 칼로 썰기 시작했다.

"밀라노에는 30만 영혼이 살고 있어요. 우리의 디오다토 신부님은 자 기 동네에서 한참 떨어진 곳에 버리면 죽은 사람이 누군지 아무도 알아보 지 못할 거라고 생각했던 거겠죠. 손과 눈을 쓸 줄 아는 우리 선생님은 고 려하지 않았던 거예요."

"내가 이 문제에서 나자빠지지 않아서 천만다행이지."

레오나르도가 대단히 진지하게 말했다.

머리와 몸 양쪽 모두에서 불안이 사라졌을 때 나오는 것 같은 종류의 요란한 웃음이 거의 1분쯤 이어졌다.

"정말 끔찍한 순간에도 선생님은 농담을 하실 줄 안다니까요. 그게 제 가 부러워하는 또 다른 점이에요."

자니노가 말했다.

"난 농담을 하는 게 아니야. 네 입으로 그랬잖아, 자니노. 밀라노에는

30만 명이 살아. 난 람발도 치티를 다시 만나게 될 거라고는 예상도 못했어."

"그래도 즉시 알아보셨잖아요, 선생님?"

"아니, 즉시는 아니었지. 꼼짝 않고 죽어 있는 사람을 보고 살았을 때 누구였는지 알아보기는 언제나 어려워. 하지만 거의 즉시이긴 했지."

"하지만 일 모로께 즉시 말씀하진 않으셨죠."

"그래, 안 했어."

레오나르도는 마침내 접시를 채우고 이 대화에 아무 관심도 없는 것처럼 행동하는 살라이 쪽으로 몸을 돌렸다.

작년에 치티만 가짜 돈을 썼던 게 아니었고, 모두가 그걸 알았다. 하지만 치티는 성인이었고 그가 주도자였다. 살라이는 사실상 어린애였고, 그 이래로 상당히 자랐다. 또한 충분히 벌을 받았고 교훈을 얻었다.

레오나르도는 잠깐 조용히 있다가 고개를 흔들었다.

자니노는 그의 침묵을 오해했다.

"그럼 일 모로를 모시면서 계속 밀라노에 머무르실 계획이세요, 선생님?"

"오늘 나에게 그 질문을 하는 두 번째 사람이구나, 자니노."

"잘됐네요, 선생님. 그렇다면 이미 대답을 생각하고 계실 테니까요."

자니노가 냅킨으로 입을 닦았다.

"그래, 자니노. 오늘 아침에 대답했던 것과 똑같이 대답해주마. 혼자 있으면 언제나 넌 자유일 거란다."

"혼자 계십니까, 각하?"

루도비코 일 모로는 로체타에 있는 자신의 방 창가에 꼼짝도 않고 서 있었다. 갈레아초 산세베리노의 가볍지만 단호한 손길에도 그는 아주 살짝 눈길만 돌렸을 뿐 시선은 여전히 다른 곳을 향하고 있었다.

"아, 갈레아초. 들어오게, 친애하는 친구여. 좀 어떤가?"

"잘 모르겠습니다, 각하. 훌륭하신 바리 공작 부인의 방에 들어가 보려고 했습니다만, 비명을 지르며 은제 항아리를 던지시더군요."

"그렇군. 문 닫게, 갈레아초."

그는 조심스럽게 문을 닫았다.

"곧 극복하실 겁니다, 루도비코. 절 믿으십시오."

갈레아초가 언제나처럼 이름을 부르는 사이로 돌아가서 말했다.

"공작 부인께서 화가 나신 건 그 일이 일어난 방식 때문이지요. 곧 극복하실 겁니다."

"그렇게 생각하나? 난 잘 모르겠군, 친구, 난 잘 모르겠어, 갈레아초. 신뢰란 쌓는 데는 오랜 시간이 걸리지만 주사위 던지기 한 번에 잃을 수 있는 거지. 내가 아내의 존경은 다시 얻을 수 있을지 몰라도 신뢰는 다시 얻을 수 없을 거야."

루도비코는 산세베리노에게 완전히 집중하지 못하는 얼굴로 그를 보았다. 사실 거기에 그렇게 신경 쓰는 것도 아니었다.

"방금 자네가 나에게 혼자 있느냐고 물었고 난 대답하지 않았지. 그래, 친구, 난 혼자야. 메세르 레오나르도가 나에게 이렇게 말한 적이 있지. '혼자 있다면 언제나 자유로울 것이다.' 하지만 보게, 갈레아초. 설령 난 혼자 있어도 자유롭지 못해."

루도비코는 턱으로 창문 밖에 펼쳐진 도시를 가리켰다.

"혼자 있을 때도 나는 여기 있고, 모두를 보지. 나는 누구보다도 멀리 볼 수 있는 사람이고, 동시에 아주 쉬운 목표물이야."

루도비코가 방 안을 따라 움직이기 시작하다 가운데로 이동했다.

"이럴 때면 나는 능지처참형을 받은 사람 같은 기분이야. 네 마리 말에 묶여서, 말이 각각의 팔이나 다리를 당기고, 말들이 앞으로 가면 그 불쌍한 자는 전부를 따라갈 수 없어 결국 갈가리 찢어지지."

루도비코가 오른팔을 벌려 자신의 왼쪽 다리를 가리켰다.

"한편으로는 나에게 남편과 아버지로서의 의무가 있고, 다른 한편으로는 남자로서 내 열정이 있지."

루도비코는 왼팔을 넓게 벌리고 오른쪽 다리를 쭉 뻗었다.

"한편으로는 이 나라의 이익과 밀라노의 안녕이 있고, 다른 한편으로는 내가 만든 동맹의 연합이 있지. 베네치아, 피렌체, 페라라와의 연합. 특히 페라라. 우리는 서로를 믿어야 하는데 모두가 각자의 힘을 늘리는 것이 목표이고, 우리 모두 그걸 알아."

루도비코는 팔다리에서 힘을 빼고 다시 방 안을 걸어 다니기 시작했다.

"그리고 나는, 친애하는 갈레아초, 아무도 믿을 수가 없어. 나는 이곳 안에서든 바깥에서든, 자네도 봤듯이 누구에게도 고백할 수가 없어. 그게 현실이야, 갈레아초. 트로티를 믿었던 것도 틀렸고, 난쟁이를 믿었던 것도 틀렸고, 다른 사람들에게 고백한 것도 틀렸지."

"모두는 아닙니다, 루도비코, 모두는 아니에요. 여기에 아직 믿을 수 있는 사람이 있고, 각하도 아시잖습니까."

루도비코는 걸음을 멈추고 사위를 찬찬히 쳐다보았다.

"그래, 갈레아초, 자네가 옳아. 한 사람이 있지. 그리고 지금 다른 무엇보다도 그의 조언이 필요한 것 같아."

루도비코가 사위의 어깨에 한 손을 얹자 갈레아초는 이미 대리석 기둥만큼 꼿꼿하던 등을 거의 눈에 띄지 않게 더 폈다.

"고맙네. 자네도 올 건가?"

"어디를요?"

"점성술사의 방."

"점성술사의 방요?"

"알아, 알아, 보통은 마지스트로 암브로지오를 부르지만, 시간을 낭비하고 싶지 않아서. 별들이 뭐라고 말하는지 알아야겠어. 지금 당장 말이야."

루도비코가 단호하게 걸어가 문을 열었다.

"내가 직접 가는 게 제일 낫겠지. 그래, 자네도 올 건가?"

"아뇨, 각하. 혼자 가시는 게 좋으실 것 같습니다."

"혼자라면 언제나 자유롭다. 그게 제가 종종 하던 말이었죠."

레오나르도는 고개를 흔들었다.

"하지만 제가 뜻하는 방식으로 혼자 있으려면 사람들 사이에 있어야만 하죠. 제가 상상할 수 있는 모든 감옥 중에서 사막이 최악이라고 생각합니다."

"그대 말을 이해할 수가 없군, 레오나르도."

레오나르도는 체칠리아를 바라보다가 시선을 바닥으로 내리고 다시 말했다.

"저에게 제안이 있었던 것은 사실입니다. 여러 영주님에게서, 다양한 장소에서요. 하지만 한동안, 제가 생각하기에 밀라노는 일하기에 제일 좋은 곳이었습니다. 살기에 가장 좋은 곳이니까요."

레오나르도는 이제 말을 멈추고 안뜰을 둘러싼 낮은 벽에, 기둥 사이에 앉았다. 체칠리아는 그의 옆에 서서 같은 방향을 바라보며 이야기를 들었다.

"거짓된 겸손을 떨지 않고 말하자면, 백작 부인, 저는 지성과 기술을 가진 사람이라고 생각합니다. 그리고 그 기술은 선천적이면서도 후천적인 것이지요. 저는 제 부모님 같은 자유로운 사랑의 결실이기 때문에, 국가에 대한 의무나 이득이 없는 사랑의 결실이기 때문에 선천적으로 그런 걸 갖게 되었죠. 그리고 한 번도 저의 안전이나 생존을 걱정할 필요가 없었기 때문에 후천적으로 그런 걸 갖게 되었고요. 어린 시절에는 어머니에게 사랑받고 그 후에는 아버지에게 사랑받으며 저는 제게 필요한 모든 것을 가졌습니다. 가난한 사람들처럼 굶주림으로 고통받지도 않았고, 귀족들처럼 고독으로 고통받지도 않았죠. 저는 평화롭게, 자유롭지만 그저 자유로운 것 이상으로 자라날 수 있었습니다."

레오나르도는 자신이 너무 많은 것을 말했나 싶어 고민하는 것처럼 잠깐 기다렸다. 그러다가 체칠리아가 아무 말도 하지 않는 것을 보고 다시 말을 이었다.

"잘 자라기 위해서 우리에게는 자유와 평온이 필요합니다. 간단히 말해서, 믿음이 필요하죠. 하지만 우리에게는 규칙과 규칙에 대한 존중도 필요합니다. 안 그러면 강자가 약자를 억누르고, 영리한 자가 멍청한 자를 속이고, 더 이상 자유가 없을 테니까요."

체칠리아는 미소를 지으며 곁눈질로 레오나르도를 보았다.

"그대는 계속 자랄 생각인가? 그대는 마흔 살이 넘었어, 메세르 레오나르도."

"제가 모르는 것이 너무나 많고, 제가 할 수 없는 것이 너무나 많습니다, 백작 부인. 제가 하고 싶은 것이 아니라 해야만 하는 것이 너무나 많지요. 그리고 밀라노는 저에게 이상적인 장소입니다. 부인이 여기 계시고, 부인의 응접실과 거기서 이야기할 근사한 사람이 많지요. 여기서 일하는 사람들, 매일 문제를 마주하는 사람들이 있고, 저에게 하나하나의 문제들은 열 가지 해결책을 떠올리는 원천입니다."

"그리고 그대에게 압박을 주는 루도비코 일 모로도 있지."

"저를 자극하시죠. 제가 억지로라도 일을 마치게 만드시고요. 일 모로가 아니었다면 저는 어떤 일도 마치지 못했을 겁니다. 저는 3개의 프로젝트를 시작해서 6개를 마치고 10개의 돈을 받아가는 브라만테와는 다릅니다."

레오나르도 역시 미소를 지었지만 다시 진지하게 변했다.

"제가 하는 일에는 두 가지 모두 필요합니다. 불의 크기에 따라 적당한 양의 자유와 자극요. 촛불은 바람이 불면 꺼지지만, 난롯불은 공기를 불어넣으면 불이 다시 피어오르죠. 그리고 불을 피울 때 바람을 불어넣으면 불이 살아나 점점 더 커지죠. 같은 방식으로 한동안 밀라노는 저에게 최적의 장소이고, 루도비코는 제 최고의 후원자일 겁니다."

"미안하지만, 레오나르도……."

"네, 백작 부인?"

"후원자 말인데, 그대가 그 단어를 쓰니 갑자기 생각이 났어. 아까 그대가 '디오다토 신부님 또는 신부님을 통해서 누군가'라고 했지. 왜지? 누구를 의심했던 거야?"

레오나르도가 고개를 흔들었다.

"백작 부인의 응접실에 디오다토 신부님이 계속 오셨지요. 저는 거기서 딱 한 번 이야기를 해보았습니다만, 부인의 눈에는 그분이 그런 술책을 쓸 만큼 세련된 지성을 가진 분으로 보이셨습니까?"

체칠리아가 눈썹을 치켜 올렸다. 아닌 것 같군, 그녀의 얼굴은 그렇게 말하고 있었다.

레오나르도가 양손을 폈다.

"사실은 그게 저를 놀라게 만든 것 중 하나입니다. 여기서도 저는 오로지 제 머릿속에서만 가설을 세워볼 뿐입니다만, 디오다토 신부님이 다른 사람에게 잘 교육을 받은 행동원일 뿐일지도 모른다는 걱정이 듭니다."

그가 한숨을 쉬었다.

"그 다른 사람이 누구인지 저는 알지 못하고 알아낼 능력도 없습니다. 부인의 테르실라에게 어떤 운명이 기다리고 있는지도 모르고요. 혹시 부인께서 이미 뭔가를 더 아시는 건 아닌가요?"

레오나르도가 그 이름을 언급할 때 체칠리아는 손을 비틀고 있었다. 하지만 그녀는 고개를 흔들었다.

"아니, 나도 모르네. 알았으면 좋겠군."

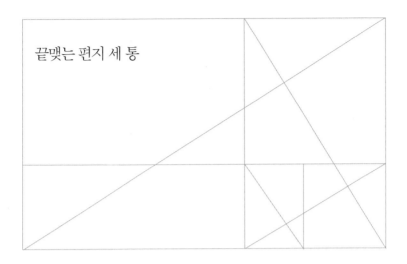

끝맺는 편지 세 통

페라라 공작 에르콜레 데스테님께, 휴대 携帶

지극히 위대하시고 존경하옵는 공작님께,

오늘 아침 기도 시간에 디오다토 다 시에나 신부가 포르타 지오비아의 감옥에서 끌려나와 광장으로 이송되었고, 기처 其處에서 목이 잘렸습니다. 평안하기를.

전언 傳言하자면, 궁에 도는 소문일 뿐이지만, 매춘부 테르실라는 삭발을 시켜 도시 밖에 있는 수도원에 수녀로 보냈다고 합니다. 루도비코가 베르가미니 백작 부인 체칠리아 갈레라니의 희망에 따라 그녀를 사형에 처하지 않았다고 들 합니다. 백작 부인은 이틀 전 남편인 카르미나테 백작과 함께 있기 위해 메디올라노를 떠나 크로체의 산 지오반니로 갔습니다.

메세르 레오나르도가 만든 말의 점토상은 완성되었고, 저는 어제 코르테 데 라렌고에서 그 웅장한 모습을 볼 수 있었습니다. 거기서 조각상은 성 바깥의 광장으로 운반될 예정입니다. 이 작품이 자아내는 아름다움과 경이로움을 상상해보십시오, 위대하신 공작님. 살아 있는 말처럼 걷고 움직이는 것 같고, 이 것을 본 거의 모든 사람이 짓밟힐까 두려워 안뜰로 도망칠 것입니다.

이 말은 점토상으로 남을 것입니다. 레오나르도는 계산이 틀렸음을 발견하고 이것을 주조하지 않기로 했습니다. 그가 충분할 거라고 예상했던 수십만 파운드의 청동이 버티지 못하고, 말의 결합부가 부서진다는 사실을 알게 되었기 때문입니다. 하지만 이것은 유용한 오류였습니다. 실수를 통해 좋은 결과를 얻었습니다. 레오나르도는 청동의 용해와 냉각을 계산하면서 프랑스인들이 대포라고 부르는 장치를 만드는 방법의 비밀을 알아냈기 때문입니다.

어제까지 대포는 입구는 아래로, 뒷부분은 위로 주형을 놓고 주조하는 것이 전통적이었습니다. 이렇게 하면 주조가 더 쉽고 청동이 더 뜨겁고 더 잘 흘러서 좁고 채우기 힘든 입구 부분의 주형을 더 잘 채웁니다. 하지만 대포 주형을 반대로 놓고, 즉 뒷부분을 아래로 놓고 입구를 위로 놓고 청동을 부으면 바닥으로 내려가는 청동이 훨씬 빨리 식어 주석보다 구리가 더 많아지고 뒷부분이 단단해져서 녹지 않거나 우리의 사격포가 그랬듯이 첫발에 꽃처럼 터져버립니다.

그래서 위대하신 루도비코 각하는 말을 위해 모아뒀던 청동을 대포를 만드는 데 사용하기로 하셨고, 레오나르도는 현재 우리의 마스터 자니노에게 기술을 가르치고 있습니다. 전쟁이 벌어지면 우리에게는 제대로 작동하는 대포가 있을 겁니다.

그리고 전쟁은 벌어질 겁니다. 위대하신 공작님께서 프랑스 국왕 폐하께 대출을 승인하셨고, 시뇨르 벨지오이오소에게 기계 제조에 참석한 후 그것들을 이곳으로 가져오라며 알프스 너머로 보내셨습니다. 새해에 프랑스 국왕 폐하께서 제노바로 가실 것이고, 거기서 나폴리를 향해 출항하실 겁니다. 루도비코 님은 밀라노에서는 단 한 명의 병사도 보내지 않을 생각이라고 단호하게 천명하셨습니다.

지아코모 트로티는 펜을 내려놓았다. 앞으로 이렇게 될 것이다. 샤를 왕은 나폴리로 향할 거고, 밀라노, 페라라, 페네치아, 피렌체 연합은 새로운 격변으로 동맹이 다시금 변화하지 않는 한 반도의 나머지 부분을 지킬 것이다. 그러니까 샤를 왕은 나폴리 왕국을 아라곤가에게서 빼앗는 데 모든 병력을 낭비할 거고, 밀라노와 페라라는 어떤 위험에도 처하지 않고 그대로 있을 것이다. 밀라노는 루도비코 일 모로의 의지 아래, 그리고 트로티의 고향 땅 페라라는 확고한 군주인 에르콜레 공작의 강하고 유능한 손안에.

나리의 자비를 영원토록 바라며.
메디올라노, 1493년 10월 30일
나리의 하인 지아코모 트로티

인간의 척도

대단히 위대하신 공작님께,

공작님과 프랑스 국왕 폐하께 저의 존경을 표합니다. 다양한 사고가 일어났음
에도 불구하고 결국 루도비코 공작이 저희가 전쟁을 시작하는 데 필요한 3만 두
카트를 빌려주겠다고 했습니다. 시뇨르 벨지오이오소가 그 돈이 신중하게 사
용되는지 확인하라는 구체적인 지시를 받았습니다.

최근에 밀라노에서 특이한 사건이 있었습니다. 피아찰레 델레 아르미에서
남자가 죽었고, 작년에 존경하는 추기경 줄리아노 델라 로베레 예하와 함께 제
가 공작님께 소개해드렸던 디오다토 다 시에나 신부가 범인인 것으로 밝혀졌
습니다. 신부가 가짜 신용장을 위조한 일당의 수장이었고, 이 신용장이 요청한
가짜 돈의 금액이 은행을 위기로 몰아넣을 정도였다고들 합니다. 거리에서는
메세르 레오나르도가 이 사건을 해결하는 데 중요한 역할을 했다는 이야기가
돕니다.

지금 시점에서 다음번에 일어날 일은 루도비코가 공작으로 임명되는 것입
니다. 젊은 공작 지안 갈레아초는 건강이 아주 안 좋고, 많은 사람이 그가 곧
죽을 거라고 말합니다.

공작님의 미천한 하인, 페롱 드 바쉬

리옹은 11월 초였고 대단히 춥고 눅눅했다. 방 안에서 유일하게 기분
이 좋아질 만한 것은 책상 근처에서 타오르는 불뿐이었다.

오를레앙 공작은 편지를 접고 또 접어 불길 속으로 던진 다음 안락의자에 기대 한숨을 쉬었다. 가능성이 있었지만, 이제는 허사가 되었다.

그는 예수회 수사를 기억했다. 줄리아노 델라 로베레가 작년에 그를 소개해주었고 그들은 한참 동안 이야기를 나누었다. 그들은 일 모로가 자신의 것이 아닌 돈으로 도시를 주무르는 방식에 대해서, 그의 정부가 기독교적 가치에 거의 존경심을 보이지 않는 것에 대해서 이야기를 했다.

그때 오를레앙 공작이 메디치 은행이 파산하면 도시에 엄청난 소요가 일 거라는 말을 했다. 은행을 어떻게 파산시킬 수 있을까요? 예수회 수사가 웃으면서 물었다. 모든 고객에게 같은 날 돈을 빼라고 설득하면 되지. 공작 역시 웃으면서 그렇게 대답했었다.

하지만 그건 웃을 만한 일이 아니었다. 그자는 그 일을 진심으로 시도했으니까.

오를레앙 공작은 어떤 일이 일어날 수 있었는지에 대해서 생각하기 시작했다.

은행이 파산하고, 빌려준 돈을 회수하지 못하고, 돈이 부족해진다. 위기. 150년 전 피렌체 은행가들이 똑같은 상황을 마주했을 때 피렌체가 겪었던 것처럼. 그리고 그들은 파산하며 도시를 끝없는 구렁 속으로 끌고 들어간다.

피렌체에서는 메디치가 바르디의 자리를 대신했다. 밀라노에서는 세금에 지치고 위기로 분노한 사람들이 군주 자리의 유일한 경쟁자를 불러들일 것이다. 바로 오를레앙 공작 자신이다.

그리고 그는 샤를 8세의 원정군과 함께 정찰을 하며 근처에 있을 것이다. 원정군은 위기 소식이 들려오자마자 출발할 거고, 루도비코는 새 신부를 황제에게 넘겨주는 행렬의 제일 앞, 머나먼 곳에 있었으리라.

공작은 몽상에서 깨어났다.

일은 그런 식으로 흘러가지 않았다. 결코 그런 식으로 흘러가지 않았으리라. 뭐, 어쩔 수 없지.

하지만 그가 보기에는 그의 밀라노 입성이 그저 연기된 것일 뿐이었다.

언젠가 그는 그의 심장에 자리한 그 도시에 군 지휘자가 아니라 공작이자 통치자로서 들어갈 것이다. 그리고 그날이 왔을 때, 그는 옆에 레오나르도 다 빈치 같은 남자를 두고 싶었다.

위대하신 나리, 나만이 나의 것이라 부를 수 있는 사람에게,

　사람에게 임무를 해내기 위해서 애쓰다가 그것이 거의 끝나가는 단계에서 결국 완전히 무너지고 고칠 수 없을 정도로 망가지는 것을 보는 것보다 더 큰 고통은 없습니다. 이것이 말, 저의 말을 녹이고 제가 지금까지 생각하던 형태와 비율로 주조할 경우에 일어나게 될 일입니다. 쥐의 다리를 보십시오. 그 몸에 비해 굉장히 작고 말랐습니다. 토끼나 고양이의 다리보다 비율적으로 훨씬 더 가늘지요. 토끼나 고양이는 말이나 개처럼 더 두꺼운 버팀대를 갖고 있습니다. 코끼리를 보십시오. 다리가 거대하고 뚱뚱해서 몸체와 비교하면 거의 기둥 같습니다. 쥐의 경우에는 양파의 잔뿌리 같은 다리를 가졌고요.

　짐승의 무게는 그 키의 세제곱으로 증가합니다. 길이가 10인 정육면체를 생각해보십시오. 정육면체 한 면의 넓이는 10 곱하기 10이니까 100이 되고, 그 부피와 무게는 10 곱하기 10에 다시 10을 곱하면 되므로 1,000이 됩니다.

　이런 식으로 동물이 한 보폭의 키를 갖고 있고 무게는 1파운드라면, 키가 두 보폭일 때 무게는 2의 세제곱, 즉 2 곱하기 2 곱하기 2이므로 8파운드가 됩니다. 그러므로 친구들과 비율상 동일하고 다리가 두 배 더 길게 태어난 동물의 무게는 두 배가 아니라 여덟 배입니다.

　이 비율을 유지한다면, 다리가 네 배 더 두껍거나 단면적이 네 배가 되겠지만 다리가 버텨야 하는 무게는 여덟 배입니다. 그래서 자연이 쥐에게는 가느다란 다리를, 고양이와 토끼에게는 통통한 다리를, 코끼리에게는 크고 기둥 같은 다리를 주신 겁니다. 코끼리만큼 키가 큰 동물은 쥐의 형체와 비율을 가지면

바닥으로 무너질 겁니다. 제 말에게도 똑같은 일이 생기겠지요.

그러니까 한 보폭 높이 정도의 작은 생물의 무게를 견디려면 청동이 손가락 하나 정도 두께면 됩니다. 하지만 10보폭 높이의 말을 만들려면 청동은 손가락 10개 두께가 아니라 훨씬 더 커져야 합니다. 그렇지 않으면 쥐 형체를 가진 코끼리처럼, 위쪽 청동의 무게가 아래를 짓누를 겁니다.

제가 점토로 만든 말 견본은 청동 말 주조 모형으로 사용할 수 없습니다. 그게 제 첫 번째 실수였습니다. 저는 간단한 비례식을 사용해서 10만 파운드의 청동이면 말을 만드는 데 충분할 거라고 계산했습니다만, 이미 말했듯이 그것으로는 부족합니다. 그보다 훨씬 많은 양이 필요하지만, 지금은 그 계산을 하기에 적절한 정신 상태가 아닌 것 같습니다. 그게 제 두 번째 실수입니다.

루도비코님이 이미 모아두신 이 청동들은 그대의 말을 주조하는 동안 배운 계산식에 따라 제가 페라라인 자니노에게 가르친 방식으로 사석포를 만드는 데 사용될 겁니다.

이 편지들에서 제가 하나의 편지에 두 가지 실수를 적은 적은 한 번도 없습니다. 하지만 그것이 이 편지들, 그대 레오나르도 디 세르 다 빈치에게 보내는 편지의 목적입니다. 이를 통해 두 가지를 기억하도록 하기 위해서이지요.

첫 번째는 어떤 사물도, 생물도 실수를 저지르지 않을 수는 없고, 더 높이 올라갈수록 더 많이 떨어지게 된다는 겁니다. 아무것도 하지 않는 자만이 실수를 저지르지 않는 법입니다.

두 번째는 실수가 없다면, 그리고 실수를 통해 얻은 지식이 없다면 사람은 경험에서 아무것도 배울 수 없다는 겁니다. 아기가 기는 법을 배우고, 그다음에 몸을 일으키고, 뒤로 넘어질 때만 자신의 두 발로 일어서는 기술을 배울 수 있는 것과 같은 방식으로, 매번 실수를 저지르고 그 사실을 인정할 때 즉시 그것을 고치고 기억할 수 있는 법입니다.

너무 늦을 때까지 자신이 한 일의 심각함을 깨닫지 못했고, 용서를 구함으로써 그것을 고칠 수 있을 거라고 생각했던 람발도와 달리 그대는 즉시 그걸 고쳐야만 합니다. 그리고 사람은 같은 실수를 다시, 또다시 저지를 수 있다는 걸 기억해야 합니다. 그게 사람의 천성이니까요.

자신의 실수를 해결한다는 면에서 사람들에게 존경심을 가지십시오. 우리는 작고 무력하게 태어났고, 두 살짜리 아이는 같은 나이의 개나 말, 심지어는 코끼리보다도 약하고 훨씬 미완성인 생물입니다. 하지만 우리는 자라면서 세상의 모든 동물을 추월하고 지배하게 되고, 그래서 태생이 아니라 자라고 배우는 것을 우리가 인간의 척도로 삼는 것입니다.

사람은 자연과 다른 사람들을 관찰함으로써만 배울 수 있습니다. 하지만 우리가 하는 일과 우리가 믿는 것, 무슨 일이 일어날지 우리가 예상하는 것을 비교해보지 않으면 사람의 지성과 판단력이 건전하게 자라날 수 없습니다. 그리고 사람의 실수에서 깨달음을 얻는 유일한 방법은 자연 그 자체를 척도로 삼아 자신을 비교하는 것뿐입니다. 사람과 달리 자연은 거짓말을 하지 않으니까요.

다시 만날 때까지 그대의 안녕을 빕니다. 오로지 당신의 것인
레오나르도

작가의 말

오류로 가득한 책

역사학자가 레오나르도 다 빈치에 관해 오류가 전혀 없는 책을 쓰려고 하는 것은 주제넘은 행동이다. 소설가가 그럴 수 있다고 생각하는 것은, 특히 화학 학위를 가진 소설가가 그러려는 건 미친 짓일 것이다. 그러니까 나는 이 책에 역사적으로, 예술적으로 수많은 오류가 있다는 걸 믿어 의심치 않고, 조만간 그 오류들이 드러날 것이다. 하지만 특이하거나 영 믿어지지 않는 몇몇 측면이 실은 역사적으로 입증된 것이기도 하다.

예를 들어 당시 밀라노인들의 삶을 특히 힘들게 만든 것 중 하나가 여자들이 몰던 수레로 인한 교통 체증이었다는 것은 사실이다. 위조범으로 체포되었다가 화학자인 것이 인정되어 풀려난 두 남자 페세러와 크란츠의 이야기 역시 사실이다.

　이 책에서 다룬 기간 동안 레오나르도가 어머니와 함께 살았다는 것은 사실일 가능성이 있다. 1493년이라고 쓰여 있는 레오나르도의 메모에서 처음으로 "1493년 7월 16일에 카테리나가 왔다."고 카테리나에 관한 언급이 나오고, 1494년이라고 기록된 메모에서 카테리나의 장례 비용이 123솔도, 즉 6제국리라나 혹은 약 1두카트가 들었다라는 내용으로 그녀에 대한 언급이 끝난다. 당시의 장례식 비용으로 그리 적은 금액은 아니고, 집안의 하인에 대한 것이라고 보기는 조금 어렵다. 카테리나가 도착했다는 메모에 살라이부터 독일인 줄리오에 이르는 그의 제자들이 도착했을 때 쓴 전형적인 문구 "나와 함께 머물기 위해"가 빠져 있다는 것 역시 흥미로운 부분이다. 루카 벨트라미를 포함한 여러 명의 학자가 이 가설에 동의한다.

　음계의 첫 번째 음을 가리키는 '도'라는 단어의 사용에 관한 것은 조금 부정확하지만, 아주 약간이다. 이 단어는 16세기 초반까지는 사용된 기록이 없다.

　필리프 드 코뮌에게 붙은 공작 작위는 적절하지 않다. 내가 앞서 말했듯이 이 이야기에 공작이 하도 많이 나오기 때문에 나도 어쩔 수가 없었다.

　살라이가 총애하는 제자와 양아들 사이쯤 된다는 것은 그럴듯한 부분이다. 그는 레오나르도를 사실상 어디나 따라다녔고, 말다툼과 불화가 굉장히 많았음에도 불구하고 이 두 사람의 관계에 금이 갔던 적은 한 번도 없었던 것 같다.

　내가 시사했던 것처럼 레오나르도가 '암굴의 성모'에 대한 대금을 받았을 가능성은 굉장히 낮다. "이 그림에 대한 대금을 주십시오."라는 요구가 약 20년 동안 이어졌다. 길게 이어진 또 다른 일은 스포르차의 말 문제였다. 결국 레오나르도는 기술적, 경제적 문제 양쪽 모두로 인해 이것을 완성하지 못했다.

　말 주조와 관련된 문제, 거기에 드는 엄청난 노력에 관해 가장 상세하게 설명한 최고의 출처는 당연하게도 안드레아 베르나르도니의 〈레오나르도와 프란체스코 스포르차를 위한 말 동상Leonardo e il monumento equestre a Francesco Sforza〉(준티 출판사)이다. 그저 취미로라도 '르네상스적 인간 레오나르도'라는 주제에 대해서 이 소설보다 좀 더 진지한 자료들을 통해 더 많은 것을 알고 싶은 사람들이 관심을 가질 만한 책도 몇 권 소개하겠다.

위에서 말한 것처럼 다 빈치라는 천재에 관해 배울 만한 것을 다 배우기에는 인생이 그리 길지 않다. 적절한 시작점은 월터 아이작슨의 명저 〈레오나르도 다 빈치Leonardo da Vinci〉(사이먼 앤 슈스터)이다. 좀 과하게 서정적이긴 하지만 적당한 책으로는 드미트리 메레시콥스키의 소설 〈레오나르도 다 빈치: 신들의 부활Leonardo da Vinci: Resurrection of the Gods〉이 있다. 이 책은 레오나르도가 밀라노에서 지내던 시기에 어머니와 함께 살았다는 가설을 중심으로 쓴 여러 소설 중 첫 번째 책이다. (레오나르도가 주인공이거나 조연 캐릭터로 나오는 책은 사실 지나칠 정도로 많다. 내가 아주 좋아하는 가상의 레오나르도는 애니메이션 '미스터 피바디와 셔먼Mr. Peabody & Sherman'에 나오는 캐릭터와 로베르토 베니니-마시모 트로이시의 영화 '울 일밖에 없다 Nothing Left to Do but Cry'에서 변기 물 내리는 장치가 어떻게 작동하는지 이해하려고 애를 쓰는 얼빠진 천재다.)

레오나르도에 대해 이야기할 때, 그가 베로키오의 작업실과 다른 곳에서 교육을 받았던 메디치가의 피렌체나 돈의 중요성에 대해 언급하지 않는 것은 불가능한 일이다. 피렌체 사회는 돈이 단순히 우리가 오늘날까지 사용하는 일종의 경제 물품으로 부상한 보조적인 물건이 아니라, 근본적이고 관념적 가치가 된 최초의 사회 중 한 곳일 것이다.

학구적인 면에서는 레이먼드 드 루버의 책 〈메디치 은행의 부상과 몰락 1397~1494Rise and Decline of the Medici Bank 1397~1494〉(W. W. 노턴)이 여전히 피렌체 은행의 역사에 관심 있는 사람들에게 기준이 되는 책이라고 생각한다. 읽기가 상당히 어렵고 시간과 인내심이 많이 들 뿐만 아니라 모두가 갖고 있지 못한 경제적, 재정적 전문 지식이 필요한 책이긴 하다. 예를 들어 나도 그런 지식이 없어서 어떤 개념들은 훨씬 생생하고 재미있는 팀 파크스의 〈메디치의 돈Medici Money〉(W. W. 노턴)과 로렌초 탄치니의 〈1345년 피렌체의 파산1345. La bancarotta di Firenze〉(살레르노)을 읽은 다음에야 명확하게 알 수 있었다. 이런 측면은 에릭 와이너의 명저 〈천재의 지리학The Geography of Genius〉(사이먼&슈스터)에서 굉장히 흥미진진한 방식으로 설명된다.

이 책의 또 다른 주인공 루도비코 일 모로는 간접적으로는 밀라노 그 자체다. 르네상스가 탄생한 도시가 피렌체라면, 밀라노는 르네상스가 예술적, 과학적, 사회적 모든 측면에서 가장 완전하게 발전한 도시다.

루도비코 일 모로의 궁정은 이런 발전의 중심지였고, 이에 대해서 좀 더 알아볼 만하다. 약간 오래됐지만 굉장히 재미있는 자료는 네 권짜리인 프란체스코 말라구치 발레리의 〈로도비코 일 모로의 궁정La corte di Lodovico il moro〉(호에플리)이다. 궁정의 삶을 대사들과 통치자들 사이에 오간 서신을 통해 피상적으로가 아니라 깊게 살펴보고 싶은 사람이라면 귀도 로페즈의 두 책(《레오나르도와 루도비코 일 모로: 사건들과 자유Leonardo e Ludovico il Moro. La roba e la liberta〉, 〈루도비코 일 모로의 결혼 잔치Festa di nozze per Ludovico il Moro〉, 두 권 모두 무르시아 출판사)이 빈틈없이 설명해줄 뿐만 아니라 읽기에도 굉장히 재미있다. 마찬가지로 재미있지만 찾기가 꽤 어려울 수도 있는 책은 실비아 알베르티 데 마체리의 〈베아트리체 데스테Beatrice' Este〉(내 것은 파브리에서 출판된 판본이다)이다. 이것은 베아트리체 데스테의 짧지만 강렬한 인생에 관한 가공이지만 아주 잘 쓴 책이다.

레오나르도 같은 인물에 접근해서 그의 생각을 묘사하려고 한다면 꽤나 용기가 필요하다. 나 혼자만의 힘으로는 해낼 수 없었겠지만, 지금은 굉장히 기쁘다. 그래서 이 프로젝트를 나에게 맡겨준 준티 출판사에 감사를 표하고, 이 책의 한 단계 한 단계를 함께하고 나의 무지 때문에 필요할 때면(다시 말해서 아주 자주) 그 주제에 관한 진짜 전문가들과 연락이 닿게 해준 친구이자 부수적으로 편집자이기도 한 줄리아 이키노에게도 감사를 전한다. 1년 반 동안 탁월한 르네상스형 인간에 대해 내가 배운 많은 것이 나의 기대를 훨씬 넘어섰다. 내가 레오나르도에 대해서 많이 안다고 생각했지만, 나는 수박 겉만 살짝 핥는 정도였음을 알게 되었다.

물론 나 혼자서는 절대로 이 모든 것을 배울 수 없었을 것이다. 가장 먼저 나에게 레오나르도가 직접 쓴 원고의 세계를 소개해주고 내가 알아야 하는 것을 정확히 이해하는 재주를 가진 다리오 돈디에게 감사를 표한다. 또한(순서는 중요하지 않다) 스포르차가의 밀라노의 역사와 도시 개발에 견줄 수 없는 전문 지식을 가진 에도아르도 로세티, 15세기(거의 16세기) 페라라의 관용구를 쓸 때 끈질기게 나를 도와주고 유머감각을 발휘해준 가브리엘레 발다사리, 당시 패션과 갑옷의 역사에 관해 조언을 해준 루카 스칼리니, 내게 익숙지 않은 금융 역사의 특정 측면에서 나를 안심시켜준 마리스텔라 보티치니에게도 감사를 표한다. 지금이라고 내가 딱히 많이 아는 건 아니지만, 최소한 거기에 대해 글을 쓸 정도는 안다……

작가의 말을 마무리하며, 독자들에게 이 책을 역사서로 사용하지 말라는 주의를 드리고 싶다. 이것은 소설이고, 이 책에 묘사된 역사적 사건들 중 여러 가지가 사실이기는 해도 이 사건들의 관계까지 사실이라고 할 수는 없다. 레오나르도가 프란체스코 스포르차를 기념하는 말 동상을 마치지 못한 것도 사실이고, 레오나르도가 동물의 비율에서 규모가 일치하지 않는다는 것을 알아낸 것도 사실이다. 하지만 두 가지 일이 연관되었다는 것은 순전히 나의 상상이다. 그러나 나는 다 빈치 같은 천재를 주인공으로 책을 쓸 때 상상력을 사용하지 않는 것은 그저 실수 정도가 아니라 다 빈치에 대한 결례라고 믿는다.

1493년 이탈리아

1 프랑스 왕국 · 2 스위스 연방 · 3 성 로마 제국 · 4 헝가리 왕국 · 5 오토만 제국 · 6 베네치아 공화국
7 라구사 공화국 · 8 아드리아해 · 9 사보이 공국 · 10 밀라노 공국 · 11 베네치아 공화국 · 12 프랑스 왕국
13 살루초 변경백국 · 14 몬페라토 변경백국 · 15 제노바 공화국 · 16 모데나 공국 · 17 만토바 공국
18 페라라 공국 · 19 루카 공화국 · 20 피렌체 공화국 · 21 시에나 공화국 · 22 교황령 · 23 나폴리 왕국(아라곤가)
24 이오니아해 · 25 제노바 공화국 · 26 사르데냐 왕국 · 27 티레니아해 · 28 시칠리아 왕국(아라곤가)
29 지중해 · 30 몰타

레오나르도 시대의 스포르차성

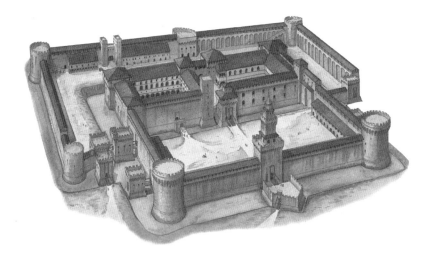